KB213470

죽이고 싶은 엄마에게

한시영 에세이

죽이고 싶은
엄마에게

한시영 에세이

달

빨간 크레파스

이영숙 죽어라

이영숙 죽어라

기억에 강렬하게 남은 제 첫 글쓰기입니다. 초등학교 3학년이던 저는 엄마랑 심하게 다퉜어요. 이유는 생각이 안 나요. 열 살 딸과 마흔둘의 엄마. 당연히 승자는 엄마였죠. 분을 이기지 못한 저는 씩씩거리며 뒤채로 혼자 건너왔습니다. 뒤채는 엄마와 제가 살던 곳인데 엄마가 자주 집을 비워서 저는 할머니가 있는 1층에서 주로 지냈어요. 덕분에 뒤채는 살림살이가 그대로 남은 채 빈집이 되었고 어린 제겐 좋은 아지트였습니다. 뒤채를 지나쳐 창고로 들어가 의자를 하나 꺼내왔죠. 그걸 뒤채 부엌과 연결된 작은 직사각형 창 아래에 두고는, 의자를 밟고 올라가 창문을 열고 손으로 창틀을 짚었습니다. 한 발 한 발 창틀 위로 올라선 다음 사뿐히 뛰어내렸지요. 물기가 말라서 허연 물때 얼룩이 희미하게 진 개수대 안에 두 발이 착지하면 성공. 곧장 안방으로 갔어요. 엄마와 내가 맨살을 맞대며 자던 침대의 맞은편에 놓인 큰 원목책상으로 가서 다이어리를 폈죠. 서랍 두번째 칸을 열고 빨간색 크레파스를 꺼냈어요. 종이와 닿은 크레파스의 심이 부서져 빨간 조각들이 종이 위에 고슬고슬 별처럼 뿌려질 만큼 힘을 주어 썼습니다. 그리고 흐느껴 울었어요. '죽어라, 죽어라, 이영숙 죽어라'를 읊조리면서요. 그때만큼은 진심이었습니다. 며칠 뒤 엄마는 다시 술을 입에 댔고 저는 홀로 아지트로 향했어요. 그리고 원목책상 앞에 섰을 때 저는 제 귀싸대기를 날리고 싶었어요.

이영숙 죽어라
이영숙 죽어라

새빨간 글씨가 튀어나올 듯 저를 노려보고 있었거든요. 이 글자를 쓰고서 다이어리를 닫지 않은 거죠. 엄마가 이번에 술을 먹은 건 이 메모를 봤기 때문이라는 확신이 발가락부터 차올랐어요. 은혜도 모르는 것, 애비 없이 엄마가 힘들게 키웠건만 엄마 죽으라고 뻘건 크레파스로 저주를 퍼붓는 것. 제 안에는 저를 향한 저주의 말들이 공처럼 튀기 시작했어요. 농구공이나 축구공 말고, 작지만 밀도가 높은 내용물이 들어서 빠르게 튀는 탱탱볼 같은 공이요. 저주가 된 그것은 제 몸의 그 어느 구멍으로도 나가지 못했어요. 작은 육체를 구석구석 휩쓸며 여기저기 흔적을 남겼습니다.

팡, 팡, 튀면서요.

자꾸만 기어나와요. 목구멍에서, 하고 싶은 말들이요. 25년 전 그 저주가 저를 휩쓴 탓일까요. 하고 싶은 이야기들이 끝도 없이 새어나오는 주술에 걸린 게 분명해요. 『우리는 언제나 다시 만나』라는 노란 개나리처럼 어여쁜 그림책을 아이들에게 읽어줄 때, 파스텔톤으로 표현된 아프리카평원의 '노든'이라는 코뿔소가 나오는 『긴긴밤』이라는 동화책을 KTX에서 읽을 때, 시집 『서랍에 저녁을 넣어 두었다』를 읽을 때. 그 책의 문장들이 마침표를 찍기도 전에 저는 자꾸만 하고 싶은 이야기들이 떠올라 집중할 수가 없어요. 덕분에 제 책의 귀퉁이와 여백에는 흑연과 점토의 비중이 반반 섞인 HB 연필심으로 쓴 글씨가 가득해요. 저는 주로 흔들리는 지하철 안에서, 혹은 지하철이 몰고 오는 바람을 느낄 수 있는 플랫폼 벤치에 앉아서, 혹은 망원역에서 나와 걷다가 연필을 들어요. 그런 메모들이 모이고 모여서 A4 용지 네다섯 장의 글이 됩니다.

살갗과 내장이 부패할 틈도 없이 뜨거운 불길로 사라진 엄마지만, 엄마는 저를 떠나지 않았어요.

저는 절 둘러싼 모든 문장에서 엄마를 읽어낼 수 있어요. 빨간 크레파스로 엄마에게 죽으라고 했기에 엄마를 떠나지 못하는 주술이 제게 걸린 거예요. 그렇지 않고서야……. 엄마가 낚시 아저씨와 다투다 맞는 것을 보았던 날. 어디서 넘어진 것인지 뒤통수에 찐득한 검붉은 피를 묻히고 휘청거리다, 손가락으로 벽을 스치며 남긴 엄마의 핏자국을 보았던 날. 동네 아이들과 다투다 울음이 터진 나를 호프집에 데려가놓고선 아홉 살짜리 아이보다 더 불안한 눈빛으로 생맥주를 들이켜던 엄마를 보았던 날. 검지와 중지 사이에 끼운 멘톨 담배 한 개비를 입으로 가져간 뒤 엄마의 입에서 뿜어진 허연 연기를 보았던 날. 이 모든 날들이 한순간에 몰려올 리가 없어요.

맞아요. 내가 할 줄 아는 것이라곤 그녀의 이야기뿐.

트리거^{trigger}, 이게 다 트리거 때문이에요. 저주가 풀릴 만하면 다시금 제게 저주를 거는 것은…… 서울역 주변 여자 노숙자, 술에 취한 사람들, 회현역 주변을 맴도는 사람들, 맨발에 헐떡거리는 슬리퍼를 신고 다니는 사람들, 초행길인지 역 주변을 여기저기 두리번대며 미숙함을 온몸으로 드러내는 사람들. 그 사람들을 회사 점심시간에 종종 마주쳐요. 그럼 저는 또 빨간 크레파스의 저주에 걸리죠. 오후에 사무실 자리에 앉아 있으면 그 잔상들에 갇혀버려요. 그러면 또 필기와 미술용의 중간 단계라는, 너무 무르지도 너무 연하지도 않은 HB 연필을 들고 A4 용지에 써요. 그러다 누군가가 제 어깨를 툭 치며 말하죠.

"또 쓰네. 손가락 안 아파?"

"잠깐 업무 좀 정리하려고요."

거짓말이에요. 정리는 무슨. 쓸수록 더 복잡해지는걸요.

저는 엄마에 대해 쓰고 있었어요. 제게 공간과 시간은 문제가 되지 않아요. 다리를 벌려 실을 잡고 탐폰을 질에서 끄집어내면서 벌겋고 비린 기억 하나가 같이 딸려나왔어요. 생리가 시작된 날, 열세 살이었던 내 손을 잡고 마트에 간 엄마가 고른 생리대. 네 팩에 오천 원짜리 보라색 불투명포장지에 든 오버나이트 생리대를 들고 계산대로 갔던 엄마의 모습이요. 그저께는 화장실 변기에 앉아서 엉덩이와 허벅지 주위에 타원형 변기시트 형태가 시뻘겋게 자국으로 남을 정도로 오랫동안 핸드폰 메모장에 옛날 기억을 썼어요. 그다음 날에는 꽤 긴 에스컬레이터에서요. 회현역과 삼각지역에 있지요. 그곳의 출발점에 서면 내릴 때까지 한두 페이지를 읽을 수 있거든요. 톱니바퀴처럼 움직이는 마지막 에스컬레이터 한 칸 위에 설 때 즈음에는 할말들이 차고 넘치게 돼요. 그리고 그건 제 글이 되고요. 나의 것이면서 온전히 나의 것이 아닌 글이요.

아, 이걸 쓰는 중에 또 떠오르고 말았어요. 제가 엄마를 처음 때렸던 그날. 새벽 1시, 밤이 늦었으나 집 바로 앞에 있는 그 빌어먹을 주황색 가로등 때문에 집은 기괴하게 훤했어요. 엄마는 또 술을 먹으러 나간다고 했고 저는 엄마를 막았죠. 술에 취한 엄마를 힘껏 밀었는데 엄마의 뒤통수가 벽기둥에 부딪히고 말았어요. 그 충격으로 엄마는 한동안 숨을 가쁘게 내쉬었어요. 제 몸속을 순환하는 모든 액체의 온도가 순식간에 낮아졌어요. 가랑이 사이까지 차가운 피가 도는 느낌. 다행히 엄마는 다시 일어나서 술을 사러 가야 한다고 했고, 저는 오히려 다행이라고 생각했습니다. 그렇게 엄마는 대문을 열고 나갔어요. 집 안에 가득 들어찬 가로등 불빛과 나와 엄마, 할머니가 만들어낸 까만 그림자들. 쉴새없이 싸우고 복닥거리고 밀치던 그림자 세 덩이.

수도관이 터진 수도꼭지. 그게 저 같아요. 수도관이 터졌으니까 내가 쓰고 싶을 때 쓸 수 없어요. 흘러나오는 대로 써요. 제가 트라우마를 겪었다고 할 수 있을까요. 아니면 할머니의 트라우마가 엄마에게, 그리고 그것이 제게 이어졌다고 할 수 있을까요. 전쟁 중 돌쟁이 아이와 이후에 다 큰 스물세 살짜리 아들을 잃은 할머니는 엄마를 어떻게 키웠으며, 그 시대는 할머니의 몸과 마음에 어떤 그을음을 남겼던 걸까요. 어떠했기에 엄마는 저렇게 된 거죠. 술을 먹는 여자. 그러다 딸을 낳은 여자. 그래도 살아보려고 했던 여자. 여자나 엄마라는 것으로 한정 지을 수 없는, 그런 것에 갇힐 수 없었던 사람.

글을 쓰면 쓸수록 엄마를 재창조하는 것만 같아요. 나는 그녀를 안다고 할 수 있는지 제게 되물어요. 그러면 저는 놀라울 정도로 확신해요. 내가 아는 모습이 엄마의 다라고요. 거만해 보이나요? 그런데 진짜예요. 나는 엄마를 깊숙이 알아요. 나는 엄마의 모든 것을 보았어요. 아니, 모두 안다고 하는 것이 마음 편할지도 몰라서 하는 말일까요. 누군가 제 글로 표현된 엄마를 보았을 때 입체적이라고 말했지만 사실 제 안의 엄마는 고정적이에요. 늘 그 자리에 찰싹, 끈질기게 제게 달라붙어 있어요.

엄마가 1층에서 저녁을 준비할 동안 저는 뒤채로 갔어요. 여느 때처럼 창틀로 튀어올랐고요. 그런데 창틀에 할머니가 방앗간에서 새로 짜온 참기름병이 아슬아슬하게 놓여 있던 거예요, 망할. 저는 참기름병을 바닥에 떨어뜨렸어요. 까만 갈색의 참기름이 담긴 청색 유리병이 세로로 쪼개지며 기름이 온 사방에 튀었어요. 기름은 아주 천천히 낮은 곳을 따라 흐르면서 주위 먼지와 흙을 품고 하수구로 향했어요. 땅에 흐르는 기름 냄새가 너무 좋아서 배가 고파졌어요. 나도 모르게 땅에 흥건한 참기름을 손가락으로 찍어 혀로 가져갔어요. 흙이 그대로 씹히고 까끌거렸지만 고소함 때문에 참을 수가 없었죠. 유리 가루도 씹히는 듯했어요. 저는 그걸 삼켰어요. 꿀꺽.

그리고 다음 날 아침에 잠에서 덜 깬 채 할머니와 엄마가 하는 말을 들었어요. 시영이 쟤가 참기름을 깨뜨렸단다. 도둑고양이처럼 뒤채에 들락거리면서. 그게 얼마나 비싼 건데. 할머니가 말하자 엄마가 대답했죠. 모른 척하자 엄마. 쟤도 숨구멍이 있어야지. 그리고 두 여자는 방을 청소했어요. 엄마와 할머니가 방을 청소하는 방식은 대개 이러했어요. 두루마리 휴지를 한 손에 잔뜩 말아서 바닥을 쓴다. 먼지를 한데 모은 후가 클라이맥스. 먼지에 침을 떨어뜨린다. 퉤 하고 뱉으면 먼지가 사방으로 튀니까 툭 하고 떨어뜨린다. 그러면 뱉은 침 주위로 개미가 모여들 듯 먼지가 달라붙어요. 걸쭉한 침이 꼭 구심력을 가진 것처럼 그 주위로 쫑긋하고 끌려가지요. 그러면 손에 돌돌 만 휴지로 그것을 꾹꾹 눌러서 먼지를 모으죠. 덕분에 저는 우리집 거실에서 종종 침을 떨어뜨리고 싶은 욕구를 느껴요. 물티슈로 바닥을 닦다가 나도 모르게 아랫입술과 윗입

술을 벌리고 침덩이를 툭 하고요. 이 욕구를 느낄 때마다 말도 못하게 수치스러워요. '이런 더러운 방식으로, 침으로 바닥을 닦으려고 하는 거야?' 경멸하며 봤던 엄마의 입술과 걸쭉한 침이었는데 말이죠.

사실 별게 없어요. 제 의지로 수도꼭지를 틀고서 쓰는 글도 아니에요. 그저 동파되어 터진 수도처럼 줄줄 새는 거죠. 벽을 타고 흐르는 물들. 담기지 않는 이야기.

그래서 쓰는 거죠. 줄줄.

망할 애비

취한 엄마

이영숙 죽어라

빨간 크레파스

주황색 가로등

피 묻은 시멘트 벽

고소한 참기름 냄새

오버나이트 생리대

그게 다일지 몰라요.

1
부

그해 여름

오
이
지
냉
국

　스물여섯의 여름, 첫아이를 임신한 후 시작된 입덧 때문
에 물을 포함한 음식 대부분에 거부반응을 일으켰다. 잘 먹지
못해 반소매와 반바지 밖으로 드러난 팔다리가 앙상해졌을
때 즈음 엄마가 병원에서 외출을 나왔다. 엄마는 오자마자 손
에 든 검은 봉지를 열고 주방에서 급하게 칼질을 하더니 얼음
물이 담긴 국그릇 하나를 내놓았다. 오이지를 썰어 넣고 물을
채운 후 식초 몇 방울에 얼음을 띄운 오이지냉국이었다. 어릴
적 여름에 엄마가 해주던 음식. 엄마가 오기 직전까지 먹은 물

도 다 게워냈는데 차가운 오이지냉국을 들이켜니 그렇게 개운할 수가 없었다. "아, 살 것 같아" 소리가 절로 나왔다. 말한 적도 없고, 나도 몰랐던 내가 먹고 싶던 음식을 엄마는 도대체 어떻게 알고서 준비했을까. 나는 우리 엄마 배 속에서 나온 게 분명하단 생각을 그때 했었다. 하루 뒤, 엄마는 다시 병원으로 돌아갔고 나는 또 잘 먹지 못했다. 엄마가 챙겨준 오이지 두 개만 냉장고에 남아 있었다.

임신 주차가 늘어났어도 입덧은 쉬이 잦아들지 않았고 그럴 때마다 엄마를 떠올렸다. '엄마가 해준 냉국을 벌컥벌컥 들이켜고 싶어. 엄마가 옆에 있었으면 좋겠어'라고 떠올리다가도 이뤄질 수 없는 일에 괜한 기대를 가져 마음을 다치고 싶지 않아 금방 생각을 접었다. 엄마가 병원 바깥에서 일상을 유지하는 날은 얼마 되지 않기 때문이다. 내가 스무 살이 된 이후로 시작된 엄마의 병원생활은 엄마가 죽기 전까지 이어졌다. 아빠와 이혼 후 간간이 술을 찾던 엄마는 점차 술에 의지하며 취해 있는 날이 늘어갔고, 한번 시작된 길고 긴 음주는 강제입원만이 끝낼 수 있었다. 한 달쯤 입원했다가 퇴원, 그후 다시 시작되는 음주, 결국 또다시 입원의 반복. 엄마가 내 임신 소식을 들은 장소도 병원이었다. 같은 말을 반복한다던 내 또래의 여자아이 목소리가 수화기 너머로 들렸다. 치매에 걸려 하루종일 엄마를 선생님이라고 부르며 따라다닌다던 할머니의 혼잣말도 들리는 듯했다. 그 소리들 사이로 조심스레 임신했다는 말을 엄마에게 건넸었다. 입덧 때문에 먹는 족족 토한다고 힘들어 죽겠다고. 이런 투정을 할 수 있는 대상이 있음에 안도감이 들다가도 금방 사라졌다. 세상에서 설 자리를 잃어가며 점점 좁아지는 자신의 영역 안에 있는 엄마에게 기쁜 소식을 전해주는 게 어딘가 미안했다. 딸이 전하는 임신 소식은 엄마에게 어떻게 들렸을까? 할머니가 된다는 설렘과 함께 자신에게 분리되어 가족을 만들어가고 자리를 잡아가는 딸의 모습에 느꼈을 서운함. 알코올중독이라는 병명으로 병원에 갇혀 지내는 소외감을 엄마가 내게 말한 적은 없으나 나는 느낄 수 있었다. 반복되는 음주와 입원생활에 갇힌 엄마에게 또다른 생의 시작을 알리는 나의 임신 소식은 어떤 의미로 다가왔을까. 그럴 때면 엄마가 한없이 안타까웠고 엄마를 안타까워해야 하는 내 인생이 더 안돼 보였다. 엄마에 대한 연민과 나에 대한 연민은 얽히고설켜 때론 죄책감이나 증오가 되기도 했다. 그렇게 열 달을 버텨 첫아이가 태어났다. 엄마는 첫 손녀를 보고 얼마 가지 않아 세상을 떠났다.

입덧이 심한 딸을 위해 병원에서 받은 외출허가증을 손에 쥔 채 밖으로 나온 엄마를 떠올려본다. 환한 바깥 햇볕에 한 손으론 눈 위에 그늘을 만들고는 시장으로 향했을 엄마의 발걸음. 외출 나오기 전부터 딸이 좋아할 음식을 생각하고 종이에 장 볼 목록을 써놨을 거다. 외출허가증과 함께 재료들이 적힌 종이를 손에 꼬옥 쥔 채로 나왔겠지. 병원에서 바로 나와 카드나 현금도 얼마 없었을 텐데, 그 예산에 맞춰 장을 보기 위해 목록에서 지워진 품목도 있었을 거고. 그렇게 장을 봐서 내가 말하지도 않고 나조차 몰랐던, 내가 먹고 싶은 음식을 사왔을 발걸음.

나를 낳고 나의 유년 시절을 함께 보내며 나와 밥을 먹던 사람. 본인 스스로도 잘 돌보지 못했던, 어딘가 서툴렀던 사람. 늘 불안해 보이고 흔들렸던 사람. '엄마란 사람이 어떻게 그럴 수 있냐'는 이전의 물음은 이제 '그런 사람이 어떻게 엄마라는 역할을 해낼 수 있었을까'로 전환된다. 여러 이유가 있었겠지만 산다는 것이 때론 두렵고 불안해서 술로 도피했을 그 마음. 이젠 이해하려 애쓰거나 일부러 밀어내려 애쓰지 않는다. 전해져오는 그 마음을 그대로 느껴볼 뿐이다. 엄마가 해준 그해 여름의 오이지냉국을 먹고 열 달을 버텨 태어난 아이가 이제 열 살이다. 동생을 둔 어엿한 언니가 되었다. 이번 여름엔 아이와 함께 오이지냉국을 만들어봐야지 싶다.

엄마 없는 결혼식

12월을 하루 앞두고 결혼식을 올렸다. 바람이 매서웠다. 맞닿은 유리문이 열릴 때마다 칼바람이 웨딩홀로 들어왔다. '오늘따라 왜 이렇게 추워, ATM기 어디 있더라' 같은 말들로 웨딩홀 입구는 시끌시끌했다. 엘리베이터를 타자 왼쪽 벽에는 오전 11시 30분, 그리고 그날 첫번째 예식의 신랑 신부 이름과 함께 혼주 이름이 쓰인 종이가 붙어 있었다. 두 명의 혼주 이름이 적힌 신랑측과는 다르게 신부측, 내 이름 위에는 '이영숙'이라는 이름만이 적혀 있었다.

어릴 적 학교에서는 학기 초에 늘 가정환경 조사서를 제출하라고 했다. 부모의 인적사항 아래 채울 수 없는 '부' 칸의 공백. 제출 전날 선생님에게 이 종이를 갖다 내는 상상을 하면 심장이 빠르게 뛰었다. 비어 있는 칸을 친구들이 보지 못하도록 종이를 내려 앞으로 나갈 땐 아무렇지 않게 태연하게 걷기. 가슴을 펴고 큰 걸음으로. 종이는 내 가슴팍 앞에 놓아 뒤에 선 친구가 보지 못하게. 고개를 꼿꼿하게 들고 마지막으로 종이는 뒤집어 내기. 이런 시뮬레이션을 했던 때가 있었다.

식 한 시간 전, 혼주석을 채우러 외숙모와 외삼촌이 왔다. 외숙모는 한복을 입고 머리 위와 옆으로 과장된 웨이브를 넣은 채였고, 외삼촌은 단정한 양복을 차려입고 있었다. 그 옆에는 그들의 딸인 사촌언니가 낳은 네 살짜리 쌍둥이 호준과 서준이 있었다. 까만 슈트를 입고 목에는 나비넥타이, 작은 머리통에는 체크 베레모를 빡빡하게 눌러쓴 그들은 자꾸만 모자를 벗어 자연스럽게 바닥에 버렸다. 키가 1미터 정도 되는 그들은 곱절이나 큰 어른들 사이에서 가장 눈에 띄었다.

"이모, 뭐 해? 치마가 기네? 서준이도 이런 거 입고 싶다."

그 둘은 내가 앉아 있는 신부 대기실을 휩쓸고 다니다 바닥에 깔린 카펫에 자주 걸려 넘어졌고 그럴 때면 심하게 울었다. 울음소리가 들리면 그들의 엄마가 둘을 동시에 번쩍 들어올려 대기실 바깥으로 나갔다. 외숙모는 아이보리빛이 감도는 드레스를 입은 날 향해 시영아, 한마디를 내뱉고는 한참을 내게서 눈을 떼지 못했다. 그 눈빛을 보니 엄마 생각이 났다. 오늘 혼주석에 앉아 있어야 할 사람.

엄마와 함께 외갓집에서 독립한 후, 결혼하기 전까지 10개월 남짓 살던 그 집은 다세대주택 1층이었다. 문 전체가 바깥으로 나와 있어 지하는 아니었으나 현관이 땅보다 턱 한 칸 아래에 있는 집이었다. 어느 날은 회사를 다녀오면 불이 꺼진 캄캄한 집에 신발을 신은 채로 술에 취해 누워 있는 엄마가, 어떤 날은 따뜻한 저녁밥을 차려놓고 기다리던 엄마가 있었다. 흰쌀밥 위에는 연둣빛의 동그란 완두콩으로 만든 하트가 그려져 있었다. 그러다가도 엄마는 어느새인가 사라져 일주일 동안 연락이 닿지 않았고, 며칠 후 옷과 머리카락에 술 냄새를 가득 묻혀 돌아왔다. 술에 취하는 순간을 미리 염두에 둔 것인지 엄마는 가능할 때, 그러니까 술에 취하지 않은 상태가 되면 몰아치듯 내게 관심과 애정을 퍼부었다. 그러고선 곧바로 몰아치

듯 술을 마셨다. 딸의 결혼식을 앞두고도 엄마는 술로 인해 병원에 입원해 있었다.

결혼식이 일주일 앞으로 다가온 주말, 병원으로 엄마를 데리러 갔다. 혼주인 엄마가 입을 한복을 빌리고 미리 머리 손질을 받기 위해서였다. "엄마랑 볼일 좀 보고 오늘 저녁 6시까지 들어올게요"라는 나의 말을 들은 원무과 직원으로부터 '저녁 6시 복귀'라고 적힌 외출증을 건네받고 엄마와 한복집으로 향했다. 퇴원이 아니라 외출이란 사실에 엄마는 실망했는지 한복을 고르러 가서도 한동안은 입을 꾹 다물고 있었다. 그래도 막상 옷을 고를 때가 되니 한복집 직원이 권해주는 다른 색의 저고리와 치마 대여섯 벌을 불만 없이 갈아입었다. 그러고 나서도 두어 번 다른 색감의 저고리를 받아들고 얼굴 아래로 대보며 거울을 진지하게 살폈다. 옆에서 덩달아 함께 살펴본 엄마의 얼굴은 까맣고 노란빛이 났다. 술 때문이었다. 한 시간이 걸려 겨우 고른 한복을 들고 택시에 탔다. 역곡역으로 가주세요 아저씨, 옆에 엄마가 앉았다. 그간 관리하지 않아 엄마의 머리카락 끝에는 자줏빛으로 염색한 붉은 흔적이 어설프게 남아 있었고, 색이 빠져 붉지도 검지도 않은 머리카락들이 새로

솟은 흰머리와 함께 중간중간 남아 전체적으로 얼룩덜룩했다.
잠시 후 미용실에 도착했다.

"엄마 머리가 얇네. 펌이랑 염색 같이 하려면 영양도 줘야
하고…… 세 시간은 걸릴 것 같은데, 딸은 좀 쉬다 와요."

"……엄마, 어디 가면 안 돼. 알지? 잘 있을 거지?"

엄마는 5평 남짓한 미용실의 의자에 앉아 고개를 끄덕였
다. 나는 한복을 들고서 배터리가 다 닳은 핸드폰을 충전하러
집으로 갔다.

신부 대기실은 북적였다. 교회와 회사, 대학 친구들까지
물밀듯이 오고갔다. 사진 기사의 주문에 따라 포즈를 취하고
그들과 쉴새없이 사진을 찍으니 곧 입장 시간이라고 했다. 남
편이 성큼성큼 들어갔다. 나는 외삼촌의 손을 잡고 걸었다. 삼
촌과 20년을 같이 살았어도 손을 잡은 것은 처음이었다. 삼촌
은 손에 하얀 장갑을 끼고 있었고 그것이 다행이라고 생각했
다. 주례를 듣다가 문득 삼촌과 숙모가 앉아 있는 혼주석을 볼
때면 어딘가 기분이 이상했다. 내 것이 아니라는 느낌. 주례를
듣는 내내 혼주에 쓰여 있는 '이영숙'이라는 이름과 다르게 삼

촌과 숙모 두 사람이 앉아 있는 것을 보고 사람들이 어떻게 생각할지 신경이 쓰였다.

엄마를 혼자서 밖에 오랫동안 둘 수 없었다. 언제든 뚫고 올라오는 술에 대한 갈망을 이길 힘이 엄마에게 없다는 것을 알고 있으니까. 핸드폰이 충전되자마자 미용실로 향했다. 처음에는 걷다가 나중에는 뛰었다. 심박수가 올라가는 것이 뛰어서인지, 엄마가 없어졌을까봐 불안해서인지 알 수 없었다. 미용실에 도착하자 까만 앞치마를 두른 미용실 원장이 말했다. 엄마가 잠깐 어디 간다고 나가더니 소식이 없네. 파마 때문에 머리도 구르프로 다 말아놨는데. 이게 무슨 일이야.

그렇게 사라진 엄마는 나흘간 연락이 두절되었다가 결혼식을 이틀 앞두고 집으로 돌아왔다. 여자 경찰관이 엄마의 왼쪽 어깨를, 남자 경찰관이 오른쪽 어깨를 부축한 채로.

"모텔에서 신고를 받아 갔더니 그 안에서 며칠 내내 술만 드셨더라고요. 어머니 인계해드렸으니 저희는 이만 가보겠습니다."

엄마 머리에는 4일 전 말아놓은 파마 로드들이 그대로 달려 있었다. 안방에 누운 엄마의 머리맡으로 가서 분홍색 로드를 감싼 노란 고무줄을 풀었다. 그것들을 다 떼어내는 데만 30분이 걸렸다. 머리카락을 말고 있는 로드가 꽤 오랫동안 달려 있었던 탓에 엄마는 전에 본 적 없는 우스운 머리를 하고 있었다. 마치 태생이 곱슬머리인 것처럼 두피에 머리카락이 바짝 달라붙어 있었다. 어느 방향에서든 파마약 냄새가 진하게 났다. 머리카락을 손가락으로 집어 펴보자 몇 올이 스프링처럼 강한 힘으로 다시금 말려 두피 쪽으로 향했다. 어쩐지 멍해진 기분을 평소대로 갈음하고 서둘러 사설 구급차를 불렀다. 엄마는 입원 중이던 병원으로 다시 돌아갔다. 결혼식 이후 신혼여행 때문에 해외로 출국할 예정이라 이대로 엄마를 두면 또 위험해질 것이 뻔했다. 그렇게 엄마는 드레스를 입은 내 모습을 보지 못했다.

결혼식이 끝난 뒤, 대학 동아리 친구 둘이 운전해주는 웨딩 카를 타고 남편과 넷이서 신혼집으로 갔다.

"야, 나 신혼집 처음 와봐."

"올, 한시영, 올."

남자 동기 둘은 허락도 받지 않고 신발을 벗더니 집에 들어와 안방부터 주방, 화장실까지 야무지게 둘러본 후 집을 나섰다.

"형, 저희 갈게요! 한시영, 잘 살아라! 사랑했다!"

여전히, 언제나 예측에 빗나가지 않게 실없는 소리를 하는 그들이 킬킬 웃으며 떠나갔고 남편과 둘이 남겨졌다. 냄새도 공간도 낯선 이곳에서 우리는 섹스를 했다. 그리고 잠에 들었다. 깨어보니 하늘이 어둑해져 있었다. 엄마 생각이 났지만 전화는 하지 못했다. 엄마에게 전화를 건 것은 다음 날 출국을 앞두고 공항에서였다.

"엄마, 나야."

"네가 뭔데 내 인생을 부정해. 널 키운 세월이 얼만데, 네가 그걸 알면서 나한테 그래."

"엄마. 결혼식 이틀 전에 경찰관이 끌고 온 거 기억 안 나? 결혼식에 어떻게 올 수 있었겠어."

"앞으로 내가 술을 먹든 뭘 하든 너는 네 인생 살아. 내 인생에 관여하지 마. 내가 죽든 말든 내버려둬. 너 이제 필요 없으니까."

전화가 끊겼다. 그리고 비행기에 탔다.

내가 없는 그녀의 삶. 내가 관여하지 않는 그녀의 시간. 술에 취한 채 인도에 누워 있거나, 커튼을 친 채 사흘 밤낮을 모텔에서 술만 마시거나. 그러다 길을 지나가던 행인이나 모텔 주인이 신고하면 경찰관이 올 것이다. 데려다줄 곳을 찾지 못하면 그녀는 반나절가량을 경찰서 소파에 쭈그려앉아 꾸벅꾸벅 졸다가 다시 거리를 떠돌 것이다. 발바닥엔 굳은살이 박여 딱딱해질 것이고 뒤꿈치에는 허연 각질이 겹겹이 쌓일 것이다. 누군가 그녀의 몸을 함부로 만질 수도, 다룰 수도 있을 것이다. 그녀가 내게 요청했던 삶. 내가 관여하지 않는 삶. 그 삶은 사실 수도 없이 상상해봤다. 이번에는 내가 없는 그녀의 삶이 아닌, 그녀가 없는 나의 삶을 그려보았다.

비행기가 큰 굉음을 내며 전속력으로 달리기 시작했다. 곧이어 하늘을 가볍게 날았다.

그때 나는

아
홉
살
이
었
다

나의 아홉 살은 봄과 가을은 생략된 채 오롯이 겨울과 여름으로 기억된다. 몽땅 벗고 신체검사를 했던 추운 겨울날과 친구네 집에서 빨가벗고 물놀이를 했던 더운 여름날. 그 두 날의 기억은 단독으로 오는 법이 없다. 그것들을 축으로, 함께 붙들려 있던 불쾌하고 불편했던 어느 날의 것들이 동시에 내게로 온다.

아홉 살이 된 나는 초등학교 2학년 5반이 되었다. 늙은 남자가 담임인 반이었다. 새 학기가 되고 얼마 지나지 않아 그가 말했다.

"신체검사를 할 거야. 웃통과 바지를 모두 벗어. 팬티만 입어야 한다."

눈꺼풀이 쳐져 반쯤 뜬 눈으로 벌거벗은 채 줄을 선 아이들의 몸을 유난히도 꼼꼼하게 살피는 그의 벌건 얼굴. 작은 초등학교에서는 그러한 광경이 있다는 소문이 빠르게 퍼졌고, 그 모습을 보러 많은 아이들이 몰려왔다. 유리창에 달라붙는 사람 수가 많아질 때마다 헐거운 창문에서는 삐걱거리는 소리가 났지만 담임인 그는 아무 제재도 하지 않았다. 마치 창문 밖의 눈동자들이 없는 듯 그는 태연했다. 지독한 무심함이었다.

또 어느 날은 수업 시작과 함께 작은 아이들 앞에 선 그가 말했다.

"오늘은 아주 중요한 것을 배울 거야. 바지에 지퍼가 달린 남자와 여자 한 명씩 나와라. 나오기가 쑥스럽냐? 저기 너희 두 명, 이리 나오거라. 옳지, 지퍼가 달린 바지를 입었구나. 잘 됐어. 자, 애들아 봐라. 남자 바지의 지퍼는 오른쪽을 향하게 되어 있다. 보이냐? 이번에 너 이리 와봐라."

그는 커다란 손을 남자아이의 바지 지퍼로 가져가더니 그것을 올렸다 내렸다 하면서 그 부근을 한참이나 만지작거렸고, 그후에는 여자아이의 바지로 손이 이동했다.

"여자는 다르지. 여자는 지퍼가 왼쪽을 바라본다. 내가 보여주마. 여자의 바지는 왜 왼쪽에 지퍼가 달렸는지 크면 알게 될 것이다."

그는 여자애의 바지 지퍼를 네다섯 번 정도 올렸다 내렸다. 그때마다 그 아이의 팬티, 분홍색 배경 위에 그려진 하얀 토끼의 일그러진 귀가 보였다가 사라졌다. 나는 분명 그 여자아이의 얼굴을 보았지만 그 표정이 지금은 하나도 생각나지 않는다. 그 아이의 얼굴은 토끼의 구겨지고 일그러진 귀로 대체되어 있다. 선생님이 수업 시간에 알려주는 것에 집중해야 한다는 생각과 동시에 무어라 표현할 수 없었던 기괴함과 불편함. 지퍼를 더듬는 손과 움찔대던 두 아이의 모습은 내 모든 어린 날에 끈덕지게 달라붙어 있다. 그리고 나는 지금껏 여자의 바지 지퍼가 왜 왼쪽에 위치해 있는지 그 이유를 알지 못한다. 그 이유가 필요한 순간은 정말이지 단 한 순간도 없었다.

청소 시간, 빗자루로 교실을 쓸고 있는 내게 그가 왔다.

"네 엄마는 요즘 뭐 하시니. 집에 계시니? 학교에 언제 또 오신다고 했니?"

한 달 전쯤 학교가 끝나고 집으로 오자 화장실에 있던 엄마가 큰 소리로 나를 맞이한 적이 있었다.

"시영아, 엄마 화장실에 있어! 오늘 너희 담임 면담이 있어."

가방을 벗어두고 엄마가 있는 화장실로 갔더니, 금방 돌아올 테니 할머니랑 집에 있으라는 말이 이어졌다. 준비를 마친 엄마는 마무리로 스프레이를 머리 주변에 가득 뿌렸다. 화장실 전구에 비쳐 엄마가 뿌린 스프레이 입자 하나하나가 공기 속에 가득찬 게 보였다. 꼭 비가 오는 것만 같았다. 나가기 전 엄마는 식탁 위에 놓인 봉투를 열어, 그 안에 든 만 원짜리 지폐들을 센 후 다시 봉투에 넣었다. 그 봉투를 챙긴 엄마는 담임 선생님을 만나러 갔다.

그날 이후 그는 엄마를 종종 찾았다. '엄마 어디 계시니. 요즘 뭐 하시니. 또 언제 오신다고 들은 것 없니.' 그 말을 전하면 엄마는 "아이고 또 학교 갈 때가 되었나보다"며 흰 봉투와 현금을 찾았다. 선생님을 만나러 갈 때마다 엄마가 챙겼던 그 흰 봉투에 대한 의아함이 풀린 건 내가 5학년이 되어서였다.

학교에서 '불법찬조금 및 촌지 없는 학교! 투명하고 깨끗한 학교를 우리 모두의 힘으로 만듭시다!'라는 가정통신문을 나눠 주었다. 엄마가 챙겨간 봉투는 내 아이를 잘 부탁한다는 뇌물이었다. 그 뇌물이 그 시절의 내게 어떤 효과를 일으켰는지, 왼쪽에 달린 지퍼과 마찬가지로 끝까지 알지 못했다.

내가 누군가를 처음 괴롭혀본 것도 그 교실 안에서였다. 누군가 교실에 침을 뱉었는데, 때마침 그 통로를 지나가던 내가 그 사실을 모른 채 침을 고스란히 밟았다. 자리에 앉으려는데 짝꿍이었던 남자아이가 내 실내화를 가리키며 말했다.

"우엑, 더러워. 신발에 침 묻었대요. 으…… 저리 가, 더러워."

어떻게 반응할지 생각하느라 잠시 주춤했으나 다음 동작까지 그리 오래 걸리진 않았다. 나는 그 아이가 가리킨 내 왼쪽 발을 들어올려 그 아이의 의자에 대기 직전에 멈추었다.

"그래, 침이다. 그런데 이 발로 네 의자 밟으면?"

전세는 금방 역전되었다. 방금까지 나를 가리키며 짓던 그 웃음이 싹 지워진 얼굴로 그 아이는 "아, 하지 마, 제발. 제발이야"라며 애원했다. 평소에도 나의 작은 실수를 놓치지 않고 놀려서 코너로 몰았던 아이. 누군가를 도발할 줄은 알았으나 플랜 A만 알고 그다음의 플랜 B를 갖지 못한 아이였다. 내 얼굴과 하얀 실내화를 번갈아 보며 그 아이는 계속해서 말했다. "아 제발." 겁에 질려 일그러진 얼굴로 그 아이가 그 상황에서 할 줄 아는 말은 '제발'뿐이었고, 두어 번 비슷한 대화가 오간 후 그 아이의 부탁에 따라 나는 다리를 내리고 자리에 앉았다.

내 옆자리인 그 아이는 그날 수업 내내 내 쪽으로 아예 몸을 돌리지 않았다. 나를 쳐다보지 못하는 아이의 비스듬한 왼쪽 몸. 다른 쪽으로 돌린 그 뒤통수를 보며 나는 안도했다. 누군가가 내게 빈틈을 보였고 내가 그 순간을 포착했다는 사실과 누군가가 내게 애원하는 순간에 어떤 희열을 느꼈음이 분명했다. 그후로도 그 아이는 늘 내가 예상한 만큼 행동했다. 내가 그의 필통을 하늘 높이 들면 '아 제발', 내가 어떤 제스처만 취해도 '아 제발'. 나는 행동하고 그 아이는 '아 제발'. 매우 단순한 대화의 문법이 그 아이와 나 사이에 반복되었다.

그러던 어느 날 교실에 어떤 아줌마가 들어왔다. 그녀는 박스를 들고 와 힘겹게 교탁에 내려놓으며 그 안에 들어 있던 햄버거를 아이들에게 나누어줬다.

"애들아, 오늘은 장훈이 엄마가 오셨어. 너희들에게 맛있는 걸 사주고 싶으셨대."

선생님의 말을 듣고 나는 어딘가 모르게 찜찜한 기분으로 햄버거의 포장을 벗겼다. 방금 전까지 햄버거를 나눠주던 아줌마가 내 앞으로 걸어왔다.

"네가 시영이니? 시영이, 장훈이 짝꿍이지? 장훈이랑 친하게 지내줄 수 있지?"

다음 날 선생님은 우리에게 자리를 바꾼다고 했고, 장훈이와 나는 멀리 떨어지게 되었다.

건물 외벽에 위치한 교실에서 우리는 학기 초의 쌀쌀함을 교실 한가운데 켜진 기름 냄새가 나는 석유난로와 함께 버텨냈다. 여름에는 열린 창문으로 들어오는 뜨거운 공기를 코로 들이마시고 운동장에서 체육수업을 하는 아이들의 소리를 들으며 더위를 이겨냈다. 으슬으슬 추웠으며 찌는 듯 더웠던 교실, 그리고 다시 쌀쌀한 교실에서 학기가 마무리될 때까지 늙은 남자는 내게 와 엄마를 찾았다. 엄마 어디 계시니. 요즘 뭐하시니. 또 언제 오신다고 들은 것 없니. 나는 곧 3학년이 될 터였다. 나는 더이상 선생님이 엄마를 찾는다는 사실을 엄마에게 전하지 않았다.

　같은 해 여름, 나는 우리집에서 가까운 다세대주택에 사는 한 남매와 친해졌다. 엄마 말로는 그쪽에 있는 집들은 우리 동네보다 집값이 싸다고 했다. 반지하에 사는 정민은 나와 동갑이었으나 나보다 머리 하나가 더 있을 정도로 키가 컸고 동생은 한 살이 어렸다. 엄마는 내가 그 집으로 놀러가도록 보내주지 않았지만 엄마가 집을 비울 땐 이야기가 달랐다. 할머니는 내가 잠깐 놀다 온다고 하면 꼬치꼬치 캐묻는 것 없이 몇 시 전까지만 오라고 말하는 게 다였으니까. 엄마가 술을 먹고 며칠간 집에 들어오지 않을 때면 나는 정민이네로 갔다. 여름방학이었지만 정민이네에는 어른이 없었다. 더운 여름, 더위에 지친 우리는 우리만의 물놀이를 즐겼다. 정민이 큰 대야에 물을 받아오면 셋 모두 얼른 옷을 벗고 그 속에 들어갔다.
　"정민아, 너는 엄마 아빠 없으면 점심 어떻게 먹어?"
　"엄마가 나갈 때 참치 캔 뚜껑 열어서 랩으로 씌워두거든. 통조림 열다가 다치지 말라고. 그럼 냉장고에 있는 다른 반찬이랑 같이 먹으면 돼."

그 아이는 비누를 물속에 넣고 손을 문질렀다. 물은 금방 뿌옇게 변했고, 손에 남은 미끌미끌한 비누거품을 후 하고 불자 비눗방울이 화장실 안을 날아다녔다. 우리 셋은 어른 없는 집에서 여름의 열기를 식혔다. 이제는 어른이 되어 아이들을 키우는 나로서는, 어른 없이 아이 셋만 욕실에서 노는 그 장면이 도저히 납득하기 어렵다. 하지만 그것과는 별개로 그때의 우리는 자주 웃었고 즐거웠다. 안전하지 않았을지는 모르지만 그렇다고 위험했는지도 모르겠다. 어른이 있는 집 안에서, 그들의 시야 안에 있을 때조차 나는 정서적으로 방임되기도 했으니까. 대야에 들어가기 전 정민은 내 머리를 높게 묶어주며 말했다.

"우리 엄마가 그랬어. 물놀이할 때는 머리를 위로 높게 묶으라고. 그래야 머리가 안 젖는다고."

나는 그 집의 책상, 모든 잡동사니와 옷들이 가득 쌓인 혼란스러운 그 책상 위에 놓인 다마고치를 보았다. 테두리가 까만 계란형 게임기 안에는 까만 사각형의 점들이 모여 만든 병아리가 살고 있었다. 그것은 똥을 싸거나 배가 고프면 알람을 보냈다. 그 기계가 보내는 알람에 따라 충실하게 똥을 치우고 먹이를 주면 어느새 크게 자랐고 그러면 게임이 끝났다. 나는 그날 정민이네 책상 위에 있는 다마고치를 내 오른쪽 주머니 속에 넣었다. 집에 오는 내내 다마고치가 든 주머니가 너무나도 무거웠다. 집에 와서 저녁을 먹고 나서도 한참이나 뛰는 가슴은 좀처럼 안정이 되지 않았다. 느지막한 저녁에 전화벨이 울렸다.

"시영아, 나 정민인데 혹시 우리집 다마고치 못 봤어?"

"응, 못 봤어."

나는 그 다마고치를 개학한 뒤 우리 반 여자애에게 주었다. 사실 내게도 엄마가 사준 다마고치가 있었다. 어떤 생각으로 그 게임기를 훔친 것인지 모르겠다. 그저 좋은 게 하나 더 있다면, 내게 이득일 거라는 단순한 생각이었을까. 내가 주는 다마고치를 받아든 그 여자애는 늘 쉬는 시간에 찾아오는 아이들로 자리가 북적였던 아이였다. 특별해 보이던 그 애에게 선물을 준다면 나도 저 무리에 낄 수 있을 거란 생각, 혹은 그 아이가 내게 좀더 호의적으로 변해서 얻어지는 안정감을 원했던 것인지도 모르겠다. 아홉 살 여자아이가 또다른 아홉 살 여자아이에게 원했던 안정감은 무엇이었을까.

내게 많은 것을 알려준 정민이. 어른 없이 밥을 챙겨 먹는 법, 어른 없이 노는 법, 수영장에 가지 않고도 집에서 물놀이하는 법, 물놀이할 때 머리를 묶는 법. 나는 그 아이들을 더이상 만나러 갈 수 없었다. 일부러 그 집 앞을 피해 다녔던 나는 운이 좋았던 것인지 실제로 그후 정민과 그의 부모를 마주친 적은 없었다. 그리고 얼마 가지 않아 정민이네가 이사를 갔다는 이야길 들었다. 이제 더는 미안해하지 않아도 될 거라는, 더이상 집에 갈 때 먼 길을 돌아가지 않아도 된다는 생각에 안도했던 지독하게 어리석었던 순간. 하지만 처음이자 마지막이 된 도둑질은 지금껏 내게 붙어 있다. 어른이 되고 나서도 나는 종종 그 일을 떠올리며 내게 말한다.

'너는 원래 그런 애야. 나쁘고 못된 애.'

정민과 남동생, 2학년 5반 교실, 교실 가운데 석유난로와 기름 냄새. 그것들을 떠올리면 나는 해가 막 자취를 감추는 시간대의 어둑한 거실이 떠오른다. 어느새 사라진 빛과 갑작스레 찾아오는 어두움. 그것들 사이에 꼼짝없이 끼인 나는 다시금 아홉 살이 된 것만 같다. 그 시기를 떠올리면 울적해진다.

그로부터 1년이 지나 3학년이 되었어도 엄마가 술을 마시러 나가는 것은 똑같았을 것이고, 술을 마시느라 집을 비운 횟수는 비슷했을 것인데 내 기억 속에서 아홉 살은 유난히도 흑백사진 같다. '수학 익힘책 32쪽까지 풀고 엄마 싸인을 받아오라'는 선생의 말에 할머니에게 대신 부탁할 생각은 하지 못한 채, 꼭 엄마의 서명을 받아야 하는 줄 알고 불안에 떨었던 아이. 엄마가 펜을 잡을 수 없을 정도로 술에 취해 정신을 차리지 못할 때 느꼈던 절망감. 어리석을 정도로 어렸던 아이. 어렸기에 어리석었던 아이. 나는 아직 그 느지막한 오후에 끼어 있다. 이러지도 저러지도 못한 채.

우중충한 교실의 늙은 남자와 시끌시끌한 아이들. 아이들의 작은 몸이 견뎌냈던 겨울. 오른쪽 주머니에 든 무거운 다마고치. 대야에 들어간 세 명의 아이가 식히고자 했던 여름의 열기. 그 모든 이미지가 어지럽게 겹쳐진다.

그러니까, 그때 나는 아홉 살이었다.

분홍색

나뭇잎

속초 바다를 앞에 둔 아이는 연신 코를 풀어댔다. 연례행사를 치르듯 늘 환절기만 되면 아이는 콧물과의 싸움을 시작했다. 해가 지면 금세 기온이 낮아지던 9월, 함께 떠난 여행지에서 아침저녁 할 것 없이 아이는 코를 풀었다. 자다가도 코가 막혀 잠에서 깼고, 밥을 먹으면서도 코가 막혀 맛이 안 난다고 말했다. 비염 약을 챙겨왔으나 계절이 변하는 환경에는 장사가 없는지 약도 듣지 않았다.

"몸이 낮아지는 기온에 적응하면 콧물도 멈출 거야."

아이와 비염을 함께 공유하는 남편이 수차례 말했지만 아이는 코를 풀 때마다 힘이 드는지 짜증을 냈다. 2박 3일간의 여행을 간신히 마치고 속초에서 돌아오는 날, 휴일에도 문을 연 집 주변 병원을 찾아 진료를 받았다.

"코 점막이 많이 부어 있네요. 아이가 힘들었겠는데요. 요즘 애들은 다 비염이 있으니까 큰일은 아니에요. 비염 스프레이 뿌려주시고 먹는 약 먹이시면 돼요."

아이와 둘이서 집에 오는 길. 걸어서 40분 정도 걸리는 거리를 걸어가자는 아홉 살 아이의 손을 잡고 한참을 걸었다. 주머니에서 에어팟을 꺼내 한쪽씩 나눠 끼니 아직은 귓구멍이 작은 아이 귀에서 자꾸만 이어폰이 빠진다. 그래도 악착같이 음악을 듣겠다고 한 손을 귀에 갖다대 이어폰을 야무지게 고정한 채 아이는 계속 걸었다. 간만에 동생 없이 엄마와 둘이서만 오순도순 걷는 시간이 좋은지 계속해서 내게 몸을 기댄다. 그러다 팔을 잡아끌고 매달리고, 잠깐씩 멈춰 서서는 내 옷 냄새를 킁킁거리며 맡는다. 엄마, 사랑해, 좋아해라는 단어들이 들어간 문장을 연발한다.

"나는 엄마 팔뚝이 제일 좋아. 말랑말랑하잖아. 나도 이런 팔뚝이 갖고 싶어. 비법이 뭔가요?"

고개를 돌려 걷는 아이의 얼굴을 보니, 웃음이 새어나오는 입에 힘을 꼬옥 주고서 콧구멍이 살짝 벌렁거리는 게 보인다.

"솔아, 엄마랑 음악 들으면서 걸으니까 좋아? 왜 자꾸 웃음을 참아?"

"엄마, 나 이럴 땐 MBTI에서 I야. 표현하기 쑥스럽고 마음이 드러나는 게 긴장돼. 들키는 건 더 부끄러워."

아이에게 저 길 끝까지 아무 말도 하지 말고 걷자고 했다. 지금 듣는 이 음악과 함께 걸은 뒤 저 끝에서 어떤 느낌이 들었는지 말해보자고 제안하니 흔쾌히 알겠다고 한다. 길의 끝에 도착한 아이가 말한다.

"분홍색 나뭇잎 같았어. 그러니까 봄. 봄 느낌인 거지. 모든 게 시작되고 따뜻해지는 느낌. 이 음악이 그런 느낌이었어. 사람들이 우리가 지금 걷고 있는 이 나무 밑에서 유모차를 끌고, 손을 잡고 소중한 사람들과 걸어가는 거야. 그 느낌이더라. 그런데 분명히 좋은 게 맞는데, 어딘가 좀 슬퍼. 그래서 이 음악을 그만 듣고 싶기도 했어."

좋으면서 슬픈 것, 좋은 것과 같이 딸려오는 슬픔. 아이가 병렬로 놓은 좋음과 슬픔이라는 단어가 담긴 문장을 곱씹는다. 좋고 소중하기 때문에 때로 슬펐던 시간들. 슬펐어도 분명히 존재했던 빛나는 시간들. 빛나던 시간 안에도 그늘은 존재하고, 유쾌한 웃음소리 안에도 글썽거리는 눈물이 있을 수 있다. 좋고 나쁨을 정확하게 가릴 수 있는 게 아니니까 삶은 어렵고 복잡하다. 삶이 품고 있는 복잡성과 모순을 껴안는 것이 버거웠던 나의 시간들이 아이와 걸으며 떠올랐다.

길 끝 오르막에서는 서로 엉덩이를 밀어주었다. 아이는 낑낑대며 말했다.

"으, 엄마 왜 이렇게 무거워. 돌덩이 같아. 100년 된 나무 같아."

은행나무에서 떨어진 은행이 가득한 길에서는 까치발을 들고 지뢰를 피하듯 아이와 콩콩 뛰며 앞으로 나갔다. 한 계절 동안 데워진 땅이 식어가는 9월의 마지막. 아이와 함께 떠난 바다도 좋았지만 아이와 걷는 한 시간 남짓한 이 길이 참 좋다. 슬슬 낙엽이 떨어지고, 휴일 아침이라 사람도 별로 없는 이 황량한 길이 더없이 특별해진다. 걸으며 아이가 했던 말들이 집에 도착하는 내내 가슴을 간지럽힌다.

분홍색 나뭇잎, 따뜻함, 모든 게 시작되는 느낌, 소중한 사람들, 슬프다는 감정.

서른이 넘었어도 여전히 세상은 배울 것투성이다. 음악을 듣고 분홍빛 나뭇잎이라고 표현하는 아이의 마음에 대해서도 아직 한참 배워야 한다. 나 자신이 때로 지겹고 버거울 때 내가 나를 배반하지 않는 법도, 사람과 상황을 오랫동안 지켜보고 판단을 조금 유보하는 법도. 이 작은 아이와 함께할 앞으로의 좋지만은 않을, 그렇다고 나쁘지만도 않을 시간들을 맞이하는 법도, 내가 갖지 못한 저 멀리 있는 것들에서 시선을 돌려 지금 내 옆에 있는 이들에게 두는 법도. 오늘, 아이와 걸으며 내가 그렇게 갖고 싶어하던 그 행복이 멀고 높은 곳이 아니라 지금 아이와 걷는 이 길 가운데 숨겨져 있을 것 같다는 생각을 해본다. 이렇게 연휴가 간다.

이 야 기 가

흐
르
는
침
대

가슴팍에 안긴 아이가 작은 입을 열기도 전, 유두에서 젖 줄기가 새어나와 아이의 얼굴을 적셨다. 작은 얼굴에 자라 있는 가느다란 솜털에 허연 방울이 송골송골 매달렸다. 젖 냄새를 맡은 아이는 통통한 발로 발차기를 해대며 배고프다 보챘다. 그러면 얼른 유륜까지 넓게 손으로 꼬집어 가슴이 아이 입에 들어갈 수 있게 넣어주었다. 그제야 끌꺽끌꺽 젖을 삼키는 소리가 났고 그 소리는 들을 때마다 황홀했다. 아이가 태어난 날 밤부터 가슴이 부풀어올랐다. 젖이 흐르는 통로인 유관의 모양대로 울퉁불퉁하게 튀어나온 가슴. 간호사는 젖이 도는 것이라며 아이에게 어서 물리지 않으면 젖몸살이 올 거라 말했다. 부푼 가슴과 난생처음 느껴보는 통증에 서둘러 신생아실로 가 아이에게 젖을 물렸다. 아이는 왼쪽 가슴을 빨기 시작했는데 서로 연결되어 있는지 오른쪽 가슴에서도 젖이 나와 환자복을 적셨다.

아이가 태어난 지 50일 되던 날에 남편이 퇴근길에 하얀 생크림케이크를 사왔다. 알이 큰 자주색 포도와 초록색 키위 옆에 '50'을 나타내는 빨간 숫자 초가 꽂혀 있었다. "시영아 여기 좀 봐봐." 하루종일 아이를 보느라 씻지도 못한 얼굴로 아이를 품에 안고 카메라 렌즈를 보고 활짝 웃었다. 잠시 후 잠든 아이를 침대에 눕히고, 케이크를 베어먹고 크림을 핥으며 오늘 아이가 젖을 몇 시간 간격으로 먹었는지 낮잠은 몇 번이나 잤는지 쉴새없이 이야기했다. 다음 날 아침, 잠에서 깨어 끙끙대는 아이에게 젖을 물리는데 뭔가 이상했다. 모유가 잘 나오지 않는지 아이는 젖꼭지를 뱉어냈다. 아이가 젖을 먹지 못하자 가슴은 단단해져 돌처럼 굳었고, 급기야 열감이 느껴졌다. 아이 몸이 가슴에 닿을 때마다 날카로운 바늘이 가슴을 찌르는 것만 같았다.

"유두백반이네요. 유두 부위에 하얀 돌기가 생기는 건데 염증 때문에 생긴 거라 떼어내야 해요."

서둘러 찾은 병원에서는 유두에 생긴 백반으로 인해 젖 줄기가 막혔다고 했다. 의사는 마취가 불가능한 부위라며 백반이 생긴 부위의 생살을 잘라냈다. 잘라낸 살점은 작았지만 그 작은 부위가 야기하는 통증은 만만치 않았다. 상처 난 유두를 아이가 쩍쩍 빨 때마다 발가락에 절로 힘을 들어가느라 수유가 끝나면 발에 쥐가 났다. 젖을 다 먹은 아이는 만족스러운 듯 입술에 허연 모유를 묻히고 내게 작은 웃음을 보여주었다. 잘라낸 상처가 있는 유두에는 하루에도 열 번 넘게 아이의 침이 닿았고 상처는 더디게만 아물었다. 그때 지인의 추천을 받아 가까운 유방관리실을 찾았다.

큰 상가건물 1층에 위치한 그곳은 라벤더색의 간판을 달고 있었다. 출입문을 열자 허영다못해 퍼런 상가의 불빛과는 다르게 따뜻한 텅스텐 조명이 가득한 공간이 나왔다. 이전과는 다른 세계로 빨려들어간 기분. 거기서 그녀를 만났다.

그곳은 마사지실과 대기실로 구분되어 있었는데 마사지실은 침대 하나가, 대기실에는 아이와 함께 찾은 보호자를 위해 아기 침대와 바운서 같은 아기용품이 놓여 있었다. 그녀의 안내에 따라 웃통을 벗고 침대에 누워 긴장한 얼굴로 그녀를 바라보았다.

"어디가 아파요?"

"3일 전쯤 가슴이 아파서 병원에 갔었어요. 유두백반이라고, 생살을 떼어내고 난 뒤로도 계속 가슴이 불편하더라고요. 아이도 먹는 게 불편해 보이구요."

"아이고, 살을 잘랐다고요? 아니 이렇게 함부로 살덩이를 잘라내면 어떡해. 여기가 얼마나 민감한 부위인데. 이런 유두로 수유를 했으니 얼마나 아팠을까. 아직도 상처가 남아 있네요. 그래도 아물고 있어요. 걱정 마요."

그녀가 유륜 주위 젖샘을 부드럽게 자극하자 수십 개의 젖 줄기가 뿜어져나왔다. 아이가 먹지 못했던 모유가 빠지자 '살 것 같다'는 말이 절로 나왔다.

"아이고 이제 좀 살 것 같아요? 여기 온 산모들 다 그래요. 죽다 살아났다고, 이제 좀 살 것 같다고."

가슴 주위로 따뜻한 스팀 타월을 둘러놓고 그녀는 끊임없이 손가락과 손목의 모든 관절을 사용해 나의 가슴을 매만졌다. 마사지 중 막혔던 유관이 뚫린 것인지 젖줄기 하나가 높게 솟아오르다 그만 그녀의 얼굴에 닿았다. 내 체액이, 그것도 타인의 얼굴에 묻은 것이 민망해 죄송하다는 말이 바로 나왔고 그녀는 아무렇지 않다는 듯 팔뚝으로 얼굴을 스윽 닦아내며 괜찮다고 말했다.

"다 짜냈어요. 그래야 염증이 생기지 않을 것 같아서. 그런데 애기 먹을 게 없어서 걱정이네. 남김없이 짜냈거든요. 집에 가서 수유하고 모자라는 양은 꼭 분유로 보충을 해주세요."

27년 동안 그 무엇도 흘러본 적 없는 유관과 젖샘이라는 내 몸의 기관들이 모유를 만들어내고 있었다. 유방 속 모세혈관에 들어온 혈액에서 적혈구만 빠진 하얀 피, 그것이 모유였다. 아기를 낳은 직후 샛노랬던 초유에서 한 달이 지나가자 하얀 성숙유로 변하는, 아이가 자람에 따라 필요한 영양소를 다르게 갖추는 액체. 단맛이 나고 살짝 끈끈한 모유가 흐르는 나의 유관은 그 이후로도 종종 막혔고 그럴 때면 병원이 아니라 그녀를 찾았다. 그러면 그녀는 스팀 타월을 유두에 얹고 마사지를 통해 젖줄기가 통하게 해주었다. 자주 붉어지고 따가운 가슴도 그녀의 손길을 거치면 원래대로 돌아왔다.

"분유는 눈에 보이잖아요. 온도, 양, 농도. 그런데 모유는 보이지가 않으니까 아이가 얼마나 먹는지도 모르고요. 그래서 아이와 나를 믿을 수밖에 없어요. 그게 모유 수유고요. 아기는 그런 신뢰를 엄마에게 받으며 자라는 거예요. 분유든 모유든 아이를 먹이고 자라게 하는 건 버겁지만 신기한 일이에요."

15개월의 수유 기간 동안 일주일에 한두 번, 텀이 길어지면 2주에 한 번씩 그녀를 찾았다. 아무도 없이 둘만 남겨진 따뜻한 침대 위, 젖 냄새가 코에 맴도는 그 공간에서는 이야기가 흘렀다. 그곳에서 우리는 각자의 사연을 나눠 가졌다. 내게 알코올중독을 가진 엄마가 있다는 것과 그녀가 꽤 오랫동안 우울증을 앓고 있다는 이야기들을.

"늦둥이인 셋째를 낳고 산후우울증이 왔어요. 그게 10년 전인데 아직도 환절기만 되면 몸이 처져요. 종종 그렇게 약을 먹어요. 제가 원래 간호사였어요. 중환자실에서 일했죠. 그런데 아이를 셋이나 낳고 집에만 있으니 얼마나 답답한지. 지금은 남편들이 좀 나아졌지만 그때만 해도 그이가 참 가정을 돌볼 줄 몰랐어요. 아이 키우는 일은 내 일이고 돈을 벌어 오는 일은 자기 일이라고. 그렇게 애 셋을 내리 키우다보니 마음에 병이 올 만했죠. 지금 점잖게 말하지만 그때 얼마나 내가 처참했는지. 우는 아이를 놔두고 귀를 막고서 그만 울라고 소리 지르고…… 참 못할 짓 많이 했죠. 그래도 아이가 잘 자랐고 지금은 초등학교 5학년이 됐어요. 집에서 가장 애교가 많은 아들이 개예요. 지금 이 일 하면서 아픈 산모들 고쳐주는 게 뿌듯하고, 아기 데려온 산모들 수유 자세를 봐주고 가르칠 때면 선생님이 된 것도 같고, 무엇보다 통장에 돈이 꽂히니까 그게 그렇게 좋아요. 아직 종종 약을 먹긴 해도 사실 내 병은 돈을 벌면서 조금 나아진 것도 같아요. 내가 하는 일에 가격이 매겨지고 돈이 남게 되니까. 시영씨가 보기에 너무 속물 같으려나."

술을 마시고 병원에 입원한 엄마가 우리집으로 외출을 나온 적이 있다. 엄마는 외출 나온 3일 동안 자신의 손녀 옆에 바짝 붙어 있었다. 떨어져 있던 시간을 만회하려는 듯 아이가 깨어 있으면 쉴 틈을 주지 않고 아이를 웃기려 애썼다. 까꿍, 우끼끼, 어흥. 그러면 6개월 된 아이가 깔깔깔, 웃는 건지 우는 건지 헷갈리는 소리로 웃었다. 그러면 아이와 아이를 웃긴 엄마, 그 둘을 보는 나까지 셋이서 웃었다. 아주 잠깐 허락된 평온함을 놓치지 않으려는 마음과 더불어 언제든 쉽게 끝나버릴 행복감에 마음 두지 않으려는 애씀, 엄마와 함께 있을 땐 그 두 마음이 끊임없이 부딪혔다. 그러다 수유 중인 가슴에 다시 열감이 느껴졌고 마사지실을 찾아야 했을 때, 나는 쉽사리 아이를 엄마에게 맡기지 못했다. 고작 두 시간 정도였지만 나는 나를 기른 엄마에게 내 아이를 맡길 수 없었다. 언제고 나를 두고 나가 취했던 엄마였으니까. 아직 일어나지도 않은 일이지만 혼자 남겨진 채 울고 있는 내 아이의 모습이 눈앞에 그려졌다. 동시에 엄마를 믿지 못하는 내가 참 못되고 나쁜 딸이라고 느껴졌다.

"엄마, 나랑 마사지실 좀 같이 가줘. 내가 없으면 수유를 못 해서 솔이가 굶으니까."

아이 핑계를 대고 엄마와 함께 집을 나섰다. 엄마와 아이를 대기실에 놔두고 마사지실로 들어온 나는 유리창 너머의 그 둘에게서 눈을 떼지 못했다. 마사지를 받으면서는 밖에서 들려오는 작은 소리에도 몸이 움찔거렸다.

"시영씨, 너무 걱정하지 마. 아무리 술을 먹어도 아이를 돌보는 감각은 남아 있으니까. 애 낳은 지 10년도 더 지난 나도 여기 엄마들이 아기 데려오면, 내 아이 안아주던 그때 그 기억이 고스란히 나. 잘 봐주실 거야."

마사지가 끝난 후 내가 옷을 입는 동안 그녀는 유리 창문으로 막힌 대기실의 모습을 보며 내게 말했다.

"시영씨 어머님이 참 행복해 보이셔. 어머님이 손녀 안아주면서 시영씨 어렸을 때 생각 많이 날 거야. 아무리 아이가 예뻤어도 자기 아이니까 힘든 게 컸겠지. 자기가 책임져야 하니까. 그런데 손녀는 예뻐해주기만 하면 되잖아. 내가 잘은 모르지만…… 그래서 술로 도피하고 싶으셨겠지. 어머니 봐봐, 저렇게 아일 좋아하시는데."

그리고 그녀를 마지막으로 만난 것은 아이가 15개월 차, 내가 복직을 한 달 앞두고였다.

"선생님은 모유 수유 얼마 동안 하셨어요?"

"나는 좀 길게 했어. 일을 다니지 않았으니까. 아이들 다 2년씩은 먹였네. 애가 셋이니 6년이네, 6년. 힘들긴 했지만 그래도 품에 안겨서 오물오물거리는 애들 보면 좋았어. 생리 안 하는 것도 좋았고."

"선생님 저 다음 달에 복직하잖아요. 애기 계속 젖 먹이고 싶거든요. 출근하면서 젖 먹이고 퇴근해서 먹이고요. 울다가도 젖만 물면 조용해지고, 꼴깍꼴깍 젖 넘어가는 소리를 들으면 그렇게 행복할 수가 없어요. 회사에서 젖이 차면 모성보호실 가서 유축하면 되구요."

"……시영씨, 그냥 단유하자. 막상 단유 마사지 받으러 오니까 아쉽지? 그런데 회사에서 회의라도 길어지면 젖이 샐 거고, 윗사람이 불러서 타이밍 놓치면 가슴이 아플 거고. 젖이 차오르니까 옷도 타이트할 거고. 아이에게 좋은 걸 주겠다는 마음은 아는데 그러면 애가 하루종일 엄마만 기다릴 거야. 아이가 엄마 말고 다른 곳을 보고 다른 것을 느낄 수 있도록 해주는 것도 필요해."

젖샘을 최대한 자극하지 않는 한에서 젖을 비워내는 단유 마사지를 두 번 받자, 거짓말처럼 젖양이 줄었다. 첫 사나흘은 자면서 젖이 흘러나오긴 했으나 시간이 지나자 그것도 나오지 않았다. 아이는 당장 가슴을 내놓으라며 코가 빨개질 때까지 가슴팍에 얼굴을 묻고 비볐으나, 그것도 하루이틀뿐. 더이상 아이가 젖을 찾지 않았을 때 그렇게 나의 가슴은 예전처럼 가벼워졌다. 그리고 그녀를 찾을 일은 없었다. 젖을 뗀 것과 동시에 그곳을 졸업한 것만 같은 기분이 들었다.

15개월간 이어졌던 모유 수유. 태어나서 6개월까지 아이는 물이 아니라 오직 모유로만 목을 축이고 배를 채웠다. 이 아이의 모든 것이 내게 달려 있다는 것이 얼마나 두렵고 버거웠는지 모른다. 나와 아이 둘만으로는 힘겨웠을 그 시간을 그녀와 함께 건너왔다. 나와 아이와 그녀, 셋의 합작처럼 내게 남아 있는 그 시간. 언제나 가리고 싸매고 다녔던 가슴을 그녀 앞에서 풀어헤치고 그곳을 조심스레 만져주는 손길은 언제나 어색했어도 나의 일부가 받아들여졌다는 편안한 느낌이 그 침대 위에 있었다. 아이와 나란히 누워 있을 때 아이가 뱉어내는 숨결 속에서 나는 그 손길을 기억해낸다. 아이가 잠결에 뱉는 숨이 따끈하고 온화하다.

한 시 영 ,

알 림 장 가 져 와

아빠와 헤어진 엄마가 뿌리를 내린 이 친정집에서 나는
두 명의 사촌언니와 함께 자랐다. 엄마보다 열 살 많은 오빠
가 낳은 딸 둘. 나보다 각각 일곱 살, 네 살 많은 언니들은 외
삼촌 외숙모와 2층에서, 나는 엄마가 있는 뒤채와 할머니가
있는 1층을 오가며 지냈다. 내가 돌 즈음 찍은 사진이 그 시절
의 우리를 대변해준다. 백 원을 내면 5분간 탈 수 있는 리어카
목마, 리어카 뒤에 다리 네 개가 용수철로 연결된 작은 모형
말 위에 내가 아슬아슬하게 앉아 있는 사진이다. 내 옆에는 엄

마가 아닌 파란색 학교 체육복을 입은 큰언니가 아기인 나의 등을 받치고 서 있다. 행여나 떨어질까봐 내게 시선을 고정하느라 렌즈를 보지 못한 탓에 사진에는 언니의 옆모습이 찍혀 있다.

내가 일곱 살 때 다녔던 유치원은 집에서 걸어서 6-7분 거리에 있었다. 건널목은 없었으나 가는 길 중간중간 차가 나오는 골목이 여럿 있었던 걸로 기억한다. 유치원 셔틀버스를 타기 애매한 그 거리를 나는 엄마와 할머니 손을 잡고 오갔는데 종종 끝나는 시간에 맞춰 큰언니가 나를 데리러 왔다. 유치원에서의 일과가 끝나고 선생님을 따라 반 아이들과 함께 내려간 로비에는 교복을 입은 언니가 있었다. 그럴 때면 얼마나 신이 나던지 선생님에게 인사도 하지 않은 채로 언니에게 달려갔다. 내가 메고 있던 가방을 내 팔에서 하나씩 뺀 후 언니가 자기 어깨로 가져가면 땀으로 축축했던 등이 곧장 시원해졌다. 친구들에게 내게 교복 입은 언니가 있다는 걸 자랑하고 싶어서 바로 옆에 있는 언니를 괜히 크게 불러 주변 아이들의 이목을 끌기도 했다. 언니 손에 내 작은 손의 무게를 실어 통통 튀어도 보고 손을 놓고서 앞질러 달리면 뒤에서 "야, 한시영 차 조심해!" 하고 큰 소리가 났다.

평일과 주말을 가리지 않고 언니들은 엄마가 있는 뒤채로 내려와 엄마의 오른쪽 왼쪽을 한쪽씩 꿰찼다. 같이 있을 때면 딸인 내가 엄마를 찾는 것보다 언니들이 고모를 부르는 순간들이 오히려 많았다. 고모, 나 좀 봐봐. 나 웃기지, 대머리 빡빡이. 장난기 많은 작은언니는 늘 엄마 앞에서 개다리춤을 추고 눈을 까뒤집어 흰자를 보여주며 재롱을 떨었고, 큰언니는 엄마가 주방에서 일할 때면 옆에서 점잖게 일을 도와주거나 나를 돌봐주었다. 창밖이 컴컴해지면 위층에 있던 외숙모가 언니들을 찾으러 뒤채로 왔고 언니들은 그제야 위층으로 돌아갔다.

"엄마. 엄마는 내가 좋아, 언니들이 좋아?"

"엄마가 널 낳았는데 당연히 네가 좋지, 엄마한테는 네가 최고지."

"그런데 왜 엄마가 언니들을 더 사랑하는 것 같지?"

"시영이는 엄마 딸이니까 엄마한테는 시영이가 최고지. 너 태어나기 전에는 언니들을 먼저 챙겼는데 너 나오고 언니들이 뒤로 밀렸잖아. 아마 언니들도 서운할 때가 있을 거야.

이렇게 언니들을 챙겨줘야 언니들도 덜 서운하고 너한테도 잘할 거야. 너 때문에 고모를 뺏겼다고 생각하면 너를 질투 대상으로 보겠지만 언니들 봐봐, 너를 엄청나게 아끼잖아."

그러고서 엄마는 내가 묻지 않은 옛날 일들을 꺼내어 일곱 살인 내게 늘어놓았다.

"너 태어나면 지원이랑 지수가 서운할까봐 걔네 데리고 얼마나 여기저기 다녔는지. 너 임신해서 배는 남산만하게 불러 가지고 그 더운 날에 숨이 턱턱 막히는데 여섯 살, 네 살짜리 손을 잡고 '로얄 쇼핑' 가서 밥 먹이고 영화 보고. 그러면 지나가는 사람들이 다 쳐다봐. 이제 배 속에 있는 애까지 셋이냐고. 그러고는 꼭 '그 애는 아들이어야 할 텐데'라면서 후렴을 붙일 때면 얼마나 싫었는지 몰라. 얘네는 조카라고 말할라치면 내가 말하기도 전에 작은언니 그 네 살짜리가 눈을 부릅뜨고 '우리 엄마 맞는데여?'라면서 말하는 게 어찌나 웃기던지.

큰언니는 우리집 첫아이라 사랑을 무지막지하게 받았어. 그런데 또 너무 울보인 거야. 하도 울어서 네 외삼촌이 한번은 지원이 네 살 때였나 발목을 손으로 잡아서 거꾸로 든 적도 있어. 제발 울지 좀 말라고. 오죽하면 이혼한 네 아빠랑 데이트

할 때 큰언니를 데리고 간 적도 있다니까. 고모랑 안 떨어진다고 우는데 애를 계속 울릴 수가 있어야지. 저 울보가 지금 저렇게 큰 걸 보면 진짜 놀랍다 놀라워. 그런데 네 언니들 돌볼 때 몸은 힘들었어도 싫지만은 않았어. 좋아서 했어, 좋아서."

　내가 초등학교에 입학하자 열다섯이었던 큰언니의 일과엔 '내 알림장 검사'가 추가되었다. 큰언니는 학교가 끝나고 집에 오면 교복을 갈아입고서 누가 시킨 것도 아닌데 아래층으로 내려와 나를 불렀다.

　"한시영, 알림장 가져와."

　언니의 말에 나는 보던 티브이를 끄고서 가방 지퍼를 열고 알림장을 찾아 언니에게 건넸다. 노트를 유심히 보던 언니의 미간에는 집중할 때마다 생기는 주름이 잡혔고, 그 앞에서 긴장한 나는 침을 꼴깍 삼켰다.

　"오늘은 숙제가 없네? 내일 학교에서 만들기 한다니까 풀이랑 가위 챙겨서 가방에 넣어."

　"응, 언니."

　"다 챙겼어? 그러면 책가방 현관문 앞에 둬야지."

말을 착실히 들으면 언니는 꼭 새콤달콤을 하나씩 주었다.

"잘했어. 오늘은 포도맛."

딱딱하고 끈적끈적한 연보라색의 캐러멜을 입에 넣자마자 혀 아래에는 침이 가득 고였고, 그 단물을 꿀꺽 삼켰던 순간 나를 보고 웃는 언니와 눈이 마주쳤다. 어린 나는 엄마보다 큰언니가 더 무서웠다. 무섭다기보다는 동경했다는 말이 더 맞겠다. 언니와는 질투를 느끼거나 다툼을 벌일 만한 나이 차이를 한참 넘겼거니와, 오히려 친동생인 작은언니가 나를 약 올릴 때면 나서서 내 편을 들어주었다. "야, 이지수 시영이 괴롭히지 마. 너는 동생한테 그러고 싶냐?" 하면 작은언니는 큰언니의 말을 곧바로 받아쳤다. "그럼 언니는 동생한테 왜 그러는데?"

현관이 각각 분리되어 있던 집에서도 엄마가 술을 먹는다는 사실은 금세 온 가족들에게 퍼졌다. 고모를 부르며 1층에 내려왔다가도 현관에서부터 풍기는 술 냄새를 맡은 작은언니는 말없이 2층으로 올라갔다. 하지만 큰언니는 작은언니가 열 엄두조차 내지 못했던 안방 문을 열고 술에 취해 자는 엄마의 모습을 확인하고선 다시 문을 닫았다. 그리고 언제나처럼 내게 말했다.

"한시영, 알림장 가져와. 뭐야, 내일 소풍이야? 슈퍼 가게 신발 신고 있어. 언니 금방 내려올게."

계단을 내려오는 언니의 손에는 지폐 몇 장이 들려 있었다. 집 옆 태양슈퍼에 가면 언니는 내게 봉지 과자 하나, 박스 과자 하나, 음료수 하나를 고르라고 했다. 언니는 지폐를 꺼내 내가 고른 과자들을 계산하고 까만 봉지에 담으며 말했다. 내일 소풍 가면 선생님 잘 따라다녀야 돼. 너 딴생각하다가 길 잃는 수가 있어.

엄마가 술에 취해 있거나 연락이 되지 않은 채로 없어질 때 내게 곤란한 순간 중 하나는 똥이 마려울 때였다. 여덟 살이었던 나는 대변을 본 후 뒤처리를 완벽하게 하지 못했다. 엄마가 있을 때면 "엄마 나 다 했어!"라고 외치면 됐지만, 엄마가 취해 있을 땐 뒤처리를 해줄 사람이 없었다. 할머니가 있었어도 할머니는 손에 힘을 너무 줘서 뒤가 아팠고, 귀가 잘 들리지 않는 바람에 변기에 앉은 내가 할머니를 불러도 잘 듣지 못했다. 그날은 학교에 다녀온 후 큰언니와 집에서 한글 공부를 하던 때였다.

"언니, 나 똥 마려워." "싸고 와." "나 똥 닦는 거 못해."

그렇게 나는 언니와 함께 화장실에 들어갔다. 잠시 후 내가 고개를 들어 언니를 보자, 한쪽 손에 휴지를 집어든 채 기다리던 언니가 내 엉덩이로 휴지를 가져갔다. 언니는 내가 느낄 수도 없을 만큼 아주 살살 대충 내 엉덩이를 닦았다. 언니 나 아직 찝찝해. 내 말을 들은 언니가 휴지를 더 뜯어서 닦아줬으나 여전히 내 표정은 떨떠름했다. 야, 나도 이게 최선이야. 이제 바지 올리고 나와. 나는 찝찝한 엉덩이를 달고 어기적어기적 화장실을 나오면서 엄마처럼 닦아주지 않는 언니가 야속했고, 어디에 서러워해야 할지 몰라 눈에는 눈물이 고였다.

큰언니가 고등학교에 가고 작은언니가 중학생이 되어 함께 있을 수 있는 시간은 줄었어도, 엄마가 술을 먹지 않을 때면 언니들은 언제고 1층에 내려와 우리 모녀와 함께 시간을 보냈다. 하지만 내가 중학생이 되었을 즈음 언니들은 더이상 1층에 내려오지 않았다. 엄마는 그전보다 더 자주 술을 먹었고 깨어 있을 때보다 취한 날이 더 많았다. 고모를 찾아온 언니들이 허탕을 치고 다시 돌아가야 하는 일도 잦아졌다. 그뿐만 아니라 술을 먹고 동네에서 정신을 잃은 엄마 때문에 가족들에겐 곤란한 상황들이 발생했고, 그 곤란함을 언니들이 내게 직접 표현한 적은 없으나 언니들도 지치고 있다는 걸, 엄마를 피하고 싶어한다는 걸 느낄 수 있었다. 알코올중독이 심해져 병원에 입원한 엄마는 그렇게 언니들과 점점 멀어졌고 언니들도 내게 엄마가 어디 있냐고 묻지 않았다. 입원한 엄마가 집으로 전화를 걸면 마지막에 언니들은 잘 있는지 물었는데, 나는 언니들이 더이상 엄마를 찾으러 내려오지 않는다는 말 대신 "언니들이 고모 언제 오냐고 물어봤어"라고 대답했다.

몇 년 뒤 큰언니는 결혼을 했다. 이때 내가 고등학교 1학년이었다. 언니가 청첩장을 보여주며 "고모. 이날 예쁘게 하고 와"라고 말했고 엄마가 대답했다.

"걱정 마, 인마. 고모가 아무리 못나도 네 결혼식을 못 갈까봐."

하지만 대답과 다르게 엄마는 결국 결혼식 전날부터 술을 마셨고 드레스 입은 언니를 보지 못했다. 사실 집안 어른들은 엄마가 언니 결혼식에 가서 행여 술에 취해 말썽을 부릴까봐 노심초사했다. 차라리 정신없을 정도로 술에 취해 식장에 못 오는 게 낫다고 말하는 어른들의 대화를 들었다. 그리고 결국 결혼식에 오지 못한 엄마를 두고 어른들은 이야기했다. 거봐, 영숙이 걔는 결국 술 때문에 그렇게 아끼는 조카 결혼하는 것 도 못 봤어. 술이 뭐길래 저러나 모르겠다.

나는 어른들과 달리 엄마가 술에 취해 언니 결혼식에 오 지 못했다고 생각하지 않는다. 오히려 반대로 엄마는 결혼식 에 가지 못했기 때문에 술에 취했던 것이다. 엄마는 견디기 힘 든 순간에, 누군가를 떠나보내야 하는 순간에 늘 술로 도망을 쳤으니까. 보통 사람들은 이해할 수 없는 행동이겠지만 첫 조 카의 결혼이 견디기 힘든 순간으로 여겨져 술에 취하는 고모 가 있을 수 있음을 나는 안다. 결혼식을 마치고 세부로 신혼여 행을 떠난 큰언니가 집에 돌아왔던 날, 술에서 깬 엄마가 내게 흰 봉투를 주며 말했다. "그거 네가 큰언니 갖다줘." 흰 봉투에 는 돈이 꽤 들었는지 두툼했고, 겉에는 술에서 깬 지 얼마 되 지 않아 덜덜덜 떨리는 손으로 엄마가 쓴 글씨가 위태롭게 적 혀 있었다. '내 조카 지원아'.

"언니, 이거 엄마가 주래" 하며 건네받은 봉투를 손에 쥐자마자 언니는 커다란 눈이 금세 벌게졌고 목이 멨는지 한참을 아무 말도 하지 못한 채 손에 든 봉투를 쳐다봤다.

"고모한테 너무 신경쓰지 말라 그래, 나 다 잊었다고. 그리고 제발 술 좀 그만 먹으라고 해."

언니는 결혼하고 몇 년 뒤 남자 쌍둥이 둘을 낳았다. 아이가 태어났다며 언니가 내게 보내준 사진을 본 순간 얼마나 가슴이 간지러웠는지 모른다. 하얀 포대기에 싸여 벌건 얼굴로 울고 있던 아이들. 자식을 낳으면 이런 기분일까 싶은 이상한 감정이 목까지 차올랐다. 언니가 조리원에서 나온 후 조카들을 보러 언니네에 갔었다. 아이들은 방 안에 있었지만 집 안의 모든 불을 꺼놓아 어두웠다. 컴컴한 거실을 지나 아이들이 자고 있는 방문을 열자, 방 안 가득 밀도 높게 차 있던 아기 냄새와 분유 냄새가 물밀듯 나를 덮쳤다. 내 팔뚝만한 아이들은 두 눈을 감고 속싸개에 싸여 있었다. 그 아이들이 자라서 세 살이 되었을 때 나는 직장에 취업했고, 첫 월급을 받은 날 가장 먼저 조카들의 선물을 샀다. 10만 원짜리 동화 전집 세트. 선물을 받은 언니가 보내준 사진 속 아이들은 책의 둥근 모서리를 입으로 쪽쪽 빨거나 책에 달린 모형들을 입으로 가져가 맛보고 있었다. 언니에게 처음으로 도움을 주는 존재가 된 것만 같아서, 내가 사준 책을 만지는 아이들의 사진을 얼마나 많이 반복해서 보았는지 모른다. 나는 이후로도 월급을 받으면 조카들에게 필요한 장난감과 교구들을 사서 언니네 집으로 보냈고, 그럴 때마다 언니는 전화를 걸어 내게 말했다.

"그런데 시영아 애들 거 그만 사. 애들 필요한 거 다 있어. 너 맛있는 거 먹고, 너 옷 사 입어."

그 아이들이 이제 열다섯, 큰언니가 나를 돌보았던 그 나이가 되었다. 큰언니는 종종 우리집에 조카들을 데리고 온다. 집에 도착한 언니는 가장 먼저 냉장고 문을 연 뒤 정리 상태를 확인하고, 언니가 만들어온 밑반찬들을 넣는다. 그런 다음 주방으로 가서 상부장과 싱크대 아래 수납함 곳곳을 열어본다.

"한시영, 너 나 온다고 그릇이랑 반찬통 여기저기 다 쑤셔 넣은 거야? 야, 문 열면 다 쏟아지겠어. 생각할수록 웃겨죽겠네. 여기저기 다 쑤셔박은 거 진짜……."

내가 아무 말도 하지 못한 채 입을 다물고 실실 웃으면 언니는 손에 고무장갑을 낀다.

"한시영, 싱크 볼 닦게 세제 가져와, 수세미도 같이."

내가 갖다준 수세미로 언니는 싱크대의 모서리와 물이 나오는 수전, 수전 안에 든 호스까지 빡빡 닦아재낀다. 남은 물기를 행주로 제거하고 수전이 반짝이며 빛나야만 끝이 나는 언니의 청소. 언니한테 들키지 않으려고 여기저기 쑤셔넣은 그릇을 비롯한 잡동사니까지 결국 언니 손을 거쳐서 제자리를 찾아가면 나는 고마움과 함께 심술이 올라온다. 꼭 저렇게 남의 주방을 뒤져야 하는 건가. 그러나 한편으로는 아무렇게나 내 공간에 들이닥쳐 잔소리하는 누군가가 있다는 사실이 든든하게도 느껴진다.

다니던 직장에 휴직을 낸 언니가 시간이 남아 반찬을 했다며 내일 잠깐 들른다는 연락이 왔다. 너저분한 주방의 잡동사니들을 언제 까발려질지 모르는 찬장에 급하게 쑤셔박고서 내일 언니의 방문을 준비한다. 언니의 잔소리에 씨익 웃어젖힐 준비도 같이.

홈

스 위 트 홈

현관문을 열자 정신없이 어질러진 거실이 눈에 들어왔다. 서너 평 되는 주방 겸 거실 바닥에는 온갖 반찬통과 주방 집기가 널브러져 있었다. 네 달 전 이 집을 나서기 전과는 너무도 다른 모습에 나와 남편 모두 이렇다 할 말을 잃은 채 한동안 그 자리에 서 있었다.

"이게 다 뭐야? 누가 왔던 거지?" 남편이 물었다.

현관에서 벗으려던 신발에 다시 발꿈치를 구겨넣고 운동화를 신은 채로 거실에 들어왔다. 왼편에 위치한 싱크대는 바닥으로부터 어른 손 두 뼘 정도 높이의 틈이 있었는데, 그곳에 엄마는 된장과 고추장 같은 장류들, 과자를 모아놓은 락앤락과 소면처럼 아직 삶지 않은 국수가 들어 있는 반찬통들을 놔두었다. 그것들은 모두 깨지고 엎어져 내용물이 밖으로 흘러나온 상태였고, 음식물의 잔해들과 함께 기분 나쁜 냄새가 코를 찌르고 있었다.

"…… 일단 얼른 치우자."

계약 기간이 6개월 정도 남은 상황이라 사람이 살지도 않는 이 빈집에 꼬박꼬박 월세로 25만 원씩을 내고 있었다.

"집은 비워두면 망가져요. 계약 기간이야 꽤 남았지만 살지도 않는 곳이라 아가씨도 월세가 아까울 거고, 집 정리 좀 해주면 내가 새 세입자 구해볼게요."

집주인의 말을 듣고서 간단히 끝날 청소로 생각하고 들른 집은 엉망이 되어 있었다. 얼른 집을 정리해야 했다. 여기서 멀지 않은 신혼집으로 가서 고무장갑과 걸레 같은 청소도구들 그리고 락스 한 통을 챙겼다. 오는 길에 집 앞 슈퍼에서는 50리터 쓰레기봉투 한 묶음을 샀다. 이 집에 마지막으로 온 건 넉 달 전, 엄마가 병원에 입원했던 날이다. 그때만 해도 멀쩡

했던 집이 왜 이렇게 된 걸까. 거실에 불규칙하게 흩어져 있는 짐들을 봉투에 담는 내내 불쾌감에 미간이 찌푸려졌고 뒤통수부터 찌릿한 두통이 찾아왔다. 실내 공기가 탁해 우리는 중간중간 쉬는 시간을 정해놓고 잠시 현관 밖으로 나가 숨을 돌려야 했다.

2012년 11월, 이 집으로 이사를 왔다. 할머니와 삼촌과 외숙모, 언니들과 엄마와 함께 살던 큰 이층집. 어둑한 벽돌로 쌓은 담을 가진 집. 5월에는 붉은 장미가 담벼락에 무겁게 매달리고, 늦봄이면 라일락 향이 콧속을 달큰하게 찌르고, 초겨울에는 감나무에 남은 홍시들을 먹으러 까치가 날아오던 집. 땅에 떨어진 홍시 주위로는 개미떼가 새까맣게 모여들고, 여름이면 수국과 맨드라미의 키가 커지고, 비 온 다음 날이면 지렁이들이 사각형 석재 블록 틈 사이로 잔뜩 나와 숨을 돌리는 마당을 가진 그 집에서 엄마와 나는 독립을 했다. 수중에 가진 돈으로 구할 수 있었던 것이 이 집이다. 항상 열려 있는, 칠이 벗겨져 군데군데가 검게 드러난 파란색 철제 대문 안에 우리 말고도 다른 사람들이 함께 사는 다세대주택. 집의 한쪽 면은

완전히 땅 안에 갇혀 있었고 반대인 현관 쪽은 모두 지면 바깥으로 나와 있는, 경사면 한쪽을 깎아 만든 집. 같은 주소를 가졌지만 여기 사는 사람들이 누구인지도 모른 채 방 두 개에 주방 겸 거실, 널찍한 화장실을 가진 집을 계약했다.

'부천 중고알뜰매장으로 와. 조공아파트랑 삼익아파트 중간. 조공아파트 정류장.'

이사 2주 전 주말 아침에 엄마에게서 전화가 왔다.

"시영아, 내가 문자 보내놨어. 이리로 와. 간단히 얼굴에 물만 묻히고 빨리."

왜냐고 묻기도 전에 전화가 끊겼다. 서둘러 옷을 입고 마을버스를 타 엄마가 있는 곳으로 갔다. 부천 중고알뜰매장이라는 간판을 단 매장 입구에서 엄마가 날 맞이했다.

"너 걱정 많이 했지? 근데 엄마가 다 생각이 있다고 했냐, 안 했냐. 지금 우리가 할머니네서 쓰던 것들은 오래되기도 했고, 가져가기도 싫고. 새로 마련할 거야, 새로. 너랑 새출발하는 거니까."

안에 들어가니 매장은 생각보다 넓었다. 50평이 넘어 보이는 매장에는 형광등이 켜져 있어도 해가 잘 들지 않는 탓에 어둑어둑했다.

"사장님, 저희 다음 주 토요일 날짜로 배송해주세요. 시영아, 이리 와봐. 엄마가 고른 거야."

엄마가 고른 가전들은 모두 중고였어도 전 주인이 깨끗하게 썼는지 여기서 쓸 만하게 손을 본 것인지, 사용감이 적어 멀쩡해 보였다. 남색 통돌이세탁기와 양문형 메탈 냉장고, 자주색 전자레인지와 2구 가스레인지, 6인용 전기밥솥. 이것들을 보니 이사가 실감이 났다.

모든 짐이 들어오고 이사를 마쳤던 날 화장실에는 새 비눗대에 은은한 향이 나는 하얀색 '아이보리' 비누가 담겨 있었다.

"시영아 그래도 우리 이사온 날인데 여기서 뭐라도 먹자."

엄마는 내가 대학교 1학년 때 사서 지금은 메지 않는 인조가죽 가방, 밑부분이 헤져서 그 자리에 합성피혁이 까맣게 드러난 그 가방에서 신라면 두 개를 꺼냈다. 물이 끓자 냉기가 돌던 집에 온기가 차올랐다. 창문에는 김이 서렸는데 라면 냄새까지 나니 그제야 사람 사는 곳 같았다. 상이 없어서 장판 위에 마른걸레를 깔고 냄비를 올렸다. 매운 걸 잘 먹지 못하는 나는 흐르는 콧물을 닦느라 정신이 없었는데, 그런 나에 비해 엄마는 나무젓가락 가득 면발을 집어서 한입에 후루룩 깔끔하게 먹었다. 이 집에서 엄마와 나 둘이라면 행복할 수 있을 거라는, 엄마도 술을 먹지 않을 거라는 생각을 떠올리고 말았다. 라면을 먹던 순간, 나는 선명한 희망을 느꼈다.

"시영아, 이제 엄마도 정신 차릴 거야. 너랑 나랑 둘이 살아야지. 너 회사 가면 엄마가 아침도 차려주고 너 퇴근 전에 청소도 해놓고 그럴 거야. 늘 그랬지만, 이제는 정말 너랑 나 우리 둘을 위해 살아야지."

층고가 낮고 한 면이 지면에 갇혀서 겨울이어도 습한 기운이 돌던 새 집이 싫지 않았다. 허름한 집이었어도 나는 이 집이 부끄럽지 않았다. 무엇보다 새로 생긴 내 방이 좋았다. 현관문을 열자마자 오른쪽에 자리한 기다란 직사각형 형태의, 벽 끝에 큰 창이 있던 나의 방. 내 방은 엄마가 쓰는 안방보다 훨씬 좁았어도 창이 열려 있을 땐 바람이 통해서 시원하고 쾌적했다. 홈플러스에서 사온 행거에 옷을 걸고 곰돌이 푸와 그의 친구 피글렛이 그려진 노란 플라스틱 속옷 서랍장에 속옷을 정리했다. 4단짜리 합판 책꽂이는 높게 세우지 않고 옆으로 길게 눕혀서 화장대로 썼다. 팔꿈치를 기대면 책상다리가 심하게 흔들리던 조립형 책상까지 들어가니 그럴듯한 방이 되었다. 이사 다음 날 엄마는 가장 먼저 할머니를 데려왔다. 엄마는 할머니가 오기 전에 주방을 정리하고 보일러 온도를 높였다. 안방에 할머니가 앉을 곳에 두꺼운 이불을 깔아놓고는 할머니가 오자 말했다.

"엄마, 여기 보일러 하나는 잘 들어. 이불 속에 손 좀 넣어봐요. 뜨시지? 아빠가 지은 집은 오래돼서 외풍도 심하고 냉기도 돌고, 영 시원치 않았잖아. 근데 여기는 바닥이 막 끓어."

그 말을 들은 할머니는 방 여기저기를 두 손바닥으로 짚어가며 바닥의 온기를 확인했다.

초여름 저녁, 퇴근 후 어둑어둑해진 하늘을 위로 두고 돌계단을 내려와 집으로 왔더니 엄마가 현관문 앞에서 얼굴이 파랗게 질린 채 서 있었다.

"엄마? 엄마 무슨 일이야?"

"아까 낮에 내가 손빨래를 해서 네 속옷들을 바깥에 걸어놨거든. 그런데 여기 건조대 좀 봐봐. 속옷만 없어졌어. 그것도 네 것만."

정말이었다. 건조대에 걸린 양말이나 바지랑 티셔츠들은 그대로인데 내 팬티와 브래지어만 없어져 건조대 한 칸이 비어 있었다. 며칠 뒤 늦은 밤 창문 앞 책상에 앉아서 이것저것을 할 때면 갑자기 온몸이 서늘해질 때가 있었다. 창문이 위치한 곳은 사람이 지나다니는 길이 아닌 담이 있는 곳이었다. 어두운 바깥에서 불이 환하게 켜진 내 방 안의 실루엣이 다 보일 거라 생각하면 몸이 얼어버렸다. 그럴 때면 안방에서 나는 티브이 소리, 엄마가 챙겨보는 드라마의 주인공 대사 소리에 금세 안심이 되었다. 여자 둘만 있었어도 혼자보다는 나았고 엄마가 있다는 사실이 든든했다. 간혹 속옷을 가져간 사람이 다시 찾아올까봐 무서울 때도 있었지만, 다시 그 집으로 돌아갈 수 있었던 것은 그곳에 엄마가 있었기 때문이다.

불안했어도 따뜻하고 조심스러운 기대로 가득차 있던 집은 초반에 유지하던 깔끔함이 곧 사라졌다. 점점 잡동사니로 가득찼고 어지럽혀졌다. 엄마는 물건을 잘 사고 들였으나 버리지 못했는데 그 때문에 안방에는 짐이 쌓이기 시작했다. 침대 밑에도 온갖 물건들이 가득 들어찼다. 그중엔 엄마가 먹으려고 과자 서너 봉을 뜯어서 섞어놓은 락앤락 통도 있었다. 비록 새것은 아니었어도 난생처음 써본다고 좋아했던 큰 양문형 냉장고 안에도 유통기한이 지난 식재료들이 늘어갔다. 그것들로 엄마가 음식을 만들기도 했지만, 바짝 1-2주 깨었다가 다시금 취한 상태가 되는 엄마는 집을 운영할 능력이 없었다. 그러다 한번은 술에 취한 엄마가 집으로 내려오는 턱이 높은 돌계단에서 뒤로 떨어져 뇌진탕을 입었다. 다행히 수술까지 가지 않고 약으로 두개골 안의 피를 흡수할 수 있을 정도였지만 엄마는 퇴원 후 곧바로 또 술을 마셨다. 그리고 그렇게 가기 싫어하던 정신병원, 스스로 끝내지 못하는 장취長醉 상태를 끝내기 위해 엄마는 알코올병원에 입원했고 나는 그 집에서 혼자가 되었다.

잡동사니나 잡화들은 그런대로 치울 만했으나 처리하기 힘든 것은 냉장고와 주방에 있는 짐들이었다. 엄마와 나, 두 식구가 살던 집 냉장고에는 과할 만큼 식재료가 넘쳤다. 나는 그것들을 싱크대에 부으면서 마스크를 뚫고 들어오는 상한 음식물의 끈덕진 악취에 눈을 찌푸렸다. 잠시 뒤 화장실로 가보니 하수구 덮개가 들려 있는 게 보였다.

"여기 화장실 하수구 덮개가 들려 있어. 까만 쌀알 같은 것도 많고. 기분 나빠."

"나도 아까 봤어, 주방에서. 주방에 많던데."

"오빠, 이거 혹시 쥐똥 아니야?"

핸드폰에서 쥐똥을 검색해서 나온 이미지는 이 집에 쥐들이 있다는 사실을 말해줬다.

"화장실 하수구 쪽으로 들어왔나봐. 개네들이 이 집도 이렇게 만든 거고."

모든 짐들을 비웠으나 끝내 사라지지 않는 장판의 쥐 오물과 음식물 자국 때문에 우리는 다음 날 청소업체를 불렀다. 청소가 다 됐다는 전화를 받고 집에 가보니 락스 냄새가 풍겼다. 곧바로 청소비 20만 원을 이체했고 집주인에게 문자 메시지를 보냈다.

'집 정리해놓았습니다. 다음 세입자가 구해지면 알려주세요, 부탁드릴게요.'

'알겠습니다'라는 집주인의 답장을 받고 나니 심장박동이 빨라졌고 불안감과 함께 찾아온 다음 세입자에 대한 미안한 마음을 꾸욱 눌렀다.

엄마와 나의 첫 집. 어색하긴 했어도 엄마와 나만의 공간이 생긴 것이 나쁘지 않아 정리된 집 이곳저곳을 둘러봤던 기억이 난다. 보일러를 켜면 집이 작아 장판은 금세 따뜻해졌고 집 안에 온기가 돌았었다. 이사할 때 집주인이 새로 한 장판과 도배 덕분에 집이 화사했었다. 지나치게 깨끗한 도배와 장판을 보고 반가움과 동시에 작은 불안감도 들었는데, 그건 이 집에서 그전 세입자의 흔적이 가늠할 수 없을 정도로 말끔히 지워졌다는 사실 때문이었다. 이 집은 또 한번 나와 엄마의 흔적을 남김없이 지우게 되었다. 나와 엄마가 떠난 그곳에 찾아왔던 쥐들. 아직도 그 쥐들은 달콤하고 짭짤한 맛을 가진, 바람을 막아주어 따뜻했던 그곳을 기억하고 매일 밤 하수구 덮개를 주둥이로 밀어내며 찍찍 소리를 낼까. 무지막지하게 크고 투박했던 돌계단을 지나 엄마가 있던 그 집으로 돌아가던 시간이 떠올랐다.

삼종이
아
저
씨

"종을 세 번 쳐서 삼종이야?"

"너 어른 이름 가지고 그러면 안 된다. 못써."

"땡땡땡."

"엄마가 하지 말랬지."

삼종 아저씨는 내가 본 사람들 중 가장 하얀 어른이었다. 팔다리도 길쭉했고 몸은 호리호리했다. 귓불 아래까지 내려오는 머리카락을 뒤로 넘기면 갸름한 얼굴이 드러났다. 엄마가 만났던 아저씨들 중에서 햇볕에 그을리지 않고, 이마에 주름이 깊게 패지 않고, 술을 먹어서 붉게 변한 안색을 가지지 않은 건 삼종 아저씨뿐이다.

아저씨는 엄마와 함께 내가 다니던 초등학교에 종종 왔었다. 학교가 끝나면 엄마는 교문이 아닌 교실 문 앞까지 찾아와서 나를 맞이했다. 선생님과 목례로 인사한 엄마는 아이들이 다 빠져나가기를 신발장 앞에서 한참이나 기다렸다. 시끌시끌했던 학교 건물 안에 거짓말처럼 적막이 감돌면 엄마는 맞은편 건물로 나를 데리고 갔다. 조용한 복도를 따라가면 그 끝에 단정하게 양복을 차려입은 아저씨가 있었다.

"시영아, 아저씨한테 인사해야지."

쭈뼛거리는 나를 앞에 둔 아저씨는 자기보다 한참이나 작은 나를 향해 허리를 숙이고 말했다.

"시영아, 안녕. 시영이네 학교는 올 때마다 좋아 보인다."

학교에서 아저씨를 처음 본 날, 아저씨를 학교 안까지 부른 엄마가 무슨 생각인지 궁금했지만 그것도 곧 익숙해져서 엄마가 나를 교실 문 앞까지 데리러 올 때면 으레 아저씨가 저 맞은편 건물에 있겠거니 생각했다.

아저씨와 교문을 나설 때면 내 손을 잡은 엄마 손에는 땀이 찼다. 손을 잡은 건지 헷갈릴 정도로 엄마는 내 손을 잡는 둥 마는 둥 했다. 엄마의 큰 손을 꼬옥 쥐고서 손을 제대로 잡으라는 신호로 손에 힘을 꾹 주면 엄마는 그제야 헐거웠던 손을 조였다. 앞서 걸어가는 아저씨에게로 뛰어가 손을 잡아볼까 하는 생각도 들었지만 실행에 옮기지는 못했다. 아저씨와 함께 가던 어느 날, 학교가 끝나고 늘 엄마와 통과하던 시장 길목이 아니라 다른 샛길로 갔다.

"이대로 쭈욱 걸으면 부천이 나와. 엄마랑 지난번에 갔던 지하상가, 거기서 오른쪽으로 가면 서울이야. 온수 알지? 온수가 바로 서울 쪽. 아저씨네 집은 여기서 좀 먼데 서울이라 이쪽으로 가야 해."

엄마는 아저씨와 음식점에 갈 거라고 했다. 대로에서 횡단보도를 건너고 도착한 곳은 '에버그린'이라는 레스토랑. 큰언니랑 작은언니가 각각 플루트과 피아노 콩쿠르에 나가는 날이면 온 집안사람들과 수프를 먹고 함박스테이크를 먹던 곳이다. 수프를 한 그릇 다 먹고도 모자라 한 그릇을 더 먹고선 정작 스테이크를 다 남겨서 혼이 났던 곳. 하얀 천이 씌워진 이곳 의자에 앉아 다리를 앞뒤로 휘저을 때면 천에 종아리 부분이 걸리기도 했다. 아저씨는 말이 많지 않았다. 중간중간 엄마에게 '이건 어때요?' '저거 할래요?' '나는 괜찮아요' 같은 말들을 하긴 했지만 나한테까지 정확하게 닿는 말들은 많이 없었다. 게다가 목소리가 작았기 때문에 대체로 주위를 집중시키지 못했다. 수프를 먹고 황도가 얹어진 샐러드를 깨작깨작 먹고 나니 돈가스가 나왔다. 아저씨는 의자에서 엉덩이를 떼고 일어나 내 접시를 가져갔다. 원래도 작게 나온 돈가스를 더 작게 칼질하는 아저씨 손에 힘이 들어갔다. 손등에 핏줄이 올록볼록 솟는 게 보였다.

"시영이는 뭘 좋아해? 시영이는 뭐가 재밌니?"

삼종 아저씨가 하는 질문들이 어렵지는 않았으나 그렇다고 한번에 대답하기에는 어려운 것들이었다. 엄마가 제일 좋다고 해야 할지, 옆집에 사는 지호란 남자애가 좋다고 해야 할지, 가장 재밌는 만화 이름을 대야 하는지 헷갈렸다. 그럴 때면 대답할 타이밍을 놓친 채 "어······" 하면서 눈을 양옆으로 굴리곤 했는데 아저씨는 내가 곤란한 것이라 생각했는지 다음 질문으로 금세 넘어가버렸다.

아저씨와 점심을 먹고선 역곡역 언덕길을 한참 올라가야

있는 우리집으로 향했다. 아저씨와 엄마는 아까보다 더 떨어져 걸었다. 좀 전에 앞서서 걷던 아저씨가 뒤로 왔고 이번엔 엄마와 내가 앞서 걸었다. 나는 아저씨를 자꾸만 뒤돌아보았고 그럴 때마다 아저씨는 내게 웃어주었다. 그 미소는 가슴속에 돌이 쿵 하고 내려앉을 만큼 번쩍였다. 아저씨와 엄마가 더 거리를 벌려 걷는 이유를 어린 나도 알 수 있었다. 언덕길을 올라갈 때 혹시라도 같이 사는 가족들을 만날까봐 나 역시 긴장했으니까. 꽤나 신경이 쓰여 모든 촉각이 인도를 걷는 사람들을 향했던 기억이 있다. 조금이라도 알 것 같은 사람이 지나가면 괜히 엄마에게 말을 걸었다. 불편할수록, 긴장될수록 그렇지 않은 것처럼 괜한 말을 하고 우스갯소리를 엄마에게 했었던 날이다.

나는 아저씨를 손바닥으로 기억한다. 목소리와 얼굴 모두 아직도 생생하지만 내게 남은 아저씨의 조각은 내 손에 있다. 아저씨와 엄마가 내 손을 잡고 동시에 나를 들어올려 한두 걸음 앞으로 내딛을 수 있게 비행기를 태워주었던 날. 그날은 크리스마스였다. 나는 아저씨와 엄마와 함께 산타 축제가 열리는 명동에 갔다. 거리에 내린 눈은 수많은 인파의 발자국으로 인해 살얼음이 낀 셔벗처럼 변해 있었다. 까맣고 질척이는 그 미끄러운 바닥을 아래에 두고 나는 잠시도 가만히 있지 못한 채 스키를 타는 것처럼 발을 앞뒤로 움직였다. 내 체중을 그들의 손에 모두 실은 채로 사람이 가득찬 거리를 걸었다. 거리 곳곳에는 눈과 얼음으로 만든 조형물들이 전시돼 있었다. 직접 들어가볼 수 있는 이글루와 루돌프 같은 조형물을 만지면 차갑다기보다는 아프고 따가운 느낌이었다. 중간중간 거리에서 파는 번데기와 핫도그도 사 먹었다. 아저씨의 손은 매끄러웠다. 오히려 엄마의 손보다 더 부드러워서 자주 놓쳤는데 그때마다 아저씨는 내 손을 다시 잡고 말했다.

"시영이 손이 너무 작아서 자꾸만 빠지나봐. 아저씨가 꽉 잡을 테니까 아프면 말해줘."

너무 오래전 일이라 선명하게 떠오르지 않지만 어둑어둑했던 하늘과 수많은 사람들, 차가워진 작은 코에서 나왔던 물 같은 콧물, 미끌미끌하고 질척였던 바닥, 아저씨와 잡은 손. 그 것들의 감각은 여전히 내게 남아 있다.

"시영아, 삼종이 아저씨 좋아?"

"응, 키도 크고 목소리도 크지 않아서 좋아. 엄마 근데 아저씨는 어떻게 만났어?"

"아저씨는 엄마가 옛날에 알던 후배야."

"아저씨도 나 같은 아기가 있어?"

"아저씨는 아직 결혼 안 했어. 그니까 혼자지. 엄마보다 어려. 아저씨가 엄마를 많이 좋아하고 있어."

학교가 끝나고 어느 날 돌아온 집에는 적막이 흘렀다. 현관에는 신발이 꽤나 많이 놓여 있었다. 이 중에는 내가 알지 못하는 낯선 모양의 남자 구두도 있었다. 안방에 들어와보니 그곳에 삼종 아저씨가 앉아 있었다. 할아버지와 외삼촌, 엄마와 아저씨 이렇게 넷이서 동그랗게 둘러앉았고 할머니는 그들에게 물러서서 뒤쪽에 자리를 잡고 있었다. 둘러앉은 네 명의 어른들은 별말이 없었고 할머니는 자꾸만 일어나서 차를 타오거나 약과 같은 주전부리를 쟁반에 채워 그들 가운데에 갖다 놓았지만 누구도 그것들을 가져가는 일은 없었다. 그도 그럴 것이 할머니가 쟁반을 놓은 자리는 그들에게서 너무 멀었고 할머니는 정작 그 거리를 셈할 여유도 없어 보였다. 정말 누군가의 입을 달래주려는 용도가 아니라 그저 이 적막을 달래려는 하나의 움직임일 뿐이었다. 이렇게 밝은 시간이면 외삼촌도 회사에 가 있어야 할 시간인데 외삼촌은 회사에 가지 않고 1층에서 삼종 아저씨를 마주 보고 앉아 있었다. 나는 할아버지 옆을 꿰차고 앉아 그들이 하는 이야길 들으려고 애썼으나 쉽지 않았다. 그렇게 이야기를 많이 하지도 않았을뿐더러, 들리는 말들 가운데 이해할 수 없는 것들이 많았다.

"애를 키운다는 건 어려운 일이라는 것 알지 않나." "그래도 저것이 있어서." "저 어린 것을."

할아버지가 저런 말을 할 때마다 그들의 눈은 나를 향했다. 그 눈빛들을 의식한 채 나는 괜히 저 앞에 놓인 쟁반을 향해 낮은 포복자세로 기어가 평소에는 먹지도 않는 김 가루가 가득 묻은 센베이 과자를 쥐어들고 입에 넣었다. 바드득. 어느 정도 이해했으나 아무것도 이해하지 못했던 그날. 오후의 거실 볕이 안방까지 길게 들어와 그 부분의 장판이 다른 곳보다 따뜻했던 그 느낌을 기억한다.

며칠 후 나는 도봉동에 있는 아저씨네로 갔다. 아저씨는 부모님이 시골에 계시고 서울에 형과 누나가 산다며, 지금 가는 곳은 아저씨가 형네 가족과 사는 집이라고 했다. 그 집은 거실이 우리집보다 크고 깔끔한 아파트였다. 군데군데 청자 같은 도자기가 세워져 있었고, 엄마는 그것을 조심하라고 내게 일러주었다. 그곳에서도 우리집과 비슷한 상황이 벌어졌다. 아저씨와 형, 엄마와 형의 부인은 약속이라도 한 듯 동그랗게 둘러앉았다. 굳이 그렇게 떠어 앉아야 하나 싶을 만큼 서로에게 거리를 두고 큰 원을 이룬 그 사이사이를 내가 오고갔다. 그래도 좀이 쑤시면 엄마에게 가 몸을 기댔다. 내가 체중을 많이 실을수록 엄마는 몸에 힘을 단단히 준 채 자세를 바로 잡았다. 얼마 뒤 어른들의 이야기가 끝나고 저녁식사가 시작됐고, 식탁 위는 대화보다 수저와 젓가락이 그릇들과 부딪혀 쨍, 쨍 하는 소리들로 채워졌다.

나는 아저씨를 그 이후로 다시 보지 못했다. 엄마야 따로 아저씨를 만났을지 모르겠으나 도봉동에서 긴장된 표정으로 간간이 나와 눈이 마주칠 때 윙크를 해준 아저씨를 다시는 만날 수 없었다. 엄마는 한동안 집을 비우기도 했고 전보다 술을 더 마셨다.

"엄마 이제 삼종이 아저씨는 못 만나?"

"일이 좀 바쁘대. 먼 나라에 갈 수도 있어."

한 해가 지나고 두 해가 지나도 겨울이 되면 삼종 아저씨 생각이 났다. 아저씨에 대한 생각은 자꾸만 '만약'이라는 단어와 함께 떠올랐는데 이런 식이었다. 만약 엄마가 삼종 아저씨랑 결혼할 수 있었다면 엄마가 술을 먹지 않았을까. 나는 아저씨를 아빠라고 부를 수 있었을까. 만약 내가 없었다면 엄마가 아저씨랑 행복할 수 있지 않았을까. 도봉동에 갔던 날 만약 엄마가 나를 데리고 가지 않았다면 엄마와 아저씨는 계속 만날 수 있었을까. 생각하는 것만큼 아저씨 이야기를 엄마에게는 자주 하지 못했다. 아저씨 이야기를 꺼낼 때마다 엄마는 유난히 밝았고 목소리가 커졌고, 그런 부자연스러운 엄마의 모습을 보는 것이 불안했다.

내 방 책상 위에는 삼종 아저씨와 산타 축제에서 샀던 루돌프 미니어처가 그 이후로도 한참 동안 자리해 있었다. 특별히 아저씨를 추억한다기보다는 마땅히 놓을 곳이 없기도 했고, 네 발로 서 있는 루돌프의 존재를 까먹은 적도 많았다. 어느 날은 작은 그 사슴의 코, 빨간 칠이 살짝 벗겨져 반쯤은 하얘진 그 동그란 코를 보는데 손이 움찔거렸다. 그것을 손바닥에 놓은 채 꽈악 쥐어보았다. 손에 다 잡히지 않고 튀어나온 사슴의 다리와 발굽, 여러 갈래로 갈라진 뿔들이 손바닥에 빨간 자국을 남겼다. 나는 그제야 삼종 아저씨와 더 많은 겨울을 보내지 않은 것이 다행이라고 생각하게 되었다. 어떤 어른을 좀더 사랑하게 된 후 그로부터 남겨진 아이가 되지 않을 수 있었으니까. 아저씨와 더 많은 것들을 함께하기 전에, 더 많은 말들을 나누기 전에 아저씨란 사람을 더 많이 알게 되기 전에 이렇게 보지 못하게 된 것이 더 낫다고 생각했다. 손바닥 안의 루돌프는 뒤집힌 채 허연 배를 드러내고 있었다.

닫힌
방
문

어릴 적 내가 살았던 집에는 손님들이 항상 붐볐다. 설날과 추석 같은 명절 말고도 1년에 두세 번씩 있었던 제삿날에는 늘 현관문 타일 밖으로 신발들이 나올 만큼 많은 어른들이 집을 찾아왔다. 나는 현관 바깥에 운동화를 벗어놓고 큼지막한 신발들의 앞코를 까치발로 두세 번 통통 튀어 밟아야 집 안으로 들어올 수 있었다.

외할아버지는 6.25 전쟁이 끝나고 서울에서 인쇄소를 했는데 그것이 꽤나 잘된 모양이다. 엄마 말로는 친척들 가운데 우리 할아버지의 도움을 받지 않은 이가 없다고 했다. 할아버지의 두 남자 형제 모두가 전쟁 도중 북한으로 잡혀갔고, 남편과 아빠를 잃은 채 남겨진 처자식들은 장성할 때까지 할아버지 집에서 머물렀다. 할아버지는 할머니의 친정 식구들, 할머니의 오빠와 남동생에게도 방을 내주었다. 그 덕에 집안 모임이 있는 날이면 언제나 집은 장사진을 이루었다.

엄마는 설 아침이 되면 7시부터 어린 나를 깨워 파마한 짧은 단발머리에 물뿌리개로 물을 뿌리고 굵은 빗으로 머리를 빗겼다. 내게 한복을 입힐 때면 엄마는 한껏 상기된 얼굴로 말을 많이 했다.

"시영이 여덟 살 되더니 큰 것 좀 봐. 치마 아래 발등이 보여. 작년에는 치마가 발을 덮었는데. 시영아, 한복 치마 입을 때는 항상 왼쪽 자락이 안으로 들어가고 오른쪽이 겉으로 나와야 돼."

2층으로 올라가면 외숙모와 외삼촌이 바쁘게 움직이고 있었다. 두 사람은 거실 벽 한쪽에 큰 상을 펴고 차례음식을 놓기 전, 하얀 전지를 상 위에 테이프로 고정시키고 있었다. 그럼 나는 사촌언니 둘이서 티브이를 보고 있는 안방으로 향했다. 화면에서는 〈배추도사 무도사의 옛날 옛적에〉 천년여우 편이 나오고 있었는데 낮에는 여자, 밤에는 여우의 모습이 되어 닭을 잡아먹는 구미호가 나오는 장면에서는 발가락에 잔뜩 힘이 들어갔다. 그러다 울리는 대문 벨소리에 벌떡 일어나 베란다 통창을 내다보면 손님들이 대문 앞에 삼삼오오 모여 있었다. 차례가 끝나면 어른들은 밥을 먹었고, 식사를 끝낸 손님들은 저마다 집 곳곳에 자리를 잡고 앉아 화투를 쳤다. 중단발의 파마머리가 흐트러지지 않게 스프레이까지 뿌린 엄마에게선 프리지어 향이 났다. 수많은 어른들 가운데 엄마는 젊어 보였고 가장 생기가 넘쳤다. 내 뒤에서 두 어깨를 꼬옥 잡고선 손님들 사이를 이리저리 휘젓고 다니며 내게 세배를 시켰고, 그것이 끝나면 엄마는 곧장 앞으로 나와 말을 이어갔다.

"언니, 세뱃돈 두둑이 줘야지. 시영이 학교 들어가는데. 시영아, 이모가 용돈 주신대."

엄마가 언니와 오빠라고 부르는 이들. 선희 언니, 동호 오빠, 영만이 오빠. 그들은 내게서 세배를 받았다기보다 세배를 당했다. 화투를 치고 있는 어른들 앞에서도 엄마는 기다리는 법이 없었다. 엄마가 오빠! 언니! 하고 부를 때면 그들은 모두 치던 화투 패를 내려놓고 내 세배를 받기 위해 자세를 바로잡 았다. 개중에는 오천 원짜리 지폐를 주는 사람도 있었는데 "아 휴, 짜다 짜. 명절 세뱃돈인데 이게 뭐야. 연필깎이도 사야 하 고 새 옷도 사야 하는데, 오빠"라며 엄마는 마치 맡겨놓은 돈 을 찾듯이 굴었다. 그 말을 들은 남자 어른은 머리를 긁적이 며 화투판으로 깔아놓은 초록색 모포를 슬쩍 들어올려 그 아 래 있던 판돈에서 만 원짜리 두세 장을 꺼내 내게 주었다. "시 영아, 네 엄마가 아주 그냥 극성이야"라고 누군가 내게 말하면 엄마는 "언니는 내가 이러는 거 하루이틀 봤누" 하고는 뒤돌 아 내 귀에 대고 말했다.

"엄마 어릴 때 엄마를 끝내주게 예뻐했던 언니 오빠들이 야. 그니까 당연히 너도 예쁘겠지. 엄마 어릴 때 저 사람들 술 시중을 얼마나 들어줬다고. 밤새 놀면 안주 만들어주고, 자고 간다고 하면 엄마 방 내주고. 할아버지가 다 도와주고 기른 사 람들이야. 그니까 너 이거 받아도 돼. 네 거야."

하지만 손님들 사이를 가로지르며 생기를 띠던 엄마의 모습은 오래 지속되지 않았다. 초등학교 2학년 때 할아버지가 돌아가신 뒤로는 찾아오는 손님들이 갑자기 줄어들었다. 전보다 명절날 집이 한산해졌을 때, 나도 더이상 한복이 맞지 않아 설날에 청바지와 남방을 입기 시작했을 때, 엄마는 명절에도 술을 마시기 시작했다. 엄마는 이전처럼 큰 소리로 선희 언니나 영만이 오빠와 같은 이름들을 부르지 않았다. 꼭 계획이라도 한 것처럼 엄마는 명절 사나흘 전부터 술을 먹기 시작했고, 명절 당일이 되어 손님들이 올 때면 술에 취한 채 정신을 잃었다. 할머니는 손님들이 오기 전날이면 안방에서 술을 먹던 엄마를 작은방으로 옮겼다. 며칠 동안 안방에 배었을 술 냄새를 지우기 위해 락스 섞은 물에 걸레를 적셔 무릎을 꿇고 걸레질을 했다. 그리고 명절 아침 일찍 가게에서 사온 소주 여섯 병을 까만 봉지에 담아 봉지째 엄마가 있는 방에 넣어두었다. 엄마는 소주 여섯 병이면 곤히 자는 아기처럼 군말 없이 종일 잠에 들었고 방 안에서는 아무 소리도 나지 않았다.

어른들은 "영숙이 어딨냐, 영숙이. 목소리 큰 애가 없으니까 아무리 손님이 많아도 있는 것 같지가 않네"라며 엄마를 찾았다. 그중 몇몇은 내게 "네 애미는 술 먹냐?"라고 묻기도 했다. 나는 곧바로 대답하지 못한 채 쭈뼛댔는데 내 표정만 보고도 알겠다는 듯 어른들은 혀를 끌끌 차며 고개를 도리도리 흔들었다. 그럴 때면 어김없이 나서서 나를 그 상황에서 건져낸 사람이 바로 주현 오빠다. 고모도 사정이 있겠죠, 애한테 그런 걸 왜 물어요. 오빠는 저쪽 거실 끝으로 나를 데려갔다. 주현 오빠는 우리 외할아버지 막내 남동생의 손자로 엄마와는 열넷, 나와는 열일곱 살 차이가 났다.

"시영아, 약과 먹어. 저 이모가 한 말은 걱정해서 한 말이야. 너한테 상처 주려는 건 아닐 거야. 네 엄마가 지금은 이렇지만 젊을 땐 또 달랐어. 네가 태어나기 전이라 모를 거야. 내가 학교 간다 해놓고 당구장으로 새서 아빠한테 얻어맞고 쫓겨나면 꼭 이 집으로 왔거든. 그러면 고모가 항상 따뜻한 밥을 차려줬어. 밥 먹고 일어나면 손에 돈도 쥐여줬어. 당구 얻어치지 말라고. 너도 한 턱 쏘고 해야 면이 서는 것 아니겠냐고."

오빠는 명절 때 말고도 종종 집으로 찾아왔다. 그럴 때면 엄마는 환하게 웃으며 오빠한테 잠깐만 기다리라며, 새 밥을 하고 급하게 국을 끓이고 반찬을 만들어 내왔다. 그런 모습을 볼 때면 친척지간인 둘이 서로를 좋아하는 것은 아닐까 하는 애먼 생각이 들기도 했다. 오빠는 초등학생인 나와 사촌언니들을 데리고 롯데월드도 갔고, 조개구이를 먹자며 오이도에 가기도 했다. 오빠가 모는 하얀색 봉고차가 우리집에 오는 날이면 늘 마음이 들떴다. 공부하기 싫어 대학에 가지 않고 일을 빨리 배웠다는 오빠가 모는 하얀 봉고차는 군데군데 거뭇하게 상처가 나 있었다. 한겨울 조개구이집에서 익은 조개들을 가져다가 잘 먹는 언니들과는 다르게 조개가 너무 뜨거워서 손도 대지 못하고 있으면 오빠는 목장갑을 낀 채 큰 가리비껍데기를 잡고 후후 불어 내 그릇에 놓아주었다. 오빠가 식혀준 가리비에서는 달큼한 맛이 났다. 오이도 바다를 뒤에 두고서 오빠가 가져온 카메라로 사진을 몇 컷 찍기도 했다. 집으로 돌아와서 언니들이 인사한 뒤 위층으로 올라가면 위층 문이 닫힌 것을 확인한 오빠가 바지 뒷주머니에서 까만 가죽지갑을 꺼내만 원짜리 지폐 몇 장을 내 잠바 주머니에 넣으며 말했다.

"언니들한테는 말하지 마. 알았지?"

명절이 오면 외숙모가 끓여주는 걸쭉한 양지떡국과 한입 물면 기름이 배어나오는 약과, 이에 끈적끈적 달라붙는 달콤한 한과도 기대가 되었지만 무엇보다 오빠가 온다는 사실이 나를 가장 설레게 만들었다. 주현이 왔다고 숙모가 말하면 나는 대문 앞으로 가장 먼저 뛰어나갔고 그런 나를 오빠는 번쩍 들어올렸다. 혀로 우르르르르 소리를 내며 나를 하늘 위로 던지기도 했는데, 오빠 손이 떠난 내 몸이 잠깐 허공에 있을 때면 아랫도리가 움찔했다.

오빠는 마흔이 다 되어 선을 본 여자와 결혼했다. 그때 내가 고등학생이었다. 한번은 결혼할 여자와 함께 우리집에 인사차 찾아왔는데 그 여자는 코도 눈도 얼굴도 모두 동그랬다. 오빠와 함께 온 그 여자의 얼굴을 나는 유심히 여기저기 뜯어보았다. 괜히 눈을 흘기기도 한 것 같다. 그러고 나서 바로 다음 해에, 그리고 그다음 해에 언니와 오빠는 연년생 아이를 둘이나 낳았고 그 이후부터 우리집을 찾는 오빠의 발걸음이 뜸해졌다. 내가 대학교 3학년 때쯤 언젠가 오빠에게 연락이 온 적이 있다.

"시영아, 오빠야. 너무 오랜만이라 놀랐지. 잠깐 볼 수 있을까 해서. 그냥 점심이나 먹자고. 너 여기 대학로에 있다고 들었어. 마침 오빠도 여기 있거든."

일식집에서 만난 오빠는 자기가 대학로에 있는 자동차 대리점에서 일한다고, 영업사원으로 일한 지는 거의 6년쯤 되었다고 말했다.

"그런데 고모 여전히 술 많이 마셔? 네가 어깨가 무겁지. 고모 정말 좋은 사람인데…… 그래서 더 술을 먹는 것 같기도 하고. 이해가 안 되지, 시영아. 그런데 오빠는 이해가 가기도 해. 내가 생각하는 만큼 고모를 도와주지 못하는 게 미안해서 더 연락을 못 하겠더라고. 오빠도 가정이 생겼잖아. 오빠 많이 늙었지? 그래도 내가 고모한테 전화는 자주 해. 그러면 받을 때도 있고 받지 않을 때도 있어. 받을 땐 어찌나 환하게 내 이름을 부르는지 20년, 30년 전 날 보고 환하게 웃던 고모 생각이 나. 네 엄마가 참 예뻤어, 그때."

오빠가 엄마의 방문을 열었던 날을 기억한다. 2층은 손님들로 북적여 시끄러웠지만 그날도 엄마는 아래층 작은방에서 술을 마시고 있었다.

"시영아, 오빠랑 내려가자. 고모 좀 만나야겠어."

엄마가 누워 있는 방문 앞에서 잠깐 오빠와 눈을 마주쳤다. 저 문을 오빠가 열지 않았으면 하면서도 한편으로는 활짝 열었으면 하는 마음. 문 뒤에는 더이상 오빠가 기억하던 모습이 아닌, 술에 취한 채 초점 잃은 눈을 하고 있을 엄마의 모습이 있을 것이고 그 모습을 본 오빠가 실망할 게 분명했으니까. 하지만 동시에 누구라도 엄마의 문제, 정신을 차리지 못할 때까지 술을 먹고 며칠간 취해서 지내는 술 문제에 다른 어른이 개입하길 원하는 마음도 있었다. "네 엄마 또 술 먹니"라는 질책이 담긴 질문이 아니라 엄마에게 찾아와 "왜 이렇게 술을 많이 먹냐"고 물어봐주는 어른이 필요했으니까.

삐걱. 오래된 나무문이 소리를 내며 열렸고 그 안에서 환기를 하지 않아 빠지지 못한 술 냄새가 퍼져나왔다.

"엄마 일어나봐. 주현이 오빠 왔어."

자고 있던 엄마를 내가 흔들어 깨우자, 엄마는 벌떡 일어나 헝클어진 머리를 매만졌다. 하지만 아무리 매만져도 며칠간 감지 않은 머리 모양은 바뀌지 않았다.

"고모 왜 이러고 있어."

오빠가 큰 손으로 올록볼록 혈관이 튀어나온 엄마의 손등을 잡고서 말하자 엄마는 고개를 떨궜다. 우리 셋은 그렇게 침묵 속에 자리를 잡고 한참을 있었다.

"시영이 고생 많았지. 착했다, 네가 정말. 너까지 비뚤게 나갔어봐라."

"네 애미가 너를 그렇게 고생시키더니 그래도 병수발은 안 시켜서 다행이다."

"영숙이 고게 어릴 때부터 아주 야무졌는데. 영숙이 아빠가 딸 낳았다고 3일을 어깨춤을 덩실덩실 췄어. 그런 사랑 받은 애가 어째 그렇게 바보같이 살았을까."

주현 오빠를 다시 본 것은 엄마의 장례식장에서였다. 친척 어른들 사이에서 오빠는 잠자코 앉아 있기만 했다. "주현이 너는 요즘 어디로 회사 나가냐, 네 처는 잘 있지? 애가 이제 중학생인가?"라고 묻는 물음에도 그저 "아 예, 예. 뭐 그렇죠", 건성으로 대답했다. 그러다 벌떡 일어나 접객실 입구로 가더니 한 계단 아래 놓은 자기 신발, 비슷비슷하게 생긴 검은 구두들 사이에서 유난히 큰 검은색 구두를 찾아 신고서 오자마자 들렀던 분향실로 다시 향했다. 오빠는 국화 한 송이를 엄마 사진 앞에 두고서 꽤 긴 시간 동안 묵례를 했다. 자리로 돌아온 오빠가 내게 말했다. "시영아, 엄마 너무 미워하지 마."

오빠는 알고 있었던 것 같다. 엄마의 장례식장에서도 엄마를 미워하고 있던 나를. 미워서 어쩔 줄 모르는 마음은 영정사진을 볼 때마다 튀어오르다가도 밀려드는 조문객들을 상대하느라 금세 덮였다. 친척들은 늘 말했다. 내가 엄마에게 얼마나 착한 딸이었는지. 아니다. 나는 착하지 않았다. 엄마를 내 엄마로 두었던 시간 동안 하루에도 몇 번씩 엄마가 죽어버렸으면 하는 생각을 했으니까. 술에 취해 며칠간 연락이 되지 않다가 돌아온 엄마를 보면 다행이란 마음과 함께 또 시작이구나 하는 생각에 머리가 아파왔다. 그리고 전날 오후 엄마가 죽었다는 이야기를 듣자, 드디어 중독이라는 족쇄에서 풀려났다는 해방감과 동시에 혈육이 죽었다는 슬픔이 묘하게 섞여 내 가슴을 조이던 참이었다.

주현 오빠는 별말 없이 자리에서 일어났고, 따라 일어난 내 두 어깨를 두 손으로 꼬옥 잡았다. 그날 닫힌 방문을 열고, 엄마 손을 잡았던 둔탁한 손의 무게가 전해졌다.

송은옥

어
머
니

오후 2시, 수술이 끝난 나는 병실로 옮겨졌다. 전신마취를 한 탓에 선명한 기억은 없다. 마취에 취한 나는 아파도 너무 아프다고, 배에 불이 난 것 같다는 말을 중얼거렸다고 했다.

"시영아 많이 아파? 아기는 건강해. 3.4킬로래."

아이가 건강하다는 남편의 말에 안도감도 잠시, 수술로 인한 통증이 나를 뒤덮었다. 아이의 탄생도 엄마가 되었다는 느낌도 모두 흐릿했다. 미칠 듯 아프다는 감각과 뜨겁고 찢어지는 듯한 느낌만이 또렷했던 그날 밤, 나는 링거에 연결된 마약

성 진통제 버튼을 계속 눌렀고 그것이 듣지 않을 때면 간호사실에 요청해 진통제를 추가로 맞았다. 그러면 수치 100짜리 고통이 50, 60으로 감해졌고 그제야 나 말고 다른 이가 여기에 있다는 것을 알아차릴 수 있었다.

"항암이 처음도 아닌데 왜 이렇게 아픈 거야······."

"아이고, 어머니 그러게요. 진통제는 이미 다 드렸어요. 이제 좀 주무세요."

2인실 병실에 함께 있던 그녀는 머리가 아프고 속이 매슥거린다고 반복해서 말했다. 내가 한 아이를 세상 밖으로 내보낸 대가로 괴로워하던 때에 자기에게 드리운 죽음의 그림자를 비껴가기 위해 사투를 벌이고 있는 사람. 아야 아야, 아이고 아이고, 아파, 너무 아파. 우리는 한 곳에서 다른 듯 같은 소리를 냈다. 내가 입원한 병실은 대학병원의 부인과 병동이었다. 일반 출산병원과 다르게 산모를 위한 편의시설이 부족한 이곳은 고위험 산모로 가득했고 무엇보다 병실이 부족했다. 입원 수속을 할 때 산모 말고도 자궁적출, 복강경수술 등 부인과 환자들과 함께 병실을 쓸 수 있다는 설명을 들은 기억이 났다. 밤새 병실에는 맥박과 혈압, 체온을 확인하러 오는 간호사들로 북적였다. 30분에 한 번꼴로 찾아온 그들은 침대 머리맡의 불을 켜고는 내 치마를 들쳐 오로 양을 확인했고 팔뚝에 혈압계를 둘러 수치를 확인했다. 아침 7시, 간호사가 들어와 깜깜한 병실의 불을 켜고 아침 약을 갖다주자, 옆 침대에서 목소리가 들려왔다.

"밤새 뒤척이다 이제 자려고 하니 불을 켜버리네."

'송*옥(F), 나이 68세'. 옆 침대에 달린 이름표를 흘끗 보는데 커튼을 여는 여자가 모습을 드러냈다. 하얀 니트 모자를 쓴 그녀는 나이보다 훨씬 젊어 보였다. 그녀는 회진 온 의사에게 무엇이 잘못된 것 아니냐며 몸이 왜 이렇게 아프냐며 마치 화살을 쏘듯 말을 뱉어냈고 의사는 그런 그녀를 달랬다. "아프시죠, 맞아요, 아프신 것 맞아요. 어머님 상태, 제가 제일 잘 아니까 최대한 노력해볼게요." 그의 말에 한껏 누그러진 그녀는 의료진이 나가자 내게 말을 걸었다.

"아기 낳았나봐. 수술했어요? 얼마나 아플까. 배 속 드러내는 수술이 참 위험한데. 고생했네요."

"아이가 가로로 누워 있었거든요. 아파서 걷질 못하니까 아직 아기 얼굴도 못 봤어요."

"애기 엄마 얼굴이 무지 앳되네. 신랑도 그렇고. 둘 다 어린가보다. 그래도 안 걸으면 아까 의사 말대로 장 유착이 된다니까 어여 신랑 손 잡고 걸어봐요."

아이를 보러 다녀온 내게 그녀는 아기는 잘 있는지, 눈은 떴는지를 물었다. 그런 관심이 좋아 그녀에게 아직 핏덩이같이 벌건 아이의 사진이 담긴 핸드폰을 건넸다. 눈이 침침한지 화면을 가까이 놓다 멀리 놓길 반복하던 그녀는 입에 미소를 띠며 아기 얼굴을 한참 들여다보았다.

"어머니, 저 걸음 연습하고 올게요."

언제부터인지는 모르겠으나 나는 그녀를 그렇게 불렀다. '어머니' 하고 내가 그녀를 부르면, 그녀는 다른 이들에게는 보여주지 않는 너그러움과 함께 '응, 애기 엄마' 하고 대답했다.

남편에게 의지해 배를 부여잡고 걸음 연습을 하고, 하루에 두 번만 가능한 신생아 면회 시간을 빼고선 병실에서 그녀와 대부분의 시간을 보냈다. 티브이를 보며 화면에 나온 연예인에 대해 떠들었고 선물로 들어온 귤을 같이 까먹었다. 나와 그녀의 커튼은 늘 열려 있었다. 경계가 흐려진 공간 속, 밤이 되어서야 커튼을 닫았던 우리는 상대의 신음을 들으며 서로의 통증을 가늠했다. 각자의 고통을 말없이 나누는 시간이었다.

저녁이 되면 모직으로 된 베레모를 쓴 그녀의 남편이 와서 그녀가 저녁을 다 먹는지 확인한 후 몇 마디 대화를 나누다 돌아갔고, 오후 8시쯤이 되면 그녀의 첫째 아들이 퇴근길에 들러 그녀를 살폈다. 그들은 올 때마다 그녀가 좋아하는 간식, 주로 멥쌀이 들어간 떡과 죽을 가져왔고 남편과 나는 그녀와 함께 그들이 가져온 간식을 먹으며 매일 저녁 늦도록 이야기를 나누곤 했다. 5년 전 자궁 안에 암이 발견된 그녀는 현재 암이 복막으로 전이된 상태였다. 이번 입원에서는 예후가 좋지 않아 다른 장기로의 추가 전이 여부를 알기 위해 항암과 검사를 함께 진행한다고 했고, 초기 병원의 오진으로 인해 치료가 늦어진 케이스라는 말을 덧붙였다.

"그래서 나는 병원 못 믿어. 의사들 다 똑같아. 애기 엄마도 몸이 안 좋으면 꼭 이 병원, 저 병원 두세 곳은 가봐야 해. 알았지?"

암, 복막, 전이라는 단어가 들릴 때마다 흠칫 놀라는 나와 다르게 그녀는 태연하게 그 단어들을 넘어서며 이야기를 이어나갔다.

"애기 엄마 내일이 퇴원이지?"

"네, 이제 애기랑 조리원으로 갔다가 집에 가야죠."

"어머나, 벌써 시간이 그렇게 됐어?"

"저 어머니랑 연락하고 싶은데."

도움도 안 되는 늙은이 번호를 왜 달라고 하는 거야, 라면서도 그녀는 핸드폰을 꺼내들었다. 나는 일어나 그녀의 침대로 가서 건네받은 핸드폰에 내 번호를 입력했다. 침대 난간에 기대 '성모병원 한시영(아기 엄마)'이라고 저장한 것을 그녀에게 보여주자 그녀가 마음에 드는 듯 웃었다. 다음 날 남편과 병실을 나서자 엘리베이터까지 우리를 따라온 그녀가 버튼을 대신 누르고 인사를 건넸다.

"잘 키워요 아가, 잘 키워. 알았지? 건강하고. 내가 돌 선물 꼭 줄게."

그리고 그녀를 다시 만나는 데에는 그리 오랜 시간이 걸리지 않았다.

병원에서 퇴원 후 돌아온 집. 아이는 꼭 낯선 손님 같았다.

이 작은 손님이 집의 가구 배치와 구도, 생활 패턴 등 모든 것을 바꿔놓은 것이 낯설었지만 그것도 곧 익숙해졌다. 그런데 자꾸만 아이 젖을 물릴 때면 오른쪽 배가 아팠다. 시간이 지나자 눕거나 걸을 때도 배가 아파 멈춰서 숨을 고르는 일이 잦아졌을 때, 출산한 병원에 찾아가 진료를 보았다. 이상이 없다는 의사의 말을 듣고 병원을 나서던 때였다.

"한시영 산모님, 가시면 안 돼요! 위험해요!"

회진 올 때 늘 주치의 옆을 지키던 레지던트였다. 1층 로비까지 쫓아온 그가 헐떡이며 말했다. 신장 정맥에 혈전이 생겼다고, 이대로라면 이 피떡이 폐로 가서 폐색전증이 되는데 혹 패혈증처럼 염증을 유발하면 죽을 수도 있다고. 첫번째 CT 판정이 잘못 나서 급하게 뛰어왔다고 그가 말했다. 나는 곧바로 입원을 했다. 태어난 지 30일이 된 아이는 두 시간마다 젖을 먹었기 때문에 아이와 떨어진 지 두 시간이 넘어간 시점부터 젖이 새어나와 환자복을 적셨다. 아이가 먹질 못하니 모유로 가득찬 가슴은 금세 돌덩이처럼 단단해지고 무거워졌다. 무엇보다 내 병실에는 어제 아이를 낳은 여자가 있었다. 출산 후 분비되는 옥시토신으로 인한 그녀의 행복감을 나는 견뎌내지 못했다. 신생아실과 수유실에서 아이 냄새를 잔뜩 묻히고 온 그녀와 남편이 나누는 아이 이야기를 듣고 있을 때면 집에 남겨진, 내 팔뚝보다도 작은 아이가 생각났다. 그러면 젖이 도는 듯 가슴이 찌릿해서 병실에서 나와 복도를 걸었다. 그때 저 멀리서 익숙한 여자가 보였다.

"애기 엄마! 어머, 이게 웬일이야. 왜 여기 이러고 있어, 여기 있으면 안 되는데…… 애기 엄마가 여기 왜…….."

링거가 매달린 폴대를 잡고서 발을 동동 구르던 그녀는 나를 자신의 병실로 데려갔다.

"어머니 저 혈전이 생겼대요. 제왕절개를 하고 나면 몸이 피를 응고시키는데 그때 부작용으로 혈전이라는 피떡이 생긴대요. 지금 피를 묽게 하는 헤파린이랑 혹시 모를 염증에 대비해서 항생제를 계속 맞고 있어요. 갑자기 숨이 가쁘면 바로 말해야 하고, 헤파린 때문에 밥 먹다 혀를 씹어도 안 되고 멍들어도 안 된다고. 다 위험하다고, 조심하라고만 하고…….. 애기가 너무 보고 싶어요. 같은 병실 쓰는 사람이 어제 아이 낳은 여자예요. 같이 있으면 우리 애기 생각이 나서……."

불과 한 달 전에 봤던 얼굴에서 더 핼쑥해진 그녀는 덤덤히 귤을 까 내 앞에 갖다놓았다. 반으로 갈라, 그중 한 조각을 입에 넣으니 금세 혀 안쪽으로 침이 고이면서 눈물이 멎었다.

"그 사람들은 생각이 있는 건지, 병실을 신생아실 옆에다 배정하면 어떡해. 두고 온 아기가 얼마나 생각이 나, 그래. 애기 엄마, 여기 와 있어. 기억나지? 우리 같이 입원했던 병실이야. 지금 나는 2차 항암 하러 왔어."

그녀와의 두번째 병원생활. 나는 의사가 회진을 돌 때만 빼고선 꿀이라도 발라놓은 듯 그녀의 병실을 드나들었다. 젖이 잘 도는 미역국과 수유에 문제가 없도록 고춧가루가 들어 있지 않은 반찬들로 가득찬 산모식을 나는 도저히 먹지 못했다. 식사를 침대 위 테이블에 그대로 둔 채 그녀가 있는 병실로 향했다. 그럼 그녀는 "또 밥 안 먹고 올 것 같더라고. 이거 잣죽이야. 우리 동네 죽집이 참 진하게 죽을 쒀. 먹어봐"라며 내 손에 수저를 집어주고, 내가 그것을 입에 가져갈 때까지 내게서 눈을 떼지 않았다. 암과 싸우느라 기운이 빠진 나이든 여자는 아이를 집에 떼어놓고 하루종일 우는 어린 여자를 먹였다. 죽 다음엔 검은콩두유, 두유 다음엔 단호박설기. 설기 다음엔 다시 죽.

"아이고, 여기 또 계세요? 누가 보면 아주 모녀인 줄 알겠어. 한시영님, 원래 자기 병실에 있으셔야 해요. 아무리 여기 베드가 비어 있어도요. 어머니, 이제 내일부터 항암 들어갈 텐데 그때 잘 쉬셔야 해요."

"여기 있으면 뭐 얼마나 큰일난다고. 내가 여기 내는 돈이 얼만데. 여기 좀 앉아 있으라 그러면 어때. 선생님도 애기 엄마 알잖아. 한 달 전에 입원했으니까. 애기 떼어놓고 왔는데 저기 있고 싶겠냐고."

그렇게 나의 병실 불법점거는 비공식적으로 공식화되었고, 그녀가 데워주는 죽과 빨대를 끼워주는 두유를 먹고 나는 덜 울게 되었다. 그녀가 날 위해 변호하는 순간이면 어찌할 바를 몰라 가슴이 두근거렸으나 동시에 비 오는 날 큼지막한 우산 속에 자리한 아이가 된 기분이었다. 아이를 낳은 스물일곱의 나는 아이가 되어 그녀 옆을 지키고 있었다. 일정 용량으로 주사하는 헤파린 덕분에 혈전이 용해되어 호전되어가는 나와는 달리 항암제 주사 치료가 시작되자 그녀는 먹지 못했고 걷지도 못했다. 병실 안에서 나를 지키고 보호하던, 마치 맹수 같던 그녀가 작고 약한 맹수의 새끼가 되어버렸다.

"애기 엄마, 나 이상한 것 같지 않아? 뇌 사진 보니까 수술로 건드리기 어려운 자리에 뭔가 생겼나봐. 자꾸 기억도 안 나고, 했던 말을 또 하게 돼. 애기 엄마도 내가 좀 이상해 보여? 이번 항암은 유난히 힘들어, 유난히. 하긴 언제는 안 힘들었나 몰라. 뇌까지 간 마당에 이걸 언제까지 해야 하나 싶네……. 뇌 사진을 보고서 남편이 많이 울었어. 사업하면서 어려운 일 있어도 한 번을 안 울던 양반이."

의사는 내게 위협이 될 만한 혈전이 더이상 보이지 않는다며 이제 아이가 있는 집으로 돌아가도 좋다고 했다. 퇴원하는 날 아침 그녀는 끝내 두 눈가에 눈물이 고인 채 말했다.

"이렇게 가는 게 얼마나 다행이야 그래. 그새 아이가 컸겠어. 애들은 하루가 다르게 크니까. ……그런데 왜 다시 못 볼 것 같지. 애기 엄마가 있어서 내가 그래도 힘이 났어. 애기 엄마가 나한테 어머니라고 부르면 참 좋았는데. 집 가서는 여기서처럼 밥 남기지 말고 잘 먹어야 돼. 아기 보는 엄마는 밥을 잘 먹어야 돼."

"어머니, 시영이요. 밥 드셨어요?"

117

"그럼 먹었지. 아가는 뭐 해?"

"요즘 한창 배밀이하죠. 겁이 많아서 또래보다 다 늦어요. 뒤집기도 배밀이도."

"늦고 빠르고 하나도 상관없어. 자기 속도가 있는 거야."

퇴원 후 나는 그녀에게 일주일에 한두 번꼴로 전화를 걸었다. 별 내용 없이 그저 안부 묻는 것의 반복이었어도 그녀와 전화할 때면 병실에서 그녀가 주는 죽과 떡을 먹을 때처럼 마음이 충만했다. 그리고 몇 달 뒤 그녀가 전화를 받은 곳은 요양병원이었다. 우리가 입원한 병원에서 그리 멀지 않은 곳이랬다. 자세히 말하지는 않았지만 항암을 포함한 어떤 치료도 할 수 없는 상황이라는 것을 짐작해 알 수 있었다. 그녀는 전보다 말이 어눌해졌고 대답이 늦어졌다. 하지만 핸드폰 너머로 들리는 아이의 옹알이 소리에는 곧바로 반응했다.

"아기 소리야? 우리 손주들은 다 외국에 있어서 보지도 못해. 애기가 자기 엄마 아빠 닮으면 잘 클 거야."

얼마 뒤 그녀에게 전화를 걸자 어떤 남자가 전화를 받았다. 그녀의 아들이라는 그는 어머니가 이제 정상적인 생활이 어려워졌다고 말했다. 뇌에 암이 전이돼 한쪽 시력을 잃었고 종종 간질 발작이 발생해 집중치료실로 옮긴 게 어제라고 했다. 불과 몇 주 전만 해도 아이의 옹알이를 듣고서 깔깔 웃던 그녀였다. 사람이 그렇게 금방 나빠질 수도 있는 건가. 아들은 그녀의 핸드폰을 대신 가지고 있었는데 액정에 뜨는 '성모병원'이라는 글자 때문에 전화를 받았다고 했다. 어두운 목소리의 그에게 나는 앞으로의 그녀 상태를 알려달라거나 연락을 달라는 요구를 할 수 없었다. 그녀와 나는 그저 병원에서 만난 사이, 어머니와 애기 엄마였으니까.

어떤 시간과 경로를 거쳐 그곳에 온지 모른 채 현재의 모습만으로 만난 우리는, 그렇게 만난 이들만이 줄 수 있는 서로의 몫이 분명히 있었다. 아이를 낳고 두번째 입원을 했던 나는 면회 온 시댁 식구들 앞에서는 울지 못했어도, 그녀 앞에서만큼은 아기가 보고 싶다고 가슴에 젖이 차서 아프다며 울 수 있었다. 친정 엄마가 입원한 나를 보러 왔을 때에는 나보다 더 불안해하고 어찌할 줄 모르는 엄마의 모습에 내가 나서서 오히려 엄마를 진정시켰다. 엄마가 집에 가고 나서야 비로소 나는 그녀 앞에서 울 수 있었다. 그녀와 나 사이에는 건널 수 없는 강, 좁힐 수 없는 거리가 있었고 그것 때문에 우리는 오히려 서로에게 줄 수 있는 마음이 존재했다. 아이를 꺼내고 남겨진, 가랑이 사이의 선명한 벌건 줄. 10년이 지났어도 여전히 붉고 통통하게 부어오른 켈로이드 흉터를 볼 때면 그녀가 생각났다. 아이를 낳고 얼마 되지 않아 아파하는 나를 보면 꼭 자기가 배를 갈라 아이를 낳았을 때처럼 저릿저릿하다고. 내가 아이에게 젖을 먹이고 병실로 돌아오면 자신이 젖이 도는 것처럼 가슴이 찌릿찌릿하다고. 늙은이가 주책이라는 그녀의 말과 함께 그 얼굴이 떠올랐다. 지금도 고개를 숙여 아랫배를 볼 때면 그녀와 함께 나눠 가진 그 시간이 찾아온다.

환승통로 위의

온
기

네 살이었던 둘째와 함께 출퇴근을 했던 기간이 있다. 회사 어린이집에 다니는 아이와 같이 지하철을 탔다. 내가 운전을 할 수 없는 상황이거나 남편이 등하원을 시켜주지 못하는 날은 아이와 함께 역으로 향했다. 아이 손을 잡고 나서는 날이면 만원 지하철에 오르는 것도, 도착 예정인 열차를 아슬아슬하게 잡아타는 것도 어려웠다. 모두가 이용하는 지하철역 계단은 아이가 걷기에 너무 많았고, 에스컬레이터가 위치한 출구는 멀었다. 출근길 바쁜 어른들 틈에서 아이는 나름 속도를 내며 걸었지만 아이와 발을 맞춰 걷다보면 나란히 옆을 걷던 사람들은 이미 우리를 지나쳐 사라진 뒤였다. 그렇게 출근해서 아이를 어린이집에 데려다준 뒤 사무실로 가면 마치 하루가 끝난 듯 온몸에 힘이 남아 있지 않았다. 일을 마무리하고 아이와 다시 만나 함께하는 퇴근길. 저녁은 아침보다는 상황이 좀 나았다. 이용객들이 확연히 적었고, 시간에 쫓기지 않아도 됐다. 무엇보다 우리가 매일 지나가는 환승통로에는 아이와 내가 좋아하는 공간이 있었다.

4호선과 6호선 사이의 환승통로. 그곳에 '한우리문고'라는 글자 옆에 'Book & Flower'라는 간판이 붙어 있는 서점이 있다. 1986년에 백 개로 시작해 이제는 네 개밖에 남지 않은 지하철 서점. 그 네 곳 중 하나가 이곳이다. 여기서 처음으로 책을 골라 계산하던 날, 꽃가위를 들고 있던 그녀와 나눴던 대화가 아직도 기억난다.

"책 큐레이션이 너무 좋아요."

"그렇죠? 저는 꽃을 담당하고, 책 고르는 친구는 따로 있어요. 그 친구는 바빠서 주로 제가 여길 지키는데 다들 책이 좋다고들 하세요, 감사하게도요."

인파에 휩싸여 아이와 걷는 내게 그 서점은 꼭 휴게실 같았다. 잠시 멈추어 다리가 아프다는 아이를 달랠 수 있는 곳. 아이를 챙겨 열차에 타고 내리고를 반복한 내가 잠시나마 숨을 돌릴 수 있는 곳. 일주일에 두세 번 마주치는 아이를 서점의 그녀는 기억하고 있었다.

"친구야, 이리 와볼래요? 친구는 무슨 꽃을 좋아하려나."

마치 아이를 마중나오듯 카운터 안쪽에서 나온 그녀가 아이 얼굴 한 번, 꽃 한 번 이렇게 번갈아 보다 결심한 듯 몇 송이를 골라 안으로 들어갔다. 잠시 후 그녀는 네 살 아이도 쥘 수 있는 작은 꽃다발을 만들어 아이에게 건넸다.

"동글동글, 꽃이 귀엽지? 이거 폼폰국화야. 꽃도 너도 참 예쁘다."

그날 아이는 집에 갈 때까지 작고 동그란 사슴 엉덩이 같은 그 꽃에서 코를 떼지 못했다. 집에 도착해서 보니 꽃을 어찌나 세게 쥐고 있었는지 아이의 손바닥에는 꽃줄기 냄새가 났다. 이후로도 퇴근길에 종종 그곳에 들러 책을 구경했다. 지하철이 깊숙하게 몰고 오는 바람과 열차가 도착했다는 안내

방송 사이에서 나는 책을 읽었다. 이곳의 주요 매대는 경제경영이나 자기계발서 분야의 베스트셀러보다는 소설과 도감, 그림책이 차지했다. 매대 위의 책들은 거의 매일 바뀌었는데, 아는 책이면 아는 책이라 반가웠고 모르는 책이면 새로운 책을 소개받은 듯 기뻤다. 책을 보고 있으면 내 옆으로 걸음을 멈춘 몇몇 사람들이 책장을 살펴보았다. 허리를 숙이고 엉덩이를 쭉 빼 책장 맨 아랫단의 책부터 보는 사람도 있고, 책등 제목을 보고 핸드폰에 검색하는 사람도 있었다. 책장 맞은편 꽃이 가득한 매대로도 사람들이 찾아와 꽃을 샀다. 오늘이 엄마 생일이라서요, 오늘이 결혼기념일인데요…… 꽃을 살 때면 사람들은 꽃 이름을 말하기보다 오늘이 무슨 날인지에 대해 이야기했다.

눈이 왔던 날. 꽤 많은 양의 눈으로 도로에는 제설차가 다녔다. 미끄러운 인도 위를 엉거주춤 걷는 사람들 사이를 지나 지하철에 올랐다. 늘 걷던 환승통로에는 사람들의 신발에 묻은 눈이 녹아 질척거렸고 미끄러져 넘어지지 않기 위해 조심해서 걸었던 기억이 난다. 어김없이 서점 앞에 멈춰 서서 책 몇 권을 꺼내어 보는데 그녀가 내게 와 말을 걸었다.

"오늘은 아이가 안 보이네요?"

"네, 오늘은 남편이 하원을 맡았어요. 덕분에 여유롭게 책 구경하네요."

평소와 달리 표정에 어두움이 묻어나는 그녀가 내게 부탁할 것이 있다고 말하며 내 핸드폰으로 링크 하나를 보냈다. 읽고 싶은 책이 매대에 없을 때면 그녀에게 책 주문을 문자로 넣어두고 찾으러 가는 날을 조율하느라 서로의 번호를 알고 있던 터였다. 링크를 누르니 기사가 하나 떴다. '36년 만에 문 닫는 지하철 서점'. 기사에는 두 달 전 핼러윈 때 수많은 이가 거리에서 유명을 달리한 참혹한 사고의 후속조치로 지하철역 서점들을 없애려 한다고 쓰여 있었다. 곧 재계약을 앞두고 있는 상황에서 아예 입찰 참여조차 하지 못하게 되었다고.

"정말요? 없어진다구요? 여기가?"

"네, 혼잡도 때문이라고……. 아시다시피 이곳 환승통로는 통행 면적도 꽤 넓은데도요. 바쁘시겠지만 이 기사에 댓글을 좀 남겨주실 수 있을까요?"

물론 댓글을 꼭 남기겠다는 나의 말에 그녀가 대답했다.

"고마워요, 정말로 고마워요."

참사의 재발을 막기 위해 나온 대처가 사고 발생지 주변 역의 서점을 없애는 일이었다. 그날의 참사는 혼잡도를 야기하는 무엇이 있어서였거나 그곳을 찾은 이들 때문에 발생한 것이 아니었다. 제때 작동해야 할 시스템이 작동하지 않았고 그 때문에 거리에서 수많은 이들이 생명을 잃었다. 그리고 그 참사의 진상규명은 더디고 더디게 진행되었다.

내가 속한 곳의 모임과 단체들, 글쓰기와 책 모임부터 학부모 모임 사람들에게까지 기사 링크를 보내고 댓글을 부탁했다. 꽤 많은 이들이 이 이야기에 반응했다. 참사의 원인 하나도 제대로 밝히지 못하면서 서점부터 없애는 것이 맞냐고. 휑한 지하철 역사에 이런 문화공간이 사라지는 것이 안타깝다고 입을 모아 말했다.

더욱이 그들이 없애게 될 것은 단순히 혼잡도 하나가 아니었다. 서점의 그녀들이 사람들과 그곳에서 주고받은 것은 꽃과 책, 그것에 매겨진 값뿐만이 아니었으니까. 따로 시간을 내어 서점에 갈 수 없는 이들과 인터넷 주문과 같은 이커머스에 접근성이 낮은 이들이 책을 만져보고 둘러볼 수 있던 공간. 지팡이를 짚은 할머니가 책장 앞에 서자마자 곧바로 매대로 나온 그녀가 할머니에게 책 몇 권을 추천해주며 잘 보이지 않는 글자들을 읽어주었던 것이 기억났다. 환승통로 안 서점이 사람들에게 건넸던 것들은 눈에 보이지 않고 숫자로 측량되지 않아 잘 드러나지 않는다. 그것들을 셈하고 알아차리는 일은 어렵지만, 이곳이 우리 일상을 받쳐주는 자잘한 힘이 되는 구조물이라는 것을 환승통로를 오가는 사람들은 익히 알고 있었다. 그것을 모르는 이들의 무지함, 우리는 언제나 그것을 모르는 이들에게 중요한 선택을 맡겨왔다는 사실에 나는 새삼 아득해져왔다.

아이는 늘 환승통로에서부터는 나를 앞서 걸었다. 그 서점에 가면 인사를 해주는, 꽃처럼 귀하다는 말을 해주는 그녀가 있었으니까. 작은 발로 먼저 걸음을 딛고 작은 손으로는 내 손을 잡아끌며 걸었다. "엄마 빨리, 나 급해"라고 보채며 도착한 서점에서 아이는 앞치마를 두르고 기다란 꽃대를 만지는 그녀를 물끄러미 쳐다보았다.

"네 살이라고 했지요? 우리 조카랑 같아요. 아이가 이거 먹어도 될까요?"

내가 미처 대답도 하기 전에 아이는 손을 내밀어 그녀가 주는 사탕을 손에 넣고선 "까줘, 엄마"라고 말했다. 그곳에 오면 아이는 늘 마스크를 내리고 꽃 매대 주위를 맴돌며 꽃향기를 맡았다. 아이 옆에서 나는 책을 보기도 하고 꽃을 사기도 했다. 엄마의 기일에는 프리지어를, 엄마의 생일에는 장미와 안개꽃을, 기분이 울적한 날에는 꽃잎이 큰 작약과 아네모네를. 꽃을 사지 않는 날에도 그녀는 오늘 들어온 꽃 몇 송이를 꼭 챙겨주었다. "꽃집 사장님이 파는 꽃보다 주시는 게 더 많으면 어떡해요"라고 웃으며 말하면 그녀는 "그러게요 정말"이라며 환하게 웃었다. 거실 테이블 가운데 꽃병에 꽃을 꽂아놓고 물을 갈아주거나 줄기에 낀 물때를 씻을 때면, 꽃가위를 들고 꽃집을 찾은 이들의 기념일에 맞춰 꽃을 고르고 꽃다발을 만드는 그녀가 떠올랐다. 곧이어 나는 그녀와 매대 위의 책과 꽃을 다시는 볼 수 없다는 생각에 막막함을 느꼈고, 막막함은 무력함으로 바뀌어 자주 한숨을 쉬었다.

몇 주 뒤, 그녀에게서 긴 문자가 왔다.

"시영님, 애써주셔서 감사해요. 저희 재입찰에 참여할 수 있게 됐습니다. 손님들이 글을 많이 올려주셨어요. 일반 시민

분들도요. 몇몇 분은 교통공사 홈페이지 고객의 소리에도 글을 올려주셨대요. 재검토한다고 합니다. 너무 감사해요."

그후 2년이 지난 지금, 여전히 나는 그 길로 출퇴근을 한다. 예전만큼 자주 들르지는 못해도 그곳 앞을 지날 때면 걸음이 느려진다. 꽃다발을 만드는 그녀를 확인하고, 매대에 올려진 책들을 훑고 지나가는 일은 여전히 계속되고 있다. 최근에는 음질 좋은 스피커를 매장에 두어 환승통로에는 기분좋은 재즈 음악이 꽤 멀리까지 흘러나온다. 평소보다 많은 사람들이 걸음을 멈추고 그곳에 서서 책을 구경하고 있거나 꽃을 사려는 줄이 보이면 내 사업도 내 손님도 아닌데 마음이 좋다. 누군가의 기쁨을 몰래 나 혼자 나누어 가질 수 있는 것, 나누어 가져도 줄어들지 않는 어떤 것에 마음이 든든해진다.

꽃시장에서 심혈을 기울여 꽃을 골라오고 좋은 책들을 골라 매대에 알맞은 각도로 책을 꽂아놓는 일. 환승통로 한구석의 공간을 정성스럽게 가꾸는 그녀들의 보이지 않는 시간과 그들의 노동이 이뤄지는 일터를 함께 지킨 것만 같아서 그 앞을 지날 때면 기분이 좋아졌다. 그리고 이곳을 통과하며 나와 내 아이가 배운 것들, 작지만 너무나 정확했던 지하철 환승통로 위의 어떤 호의와 마음. 이제 일곱 살이 된 아이의 책상 서랍에는 그녀에게서 받은 작고 귀여운 것들이 아직 남겨져 있다. 크리스마스를 앞두고 그 앞을 지나가며 받은 오너먼트들, 산타 옷을 입은 곰 인형과 책 모양의 키링. 여전히 그곳에서는 책과 꽃, 온기와 호의의 여러 모양이 누군가에게 가닿고 있을 것이다.

글쓰기

연
대
기

수업이 끝난 뒤 정류장에서 버스를 기다리며 외투를 여몄
다. 하지만 나온 배 때문에 도저히 여며지지 않았다. 팔짱을
껴서 바람이 들어오는 틈을 줄여보아도 불뚝 나온 만삭의 배
는 3월의 찬바람을 고스란히 맞았다. 매주 금요일이 되면 글
쓰기 수업을 들으러 사당으로 향했다. 수업을 듣는 와중에도
태동이 심하거나 몸이 결릴 땐 앉고 서고를 반복했다. 오른다
리를 왼쪽 무릎 위에 두기도 하고 의자 등받이에 체중을 실어
기대어도 보았다. 어째 앉은 자세도 어정쩡한 게 수업 태도가

영 불량해 보였다. 수업을 마치고 집에 돌아갈 때면 아침보다 몸이 몇 배는 무겁게 느껴졌으나 이상하리만큼 발걸음은 가벼웠다.

6년 전 처음으로 수강한 글쓰기 수업은 3월의 꽃샘추위와 무거운 배, 간간이 느껴지는 태동, 오고가는 버스 안의 훈훈하고 답답했던 공기로 채워져 있다. 회사에서는 동료들과 점심을 먹을 때 '요즘 뭐 하냐'는 질문이 심심치 않게 등장했다. 읽고 쓰는 작문 공동체에 들어갔어요. 지원서를 냈는데 다행히 붙었어요. 세 달 동안 열 권의 책을 읽어야 하고 글도 써야 하는데 임신 중이라 그런지 자꾸 졸려요. 나의 근황에 동료들의 답이 되돌아왔다. 철학적이네, 이 친구. 여유가 있어. 취미가 평범하진 않네. 그런데 글 써서 뭐 하려고?

그때가 2019년이었다. 끝도 없이 오르는 부동산 가격에 사람들은 종잣돈을 모아서 집을 샀다. 직접 거주할 집이 아니어도 돈이 된다는 소문이 돌면 두세 채씩 투자 목적으로 집을 사는 이들이 참 많았다. 모아둔 돈이 없으면 회사 대출과 은행의 신용 혹은 주택담보대출을 끌어왔다. 내가 다니는 회사의 많은 사람들이 재테크라는 명목으로 집을 사고 부동산 유튜

브를 보고 임장을 다니는 와중에 나는 작문 공동체에 들어가 수업 과정에 쫓겨 허우적대고 있었다. 책을 낸다거나 학위를 따려는 목적 없이 그저 책을 읽고 글을 쓴다는 나에게 돌아온 '여유롭다'거나 '철학적이다'라는 말, 실은 현실과 동떨어져 보인다는 그 말이 어느 정도 이해가 가기는 했다.

"지금 집을 사야 해. 언제까지 전세로 살 순 없잖아. 집값은 계속 오를 거야, 서울 집값은 오늘이 가장 싸다니까. 솔이 초등학교 들어가면 2년마다 이사 다닐 수도 없는데 배 속에 있는 둘째 나오기 전에 내 집이 있는 게 중요해. 진짜 시영 매니저 생각해서 말해주는 거야."

진지하게 조언을 건네는 동료의 말에 나는 조급해지기도 했으며 실제로 다급함에 쫓겨 집을 사기 위해 매물을 알아보기도 했지만 거기까지였다. 그 이상은 진도가 나가지 않았다. 독후감 과제로 나온 책의 읽을 페이지는 늘 반 이상이 남아 있었고 당장 써야 할 글의 마감이 턱 밑까지 다가와 있었다. 그때의 나는 직장 동료들이 말하는 '1-2년 후의 주거 안정성'이나 '자산 증식을 통한 몇십 년 후의 노후대비'보다 당장 눈앞에 닥친 글쓰기가 더 중요했다.

책을 읽고 글을 쓰는 공동체를 운영하던 이를 우리는 '원장'이라고 불렀다. 그는 우리에게 한 주에 책 한 권과 글 한 편을 숙제로 내주었다. 책을 읽고 쓰는 독후감에는 양식이 따로 있었는데 '저자 정보, 내용 요약, 소감, 내가 저자라면, 지정 도서와 관련된 영화와 노래, 반짝이는 구절 모음'이라는 양식에 맞춰 글을 쓰게 했다.

"책을 읽고 난 뒤에는 꼭 좋았던 구절들을 남겨놓으세요. 손이 가장 좋지만 타이핑으로 친 문서 형태여도 좋아요. 그게 나중에 내 재산이 됩니다. 정말이에요. 제가 출간한 책들의 대부분이 제가 읽은 책들 그리고 그 구절을 적어놓은 문서에서 탄생했어요."

수업을 들으러 가서 사람들과 밥벌이와 관련 없는 이야기를 나누는 시간이 좋았다. 13세기 시인 루미의 시를 외우고 낭독하는 시간도 진하게 남아 있다. 그중에서도 특히 각자가 써온 글을 낭독하는 시간이 되면 내게 허락된 시공간만으로는 경험할 수 없는 것들이 내게 와닿았는데, 그때 들은 이야기들은 곱씹을수록 꼭 밥을 먹은 것처럼 배가 불렀다. 하지만 공동체 속에서 그러한 즐거움과 자극을 만끽하고 있다가도, 막상 집에 돌아와 홀로 일주일 안에 해내야 하는 독후감과 글 한 편이 떠오를 땐 가슴이 갑갑해져왔다. 책 읽을 시간은 늘 부족해 아이를 재우면 거실로 나와 책을 읽었다. 어쩌다 잠에서 깬 당시 다섯 살이었던 첫째가 헝클어진 머리를 하고 눈은 뜨지도 못한 채 안방에서 나와 나를 찾았다. 엄마 어디 갔었어, 하고 아이가 잠긴 목소리로 물었다.

"엄마는 내가 좋아, 책이 좋아?" "솔이가 당연히 더 좋지."

"그런데 왜 맨날 안 자고, 내 옆에 없고, 책 읽고 있는 거야." "엄마가 과제를 하느라 그래."

"과제가 뭔데?" "숙제야. 너도 이제 학교 가면 해야 해."

"……엄마 나랑 같이 자자. 아빠가 엄마는 많이 자야 한대. 그래야 배 속에 내 동생이 같이 잘 수 있대."

그렇게 아이가 이끄는 작고 따끈따끈한 손에 이끌려 침대에 누웠다. 그러고선 얼마 지나지 않아 눈이 번쩍 뜨였다. 아이를 재우고 나서도 써야 할 글에 마음이 짓눌려, 다시 거실로 나와 책을 읽는 날이 잦았다.

그곳에서 전태일을 공부했다. 권정생 선생의 산문과 동화를 읽었고, 임의진 목사의 그림을 함께 보고 그가 참꽃 피는 마을에서 쓴 산문을 읽었다. 맹목적으로 성장 가도를 달리던 한국 사회 안에서 그들은 하나같이 느리고 유별났다. 모두가 정신없이 앞을 향해 내닫고 있었지만 그들은 느리다못해 아예 멈춰 있는 것 같았고 오히려 역행하는 듯 보였다. 시대와 흐름 앞에서 담담할 수 있었던 이들이 쓴 책. 풍요와 편리가 아니라 불편과 빈곤을 선택한 이들의 이야기를 읽을 때면 나는 나 자신으로부터 여러 가지 질문을 받아내야 했다. 의미 있게 산다는 것이 무엇인가, 삶의 의미를 찾겠다며 부르짖고 책을 읽고 글을 쓰는 연유가 무엇인지, 단순히 읽고 쓴다고 삶의 의미를 가질 수 있는지. 제대로 살고 싶다며 의미가 될 만한 것들의 주변을 서성이긴 하지만, 인생에서 어떤 가치를 발견했을 때 정말 그 가치대로 내 실제 일상을 바꿔낼 용기가 있기는 한 것인지. 그러한 질문에 나는 단 한 번도 제대로 답을 한 적이 없다. 그때 내가 썼던 일기와 메모에는 '모르겠다'와 '혼란스럽다'라는 문장이 많이 적혀 있다.

'2019년 4월. 의심 없이 옳다 여겼던 것들, 받아들였던 것들이 옳은 것인지 생각한다. 잘 모르겠다.'

'나를 가두고 있던 주변의 시선과 어떤 힘의 논리에서 해

방되고 싶다. …… 하지만 나 역시 그 힘에 편승하고 있다는 것을 안다. 이럴 때 혼란스럽다.'

　수업을 3주 정도 남겨두고 둘째가 태어났다. 거의 4개월간 이어져온 수업의 마지막 시간에는 나름 형식을 갖추어 졸업식도 했는데, 그때 난 아이를 낳고 병원에 입원해 있었다. 수료증을 들고 웃고 있는 글벗들과 원장님의 얼굴을 사진으로 보며 아쉬워했던 기억이 난다. 둘째 아이가 태어나고 나서는 혼자서 조각 글을 썼다. 아이가 잠깐 장난감에 한눈이 팔렸을 때나 낮잠을 잘 때면 핸드폰 메모장에 무엇이라도 적었지만 길게 적진 못했다. 첫째를 케어하고 둘째 젖을 먹이고 이유식을 만들고 집을 치우면 하루가 그냥 가버렸다. 가슴이 꽉 막힌 것 같았다. 마치 혈관에 찌꺼기가 쌓인 것처럼 온몸이 단단해진 기분이었다. 오후에 짬을 내서 쓰자니 낮잠 자고 일어나 배고프다며 보챌 아이를 위해 이유식을 미리 만들어둬야 했고 늦은 밤에 쓰자니 새벽 내내 이어질 수유를 감당할 자신이 없어서, 식탁 위에 갖다놓은 무선 키보드를 그저 쳐다보기만 하느라 마음이 닳기 직전이었다. 그래서 아이를 가슴 앞에 두고 젖을 먹이면서 키보드만 하염없이 쳐다봤다. 아이를 안고 있는데도 손가락이 하나둘씩 움찔거렸다. 어느 새벽에는 수유를 끝내고도 젖이 잘 빠지지 않은 건지 가슴이 단단했다. 콕콕 찌르는 통증에 안에 있는 모유를 빼야겠다 싶어 유축기 전원을 켰다. 하지만 나도 모르게 유축기가 아닌 그 옆에 있던 키보드를 집었다. 키보드 옆면의 전원을 딸깍 올려서 켜고 급한 대로 아이패드 메모장에 뭐라도 적었다. 내일 아침 가슴이 아파 쩔쩔맬 것을 알면서도, 피곤에 절어 졸게 될 걸 알면서도 그렇게 썼다.

글로 쓰기 전에는 실체도 존재도 명확하지 않은 채 허공을 둥둥 떠다니면서 자꾸 내 주위를 맴돌던 것들이 글자로 표현되면 조금이나마 선명해졌다. 그럼 나도 내 삶도 명확해지고 확실해진 것만 같은 착각에 빠졌다. 착각이어도 좋았다. 그렇다고 내가 쓴 이야기들이 내게 통쾌함을 선사하거나 해방시키는 그럴듯한 이야기들은 아니었다. 오늘은 아이를 보느라 싱크대에 서서 밥을 먹었다는 것, 아이를 씻기다 엄마 생각이 났다는 것, 등이 시리고 마음이 괜히 텅 빈 것 같아 생각해보니 엄마의 기일이 가까이 왔다는 것, 나 몰래 말랑카우를 하나 더 먹은 첫째를 혼낸 것이 후회된다는 것. 하나같이 다 사소했지만, 그럴지라도 그것을 써내는 시간이 내게는 중요했다. 어느 저녁, 베란다 너머 지는 노을에 시선을 빼앗겨 멍하니 있던 그 몇 초가 마음에 새겨져 잠 못 든 채 쓰는 글들이 나는 좋았다.

지금은 일주일에 글 한 편을 써내는 글방에 다닌다. 이제 만으로 3년이 다 되어간다. 글을 쓴 지 꽤 되었어도 여전히 일주일에 글을 한 편씩 쓰는 것은 쉽지가 않다. 토요일에 글감을 받고 나서 글감과 딱 맞아떨어지는 경험들이 없으면 입에서 사탕을 굴리듯 글감을 굴린다. 한 사나흘 굴린 뒤, 그 한가운데에 들어 있는 찡그러질 만큼 시거나 단맛의 엑기스가 흘러나와야 그때부터 연필을 들 수가 있다. 이조차 쓰기 전까지는 그 사탕이 사과맛인지 우유맛인지 계피맛인지 모른다. 내가 쓰려는 글이 내 인생의 가치 중에서 어디로 도달하게 될지는 글이 내게 알려줄 것이다. 그렇게 내 글이 어디에 닿을지도 모른 채, 도달했다면 무엇이 될지도 모른 채로 나는 쓰고 있다. 그래도 글 한 편을 완성하고 나면 그게 그렇게 애틋할 수가 없다. 내 자식 같아 보기만 해도 아까운 마음이 든다. 이미 글은 업로드했으나 읽고 또 읽는다. 이렇게 써낸 내가 기특하고 이렇게 쓰인 글은 애잔하다. 토요일 오전 10시가 지나서야 업로드되는 다른 동료들의 글을 읽고 합평을 준비해야 하는데, 자꾸만 내 글에 눈이 가는 것도 주책이라면 주책이다. 글방을 다녀온 날이면 그 글에 호평을 받았든 혹평을 받았든, 지겨우리만큼 글을 요리 보고 조리 보고 수십 번을 읽는다. 그리고 다음 날이 되면 거짓말처럼 어제까지 내 자식인 양 아까워서 보고 또 보던 글이 생각나지도 않는다.

요즘도 글이 써지지 않을 때가 종종 있다. 글을 쓸 수 있는 평온한 마음이 허락되지 않거나 시간상으로 여유가 없거나 몸이 아플 때. 그럴 때면 쓰고 싶어도 쓸 수가 없어서 키보드를 닳도록 쳐다만 봤던 때를, 아이가 쏟아놓은 장난감 바다 한가운데에 엎드린 채 도둑질하듯 글을 썼던 때를 떠올린다. 그때를 생각하면 지금은 글쓰기의 호황기나 다름없다는 생각에 다시 의자에 엉덩이를 갖다댄다.

글을 쓰기 전과 후는, 아이를 낳기 전과 후처럼 차원이 달랐다. 써야 하니 읽어야 했는데, 읽고 쓰는 일을 중심으로 내 사이클을 정비하는 게 필요했다. 무엇을 더 추가하는 것보다는 하지 않는 게 중요했다. 책과 주간지를 읽거나 좋은 음악을 듣고 영화를 보며 인풋을 넣는 것 말고, 내 시간과 에너지를 많이 가져다 쓰는 일들을 피해야 했다. 예를 들어 시즌제 드라마를 보거나 회사 사람들과 저녁을 먹고 여행을 가는 일들을 줄이는 게 필요했다. 글쓰기를 위해 내 일상을 읽고 쓰는 것 위주로 정비하고, 후순위에 있는 것들을 가지치기하는 과정. 책을 몇 권 읽고 글을 몇 편 써냈다는 결과보다도 그 과정이 나는 좋았다. 내가 좋아하는 일에 마음과 몸을, 시간을 바치는 사람이라는 인식이 나를 괜찮은 사람으로 느껴지게 했다. 물론 그렇다보니 건조기에는 며칠 전에 한 빨래가 그대로 들어 있고, 아침에 회사 갈 준비를 하면서 그 안을 핸드폰 보조등으로 비추며 옷을 찾느라 시간이 너무 오래 걸렸다. 오늘만은 빨래를 개야겠다 다짐하며 집을 나섰지만, 여전히 자기 전에는 책을 붙들고 마음에 들어온 글귀를 필사하는 쪽을 택한다.

하지만 읽고 쓰는 게 우선인 와중에서도 예외인 존재들이 있다. 솔이와 현이. 나보다 매우 작지만 어마무시한 열 살, 여섯 살 이 두 존재들은 언제나 나를 무장해제 시킨다. 이들에게는 특별한 능력이 있는데, 내가 내 삶에 부여한 중요한 가치들을 순식간에 아래로 끌어내리고는 아무 일 없다는 듯 자신들을 맨 위로 올려놓고서 당당하게 '나는 엄마가 필요하다'는 아우라를 내뿜는 재주가 그것이다. 사실 이들 덕분에 나는 놓칠 수도 있었던 일상의 소중함을, 실은 읽고 쓰는 것보다 더 소중할지 모르는 순간들을 매 순간 느끼고 누리는지도 모른다. 이 글을 쓰는 와중에도 이제 막 여섯 살이 된 아이가 자꾸만 내 옆에서 몸을 비비 꼰다.

"엄마 그래서 언제 다 쓰는 건데. 이렇게 계속 나를 서 있게만 할 거야?"

입이 삐쭉 나온 아이를 안아주는 대신 아이 손에 과자를 쥐여준 채 이 문장을 겨우 마무리한다. 남들 눈에는 뜬구름 잡는 듯 보이는 이 글쓰기가 내 생에 어떤 가치를 주는지 아직도 명확한 한 줄로 표현되지는 않는다. 다만 지금 당장 한 가지 확실한 것은, 이제는 이 아이를 포옹해줄 차례라는 것이다.

머 리 푸 는
아
이

　　2년 전, 아침마다 초등학교 1학년이 된 큰딸아이 머리를 땋아줬다. 이마 라인 쪽의 머리카락을 조금 잡아서 땋은 후 고무줄로 마무리한다. 방금 묶은 한 가닥을 나머지 머리와 합쳐 하나로 묶는다. 튀어나온 잔머리 없이 산뜻한 포니테일 스타일의 아이를 보면 내 마음까지 시원하다. 학교에 간 아이 사진은 담임 선생님이 종종 찍어서 '하이클래스'라는 앱에 올려 주신다. 집이 아닌 다른 곳에서의 아이, 내가 없는 공간에서의 아이 모습이 그 안에 가득하다. 스크롤을 내려 사진을 보는데 뭔가 낯설다. 정성스레 묶은 아이의 머리가 사진에서는 풀려 있었다. 생각해보니 퇴근 후 6시에 만난 아이의 머리는 늘 풀려 있었다. 묶은 지 오래돼 고무줄이 헐거워 풀린 줄 알았는데 아예 학교에서부터 머리를 푼 것이다.

학교가 끝난 아이는 마을에 있는 '개똥이네 방과 후 놀이터'에 간다. 하교 후 돌봄을 제공하는 이곳에서 아이는 전래 놀이를 하고 바느질을 하고 훌라춤을 춘다. 퇴근 후 엄마를 만난 아이는 반가움이 아닌 난색을 표한다.

"나 여태 술래 하다가 이제 막 도망다니기 시작했는데, 왜 이렇게 일찍 왔어 엄마……."

어린이집에 다닐 때만 하더라도 문 앞에서 헤어지는 내게 "엄마 빨리 와야 해. 엄마 기다릴 거야"라며 울면서 교실로 들어가던 아이는 이제 왜 일찍 왔냐고 말하는 아이가 되었다.

어느 주말, 아이와 함께 시간을 내 사당 근처의 한 강연을 들으러 갔다. 지하철을 타는 김에 여덟 살이 된 아이의 인생 첫 교통카드를 만들기로 했다. 지갑에서 만 원짜리 한 장을 꺼내든 아이와 함께 편의점으로 향했다.

"솔아, 돈은 그렇게 팔랑팔랑 손에 쥐고 걸으면 안 돼. 주머니 속에 넣어, 중요한 거니까."

"알아. 엄마가 그렇게 말하지 않아도 알아."

뭘 알아…… 방금까지 해맑게 웃으며 지폐로 바람개비 돌리듯 걸었잖아……라는 말이 턱밑까지 차오른다. 어디까지 말하고 어디까지 말하지 말아야 하는 걸까. 나의 실수를 아이가 반복하는 게 싫어 자꾸만 말이 많아진다. 실패는 말로 한다고 피할 수 있거나 도망갈 수 있는 게 아니란 것을 아는데도.

"솔이야, 저기 세븐일레븐 가면 '초등학생 교통카드 주세요' 해봐. 네 교통카드니까 네가 만들어봐. 엄마 옆에 있을게."

당차게 알겠다고 고개를 끄덕이는 걸 넘어서 나를 귀찮아하며 편의점에 도착한 아이는 지금 주인아저씨와 대치 중이다. 아저씨를 마주한 채 눈싸움이라도 하듯 허리를 꼿꼿하게 세운 채 서 있다. 아무 말 없이 아저씨를 노려보고서……. 결국 내가 얼른 앞으로 나서서 사천 원짜리 교통카드를 구매하고 아이가 들고 있던 만 원으로 충전을 했다. 그렇게 카드를 손에 넣은 아이는 아직 손이 작아 카드를 쥐기 어려운지 손 모양을 이렇게 저렇게 자주 바꿨다. 손에 쥐긴 했으나 카드가 큰지 모서리 네 개가 아이 손가락 사이사이로 삐져나왔다.

　망원역에 들어가 게이트 위 'CARD'라고 쓰여 있는 사각형 안에 아이가 카드를 댔다. 매번 차단기 아래로 허리를 숙여 지나가거나 카드를 찍은 나와 바짝 붙어 출입구를 통과하던 아이가 처음으로 자기 차편에 대한 값을 지불한 순간이었다. 카드를 찍자 '어린이'라는 글자가 화면에 나온다. 미소를 머금었지만 들키긴 싫은 건지 입술에 힘을 잔뜩 주어 입을 꾹 다물고 있다. 하지만 이미 위로 올라간 아이의 광대에서 뿌듯함이 전해졌다.

　환승열차를 아슬아슬하게 잡아탔다. 다리 느낌이 이상해서 보니 큰 딱정벌레가 내 무릎에 앉아 있었다. 너무 놀라 다리를 털자 지하철 좌석과 좌석 사이 사람들이 지나다니는 통로 가운데로 벌레가 떨어졌다. 그것을 본 아이가 말했다.

　"지하철이 흔들릴 때마다 우르릉 깡깡 번개 치는 기분이겠지? 너무 밝아서 눈이 부실 것 같은데?"

　딱정벌레는 다행히 우리가 내릴 동안 그 누구에게도 밟히지 않았고 우리는 지하철에서 내렸다. 아이는 그 짧은 만남에도 벌레에게 '딱딱이'라는 이름을 붙여주었다. 강연 장소에 가는 길 내내 딱딱이 이야기를 하며 아이와 걸었다.

"딱딱이는 지하철 여행을 하는 거야. 자기 껍데기처럼 딱딱한 지하철을 오르는 게 평생 꿈이었던 거지."

아이는 마치 자신이 딱딱이가 된 듯 그가 겪게 될 모험담을 딱딱이의 입장에서 늘어놓았다.

내가 강연을 듣는 동안 아이는 강연장 한편에 마련된 아이들 전용 공간에서 전에도 본 적이 있는 친구들과 시간을 보냈다. 두 시간짜리 강연이 끝나고 가보니 얼마나 뛰어다닌 것인지, 볼이 선분홍색을 띠고 머리카락은 땀으로 엉켜서 얼굴에 가닥가닥 제멋대로 붙어 있다. 더 놀고 싶어하는 아이를 겨우 설득해 역으로 향했다. 지하철 안 딱딱한 은색 의자에 앉은 아이가 자꾸만 엉덩이를 뒤로 뺐다 앞으로 걸쳤다 오두방정이다. 얌전히 있으라고 한마디하려다 가만 보니, 지하철 의자는 아이가 다리를 걸치기엔 컸고 다리를 내리기엔 길었다. 누군가가 앉기에 이 의자가 너무 길고 높은 의자임을 알게 된다.

지하철을 갈아탄 후 두 자리가 비어 있는 노약자석에 아이를 앉혔다. 아이를 앉히고 앞에 서 있는데 탈 때 스치며 봤던 두 모녀가 아이가 앉은 옆의 빈자리로 온다. "엄마 여기 앉아."

성인인 딸이 얼른 빈자리에 엄마를 앉힌다. 딸과 엄마가 앉아 있는 의자 앞에 똑같이 딸과 엄마인 내가 서 있다. 언젠가는 나를 앉히고 서 있을 아이를 생각했고 그런 미래가 빨리 오지 않았으면 하고 생각했다.

집에 온 후 옷을 갈아입은 아이가 내게로 와 안긴다. 그러고선 은근슬쩍 내 가슴에 입술을 대고 붕어처럼 입술을 오물거린다. 모유 수유를 했던 아이는 몸이 컸어도 내 가슴에 얼굴을 비비고 입술을 대는 일이 잦다. 그러더니 이젠 내 티셔츠에 완전히 코를 박고 있는 힘껏 들숨을 채우고 짧게 날숨을 뱉는다. 한 열 번쯤 반복했을까. "충전 완료……"라는 말을 뱉고선 곧장 책상으로 가 그림을 그리며 자기만의 시간 속에 빠진다.

내 무릎 사이를 엉덩이로 파고들어 젖을 빠는 시늉을 하는 아이가 학교 교문에 들어서자마자 엄마가 심혈을 기울여 묶어준 머리를 풀어버리는 상상을 했지만 잘 그려지지 않는다. 아직은 내 안에서 통합되지 않는 아이의 모습이다. 동생과 싸우거나 무언가 맘에 들지 않으면 해명하는 것이 아니라 책가방에 조용히 자기 옷과 필통, 학용품을 넣은 뒤 "나는 집을 나갈 예정"이라는 문장을 뱉고 책가방을 든 채 나가진 않고 현관문을 맴도는 아이다. 어이가 없고 피식 웃음이 나고 앞으로의 일들이 걱정되지만 이제는 안다. 사랑의 크기가 아니라 그 모양이 변한 거란 사실을. 아이는 언젠가 내가 나서지 않아도 혼자서 척척 교통카드를 살 테고, 나를 기다리지 않고 바깥을 신나게 뛰어다닐 거다. 하지만 언제까지나 처음 도전하는 일 앞에서 허리를 바짝 세울 것이고, 우연히 마주친 작은 것에 이야기를 붙여주겠지.

내 안에 고정된 형태의, 익숙하고 편안한 사랑이 떠나가는 일이 나를 기다리고 있다. 오래전 구축된 아이와 나의 관계가 품고 있던 내용물을 새로운 틀에 바꾸어 담는 일이 달갑지 않다. 그러나 앞으로 더욱 커갈 아이와 덜 험악하고 더 편안한 공존을 위해서는 필요한 일이다. 이 아이와의 공존을 위해 나는 오늘도 해야 할 말과 하지 말아야 할 말 사이에서 입을 꾹 다문다.

2
부

아저씨,

접
니
다

아저씨, 당신은 제게 다섯번째 아저씨입니다.

제 기준에서 잔잔바리 만남들을 제외하고 엄마가 제대로 만난 사람들을 추리니 다섯이더라구요. 아저씨는 제게 다섯번 째이자 마지막 아저씨입니다. 아저씨는 엄마에게 마지막 사랑 이었으니까요. 저희 집 안방 침대 옆 협탁의 두번째 서랍엔 아 저씨 사진이 있습니다. 엄마 지갑 속 아저씨 증명사진이요. 갸 름한 얼굴과 짧은 스포츠머리, 목까지 올라온 연베이지색 목 티, 쌍꺼풀 없이 아래로 축 내려간 눈꼬리, 오뚝하고 날렵한

콧날과 앙다문 입술이 다부집니다. 아무래도 호감형입니다. 엄마가 왜 아저씨를 좋아했는지 알 것 같아요. 엄마는 아름답고 예쁜 것들을 좋아했거든요.

아저씨, 저는 사자를 죽이고 싶어했던 아이입니다. 저녁이 되면 할머니가 차려주는 저녁밥을 기다리며 KBS에서 하는 〈동물의 왕국〉을 보았습니다. 다큐의 주 무대는 아프리카예요. 탁 트인 광활한 초원 끝에서 지는 태양빛과 비슷한 누르스름한 털빛, 콕콕 박힌 점박이무늬를 가진 새끼 사자들을 볼 때면 늘 마음이 불안했습니다. 사자의 세계에서는 영역 싸움이 흔하게 벌어지는데 침입한 수사자가 이기면 그전 사자의 핏줄을 이어받은 새끼 사자들은 거의 모두 죽임을 당합니다. 개중에 운이 좋아 새로운 수사자에게 받아들여지는 경우도 있으나 이는 극소수죠. 엄마의 남자가 바뀔 때마다 저는 아기 사자가 된 기분이었습니다. 티브이 속 수사자를 죽이고 싶었어요. 침입한 수사자요. 그의 가장 연하고 보드라운 뱃가죽에 송곳니가 박히고 물어뜯기길, 송곳니의 날카로운 끝이 내장까지 파고들어 그 상처에 염증이 번지고 구더기가 들끓다 죽어가길 바랐습니다. 침입자의 살벌한 패배와 동시에 어린 사자의 무탈을 바랐습니다. 실은 제 무탈을 바란 것이겠지요.

　아저씨, 아저씨는 달랐어요. 그전의 아저씨들처럼 늦은 밤 집 앞으로 찾아와 엄마를 큰 소리로 부르지 않았고 제게 엄마가 어디 있냐며 무섭게 묻지도 않았어요. 맨정신의 엄마가 밖에 나갔다 오면 늘 술에 취해서 들어왔는데 아저씨를 만난 날에는 술에 취해 들어오지 않았습니다. 엄마가 아저씨네 집에 도착하면 아저씨는 늘 제게 전화를 주었지요.
　"엄마 여기 잘 왔어. 걱정하지 말고 잘 있어라."
　이 몇 마디가 제 마음을 얼마나 다독였는지 아셨나요. 어른이 주는 안정감이 그런 것이었구나를 어른이 되어 느꼈습니다. 어릴 때 그런 안정감을 가질 수 있었다면 지금 저는 어떤 어른이 되었을까요. 지금보다 덜 불안하고 더 단단해 제 마음에 차는 어른이 되었을까요.

　아저씨는 제 죄책감을 나누어 가진 첫 어른입니다. 애인과 데이트하고 맛있는 음식을 먹을 때면, 먹던 카레와 치킨이 명치에 턱 막혀서 넘어가질 않았습니다. 친구들과 여름밤에 낙산공원에 올라 희미하게 빛을 발하는 별을 볼 때면 불안하고 서글펐습니다. 가장 좋은 순간 저에게는 기쁨보다 슬픔이 찾아왔어요. 엄마가 이렇게 불행한데 나 혼자 행복하면 안 될 것 같아서요. 엄마의 불행이 저 때문이 아니란 것은 압니다. 하지만 자꾸만 좋은 순간에 찾아오는 생각들이 있습니다. 엄마가 지금 술에 취해 도로에 누워 있는 것은 아닐지, 무릎이 까진 것은 아닐지, 취한 엄마의 몸이 누군가에게 함부로 다루어지진 않을지. 아저씨가 저와 엄마에게 온 후부터는 아저씨를 만나고 있는 엄마의 모습을 떠올리면 마음이 편해졌어요. 사랑하는 사람과 함께 있을 엄마의 시간이 자연스레 그려졌고, 조금씩 맛있는 음식을 혀로 느끼고 덜 체하고, 야경을 보며 설렐 수 있었습니다.

아저씨, 저 사실 아저씨의 비밀을 알고 있습니다. 엄마는 제게 아저씨를 술도 먹지 않는 착실한 사람이라고 소개했지만, 실은 아저씨도 과거에 알코올중독자였다는 걸 알고 있습니다. 아저씨의 제수씨가 말해줬어요. 어느 날 술 취한 엄마가 아저씨네 집으로 가서 문을 잠그고 열어주지 않은 적 있잖아요. 아저씨 윗집에 사는 제수씨란 사람이 제게 전화를 했어요. 어서 엄마를 데려가라고요. 저는 이제 막 20킬로가 넘는 초등학생일 때부터 제 몸무게의 세 배인 엄마를 데리고 오던, 데리러 오라는 전화를 받던 20년 차 경력자입니다. 늘 있던 일이라 덤덤하게 찾아간 곳에서 제수씨가 아저씨랑 엄마가 병원에서 만난 사이라는 걸 말해줬습니다.

사실 석연치 않은 구석이 있다고 생각은 해왔습니다. 아저씨는 당신을 만나면서도 여전히 술 먹는 엄마를 받아줬잖아요. 알코올중독자가 아닌 사람은 알코올중독자를 이해할 수 없으니까요. 며칠씩 연락이 끊긴 채 일주일 정도 장취한 후 다시 나타나는 엄마를 아저씨는 받아줬어요. 술에서 혼자 깨어나지 못해 결국 입원까지 했을 때 짧게는 한 달, 길게는 6개월까지 지속되던 입원생활도 기다려줬구요.

'호스피털 러브'. 환자복을 입고 시작된 사랑. 저 지금 잠깐 심쿵했습니다. 그 병원은 남자와 여자 병동이 따로 있다고 알고 있는데 언제 어디서 사랑을 키운 건지……. 사랑의 역사는 정말 악착같습니다. 깨기 전까지는 인사불성의 환자지만 술이 깨고 나면 멀쩡한 정신으로 인해 병원생활이 배는 괴롭다던 알코올중독 환자들의 지루한 병원생활 속 찾아온 만남. 유일하게 서로를 만날 수 있는 흡연 시간이 얼마나 기다려졌을 것이고, 그곳에서 함께 태우는 담배는 얼마나 달짝지근했을까요.

아저씨와 엄마의 시간을 상상합니다. 엄마는 아저씨네 가기 전날부터 불 앞에서 열심히 음식을 만들었어요. 그리고 쇼핑백에 반찬통을 가득 넣어 양손에 들고 갔어요. 문 앞에 온 엄마에게 과묵한 아저씨는 고맙다는 말보단 가득찬 쇼핑백을 대신 들어서 옮기고 엄마 어깨를 두 손으로 감싸고 힘을 꽈악 주는 것으로 표현했겠죠. 집에 들어와서는 상을 펴서 반찬통들을 하나하나 상 위에 올리고 뚜껑을 열며, 이것들을 만들면서 불 앞에서 얼마나 더웠고 서 있느라 다리는 얼마나 땡겼고 손목이 얼마나 시큰했는지 엄마가 신나게 이야기했겠죠. 그리고 음식을 먹기 시작했을 거예요. 아, 먼저 사랑부터 나눴을까요. 아저씨가 동생네 고물상에서 평일 내내 일하느라 거의 만나지 못하고 주말에 몰아서 만났으니까, 서로를 원하는 마음에 섹스부터 했을 수도 있었겠어요. 함께 밥을 먹고 섹스를 하고 티브이를 보며 떠드는 둘의 시간을 그려봅니다.

알코올중독자는 사랑을 할 수 없다고 생각했습니다. 솔직히 말하면 엄마와 아저씨가 하는 건 사랑이 아니라고 생각했어요. 그저 외로우니까 서로 만나는 거라고요. 각자가 정신적으로 온전히 서 있을 때 나누는 사랑이 진짜 사랑이라고 티브이랑 책에서 배웠거든요. 아저씨는 과거에 알코올중독자였고 엄마는 지금도 알코올중독 상태니까 둘에겐 사랑이 허락되지 못할 거라 여겼어요. 그런데 그런 엄마가 그런 아저씨에게 안식을 찾았습니다. 아저씨네서 하루이틀 머물다 돌아온 엄마는 늘 충만해져서 왔어요. 아저씨네 다녀온 날은 유난히 많이 웃었고 밥도 많이 먹고 말도 많이 했어요. 엄마에게 사랑이 남아 있을 줄 몰랐어요. 엄마도 사랑을 하고 받을 수 있는 존재였던 겁니다.

아저씨, 미안합니다. 사실 이 말을 위해 많이 돌아왔습니다. 엄마가 죽고 그 사실을 직접 알리지 못해 미안합니다. 엄마는 갑작스럽게 떠났고 그때 전 9개월 된 아이를 키우고 있었어요. 장례식 3일 내내 까만 상복을 입고 흰 리본이 달린 실핀을 머리에 꽂고, 아기 띠를 뒤로 둘러서 아이를 등에 업은 채 조문객을 맞았습니다. 직접 소식을 전할 용기가 차마 나지 않아 아저씨의 제수씨에게 연락을 드렸습니다. 미안해요. 엄마의 죽음과 함께 엄마가 가졌던 모든 관계들도 다 함께 묻고 싶었어요. 지긋지긋했거든요. 그 당시엔 아저씨도 제게 마찬가지였습니다.

아저씨, 저 사실 엄마가 죽고 나서 시원했습니다. 엄마가 죽었다는 소식을 듣고 울음이 터져 가슴을 부여잡고 우는 동시에 드디어 중독의 족쇄에서 풀려났다는 생각이 들었습니다. 엄마의 죽음이 가져온 상실의 아픔보다는 죽음이 가져온 해방감이 더 크게 느껴졌어요. 이제 새벽에 경찰서 연락을 받고 나가지 않아도 되는구나. 더이상 엄마가 외상한 술값을 받으러 오는 사람이 없겠구나. 엄마의 몸과 마음이 다칠까봐 그만 불안해도 되겠구나 하는 해방감이요. 엄마를 떠올리면 슬픈데 그립지는 않습니다. 27년을 중독자의 딸로 살면서 감내해온 고통은 엄마와의 이별을 견딜 수 있는 힘이 되었습니다. 고통도 힘이 될 때가 있습니다. 이런 사랑도, 이런 모녀도, 이런 가족도 있는 것이겠지요.

아저씨, 엄마가 병원에 입원하면 간식비를 매달 넣어주신 일, 알고 있습니다. 엄마가 병원에서 먹고 싶은 간식, 사고 싶은 물건을 살 수 있는 마음의 여유를 주셔서 감사합니다. 그리고 제가 첫아이를 낳았을 때 엄마를 통해 돈봉투를 주신 일도 감사합니다. 아저씨도 힘드셨을 텐데 꽤 두꺼운 봉투를 들고 받아도 되는 것인지 잠시 고민을 했었습니다. 그때 낳은 아이가 지금 초등학생입니다. 요즘 한창 귀여운 짓을 하는 둘째도 여섯 살이나 되었어요. 아저씨에게 저희 아이들 사진을 보여드리고 싶습니다. 무지 귀엽습니다.

아저씨, 7년간 엄마 만나면서 마음고생 많으셨지요. 제 짐을 같이 나누어 지어준 아저씨, 다시 한번 감사합니다. 아저씨가 종종 꿈에 나옵니다. 늘 그랬듯 절 보고 쑥스러운 표정으로 씨익 웃으시면서요. 이제 저도 그 미소에 씨익 웃으며 답하겠습니다. 잘 지내세요.

명동

아
줌
마

　명동 아줌마는 작고 왜소했다. 머리숱도 없었다. 뼈대 자체가 얇아서 툭 치기라도 하면 중심을 잃고 쓰러질 것만 같았다. 파마를 한 짧은 머리카락들은 서로 엉겨붙어 있었지만 숱이 없으니 두피가 허옇게 드러났다. 아줌마랑 엄마가 어쩌다 서로를 알게 된 것인지는 모른다. 다만 술을 마신 엄마가 며칠간 사라져서 보이지 않을 때 종종 아줌마네서 발견되었고, 공원 놀이터 벤치나 가게 앞 간이 파라솔 아래에서 둘이 같이 있는 모습을 보았다고 동네 사람들이 하는 말을 들었을 뿐이다.

학교에서 돌아와 책가방을 내려놓고 할머니가 끓여놓은 보리차를 유리잔에 따라 마시고 있을 때였다. 전화벨이 울렸다.

"어른 계시면 바꿔라."

남자 목소리였다. 화초 잎사귀를 마른걸레로 닦고 있던 할머니를 불렀다. 내게 수화기를 건네받은 할머니는 잠자코 듣고 있다가 "알았습니다. 내 지금 갑니다" 하고 말하며 입고 있던 하얀 러닝셔츠 위에 까끌까끌한 마 소재의 블라우스를 걸쳤다.

"시영아, 일어나라. 네 엄마 그 명동 집에 있단다. 거기가 어디라고 가서 매번 그렇게 누워 있냐."

나를 데리고 길을 나선 할머니는 아무래도 분이 덜 풀렸는지 발을 내디딜 때마다 좌우로 실리는 힘에 걸음을 뒤뚱거리면서도 혼잣말을 멈추지 않았다. "내가 지를 어떻게 길렀는데 그런 것들이랑 놀아나냐 놀아나길. 동네 창피해서 못 살겠다. 다 죽어가는 꼴을 한 그 여자랑 놀아나는 걸 내가 언제까지 봐야 한단 말이냐." 집에서 멀지 않은 붉은색 벽돌로 지어진 빌라 앞에 할머니와 서서 엄마가 누워 있다는 3층을 올려다봤다. 앞장선 할머니를 따라 올라가자 우리를 기다리듯 밝은 회색의 철제 현관문이 활짝 열려 있었다. 안쪽에서 하얀 반소매와 베이지색 반바지에 장목 양말을 정강이까지 올려 신은 남자가 나왔다.

"안사람이 제가 지방만 다녀오면 이렇게 술을 먹습니다. 죽겠습니다, 저도. 원래는 혼자 먹었는데 이젠 사람까지 데려와서 먹네요. 따님 얼른 데려가세요."

죽상이 된 할머니 얼굴에는 생긴 지 얼마 되지 않은 듯한 옅은 주름까지 모두 나타났다. 엄마는 마루에 깔린 자줏빛 카펫 위에 누워 평안한 얼굴로 잠들어 있었다. "아 얼른 일어나라니까!" 할머니의 소리가 커지자 엄마가 놀라서 눈을 떴다. 취한 엄마를 데리러 왔으면서도 할머니는 주눅이 들지 않았다. 오히려 엄마를 일으켜 데리고 나가면서 아저씨에게 쏘아붙였다.

"아저씨 안사람한테 다시는 애 엄마한테 연락하지 말라고 하세요."

명동빌라에서 살아서 '명동'이라고 불리는 그 아줌마는 우리 엄마보다 더 심한 중독자였다. 아줌마는 거의 매일 취해 있었다. 그에 반해 엄마는 그때만 해도 한 달에 한두 번 빈도로 일주일 정도 술을 먹다가 깨어났다. 술을 마시지 않은 엄마는 반짝반짝 빛이 나는 사람이었다. 중단발 머리에 스프레이를 뿌려서 뿌리에 볼륨을 만들었고, 신경써서 입은 올 블랙 옷은 음주로 인한 볼록한 배를 가려주었다. 하지만 아줌마에게는 그런 순간이 없었다. 언제나 취해 있었고 늘 비틀거렸다. 저 멀리서도 나는 그녀를 한눈에 알아볼 수 있었는데 그건 독특한 걸음걸이 때문이었다. 한 손에는 소주 두세 병이 들어 있는 검은 봉지를 검지와 중지로 고리를 만들어 받치고서, 다른 한쪽 손으로는 봉지를 든 팔뚝을 잡고 걸었다. 마치 스스로를 안아주는 듯이. 등이 굽어 구부정한 아줌마는 걷는 속도도 느렸는데 맨발에 신은 슬리퍼는 작은 발에 헐거워 보였다. 어쩌다 길에서 아줌마를 마주칠 때면 그녀를 보는 내 마음은 간단치 않았다. 그에게서 엄마를 보았으니까. 우리 엄마도 몇 년 뒤에 저렇게 되는 것은 아닐지⋯⋯. 저렇게 소주가 담긴 봉지를 들고 구부정하게 걸으며 슬리퍼를 헐떡거리는 엄마의 모습이 그려졌다.

할머니는 아줌마를 싫어했다. 그땐 핸드폰이 없었기에 아줌마는 우리집으로 전화를 걸어 엄마를 찾았다. "우리 딸 찾지 마쇼! 혼자 먹으라고요, 술!"이라며 무섭게 쏘아붙이는 할머니에게 아줌마는 별다른 대꾸 없이 전화를 끊었고, 할머니는 그에 대해서도 한참을 씩씩거렸다. 나는 할머니처럼 아줌마가 싫지만은 않았다. 보통 사람들과 달라 보이는 외관과 힘없는 모습 때문에 아줌마가 꺼려졌던 것도 사실이다. 평범함에서 벗어난 사람을 멀리하려는 동물적인 감각이 어린 내게도 있었다. 사실 나는 은연중에 그녀에게 고마운 마음까지 가지고 있었는데, 그건 아줌마가 있어서 우리 엄마가 그나마 덜 심한 주정뱅이로 보였기 때문이다. 동네에서도 사람들은 엄마보다 아줌마 이야기를 더 자주 했다. 할머니 말대로 우리 엄만 가만히 있는데 아줌마가 불러내서 술을 먹는 거라는 생각, 그게 아닌 것을 알면서도 그렇게 생각하면 엄마가 덜 미워 보였다.

"시영아 너도 명동 아줌마가 싫으니? 네 할머니가 죽일 듯 미워하는 그 아줌마. 하긴 네 할머니는 엄마 친구들은 다 싫어했어. 엄마가 친하게 지내는 사람 모두. 뭐, 네 아빠도 싫어했으니까. 근데 그 아줌마가 왜 술 먹는지 알아? 남편이 일 때문에 결혼하고 나서도 지방을 자주 갔대. 아줌마 혼자 놔두고. 그러면 그게 그렇게 무섭더래. 집 앞 슈퍼에 가서 소주 한 병을 사와서 아침부터 밤까지 손바닥만한 커피잔, 아줌마가 혼수로 가져왔다는 노란 꽃이 새겨진 예쁜 잔에 쪼르르 쪼르르 한 모금씩 마셨던 거야. 그게 이렇게 된 거라고. 너 아줌마 다리 못 봤지? 나는 봤거든. 그 언니, 맞아서 다리가 온통 멍투성이야. 사람 좋아 보이는 그 아저씨가 아줌마 티 안 나게 때리려고 다리만 때린다나 뭐라나……. 오른쪽 정강이에 멍이 하도 오래돼서 그냥 살이 꺼메졌어. 정강이 군데군데 파인 곳도 어찌나 많은지. 왜 가만있냐고 물으니까 그 언니가 하는 말이, 영숙이 너처럼 자기는 친정 엄마도 없고 오빠도 없다고. 남편이랑 갈라서면 갈 곳이 없다고 그러더라. 나는 그런 남편이라도 월급 갖다주는 서방 있어서 좋겠다 하고, 언니는 나한테 든든한 친정이 있어서 좋겠대. 하여튼 시영이 너도 잘 기억해. 술 먹는다고 다 나쁜 사람은 아니야. 할머니처럼 그렇게 사람을 판단하면 안 되는 거야."

그 이야기를 들은 지 얼마 지나지 않아 내 꿈에는 아줌마가 종종 나왔다. 그녀가 꿈에 나와 하는 것이라곤 그저 걷는 것뿐. 늘 그렇듯 검은 봉지를 들고 어정쩡하고 구부정하게 걸었다. 느리게 걷는 아줌마여도 결국엔 멀어졌는데 꿈에서는 멀어져서 작아지는 게 아니라 아줌마가 땅속으로 꺼져 들어가고 있었다. 아줌마, 아줌마. 아무리 불러도 아줌마는 뒤를 돌아보지 않았다.

아줌마에게는 대학생 아들이 있다고 했다. 이제 곧 군대에 갈 때가 된 하나뿐인 그 아들이 아줌마를 싫어한다고 했다.

"걔가 그러면 안 되는데. 그렇게 맞아가며 키운 아들이 자길 피하면 얼마나 죽고 싶겠니. 하나밖에 없는 아들인데 자길 안 본다고 했대. 너는 안 그럴 거지, 시영아. 엄마 싫다고 안 본다고. 머리 컸다고 엄마가 이렇게 너 키운 거 다 잊고…… 안 그럴 거지?"

어릴 적 내가 살던 곳에는 길게 이어진 1차선 도로가 있었다. 이 도로는 내리막 밑에 자리한 지하철역까지 이어져 있었고 차들이 쉴새없이 지나갔다. 우리집은 그 도로와 가까이 있었는데 우리집 바로 옆 태양슈퍼란 곳이 그 도로와 맞닿아 있었다. 그 1차선 도로를 경계로 동네가 나뉘었다. 동네가 나뉘

었음을 나타내는 팻말이나 표시는 없었지만 길 안쪽의 우리 동네 사람들은 주로 태양슈퍼를, 도로를 기점으로 반대편의 사람들은 맞은편의 한양슈퍼로 갔다. 아이들은 놀면서도 이 대로를 넘는 일은 많지 않았다. 이 도로를 중심으로 구역을 침범하지 않는 암묵적인 룰이 우리 모두에게 있었다. 그 룰을 깨는 건 명동 아줌마뿐이었다. 아줌마는 도로 건너편에 살면서도 길을 건너 이곳 태양슈퍼에 술을 사러 왔다. 그런 아줌마를 보고 동네 사람들은 이야기했다.

"아니 여기까지 와서 술을 왜 사? 신랑은 뭐 한대? 멀쩡한 집 놔두고 신랑 놔두고. 저 아줌마는 뭐 하는 사람이래?"

"저 아줌마 남편이 한양슈퍼 아저씨한테 절대 아줌마에게 술을 팔지 말라고 했대. 술을 안 주니 어떡해. 그래서 저 여자가 여기 태양슈퍼까지 술을 사러 온다고 하더라고."

명동빌라로 엄마를 데리러 갔던 어느 날. 현관문을 열자 볕이 잘 들어 환한 거실이 나왔다. 나무로 된 바닥은 누가 광을 낸 것인지 반질반질 윤이 나 있었다. 아줌마가 이렇게 술을 마시는데 청소는 누가 하는 것인지 궁금해졌다. 차분한 이 집에서 정신없는 것은 엄마와 아줌마 둘뿐이었다. 엄마와 아줌마 사이에는 아무렇게나 뜯은 과자 봉지와 뚜껑이 열린 채 그득그득 날파리가 모여든 황도 통조림, 딱딱하게 굳어버린 마른오징어가 있었다. 할머니는 도착하자마자 한숨을 푹푹 내쉬며 어질러놓은 거실을 치웠다. 엄마와 아줌마는 지난번처럼 카펫 위에 누워 잠을 자고 있었다.

양파링, 감자깡, 고구마깡, 황도 통조림. 녹아서 형체 없이 플라스틱 밑동만 남은 더블비얀코 아이스크림. 둘이 먹기엔 꽤 많은 양의 안주였다. 녹은 아이스크림은 카펫을 넘어 나무로 된 바닥까지 길쭉하게 지도를 그리고 있었다. 달랑달랑 매달려 있는 날카로운 황도 통조림 뚜껑에는 날파리들이 잔뜩 앉아 있었는데 날파리들 하나하나가 통통하게 몸집이 꽤 커진 걸로 봐선 캔에 묻은 단물을 꽤 오랫동안 빨아먹은 듯했다. 찐득찐득한 설탕물과 반달 모양의 보드라운 황도로 채워진 캔 안에는 뚜껑에 묻은 설탕물로 만족하지 못해 더 많은 단물을 먹으려다 그 속에 빠져 허우적대거나 이미 죽어서 둥둥 떠다니는 날파리 시체가 보였다. 엄마랑 아줌마가 술을 먹은 지 꽤 됐다는 게 분명했다.

정신없이 거실과 부엌을 오가는 할머니와 다르게 나는 마치 박물관 견학을 온 듯 아줌마네 집을 둘러보았다. 가장 큰 방으로 향해 적갈색 서랍장 위의 사진이 담긴 액자를 보았다. 아저씨와 아줌마, 어린 남자아이까지 셋이서 바닷가 바위 위에 서서 찍은 사진이었다. 아줌마와 어린 남자아이의 얼굴이 클로즈업된 사진. 걷지도 못하는 어린아이를 안고 있는 젊은 시절의 아줌마 사진이 있었다. 그 속의 아줌마는 지금보다 훨씬 살이 붙어 있었다. 머리도 검고 짙었다. 아줌마도 이런 때가 있었구나. 그 액자 옆에는 글자가 적힌 회색 갱지가 있었는데 똑딱 볼펜으로 쓴 것인지 글자 획의 끝부분마다 볼펜 똥이 짙게 묻어 있었다.

'아들 엄마 미워하지만 아들 너뿌니야'

흘려 쓴 글씨를 알아보려 얼굴을 가깝게 대고 마저 읽으려는데 할머니가 나를 불렀다.

"시영아, 엄마 일어났다. 가자. 아유 지겹다, 이 짓도 이제."

나는 읽던 종이를 바지 주머니에 구겨넣었다. 지금도 그 종이를 왜 가져갔는지 그 이유는 모르겠다. 잠에서 깬 엄마를 일으켜 세우고 엄마의 양어깨를 할머니와 내가 각각 받치고서 현관문을 나섰다. 그제야 잠에서 깬 아줌마는 우리에게 "죄송합니다, 죄송해요, 제가"라고 두 손바닥으로 얼굴을 비비며 말했다. 지금이라도 얼른 아줌마네 안방에 들어가 갱지를 제자리에 두고 오고 싶었으나 그러지 못했다. 집에 온 나는 엄마를 눕히고 내 방으로 들어와 종이를 꺼냈다. 그 종이에서는 왠지술 냄새가 나는 것 같기도 했다. '아들 엄마 미워하지마 아들 너뿐니야 나는 아무것도 업어 너 군대 가면 나는 혼자야'……나는 그것을 책상 서랍 깊숙이 넣어두었다.

집 마당 끝에 자리한 높은 나무에서 주황색 감이 매달리는 가을이었다. 아직 덜 익은 탓에 허여멀건 단감이 가지에 위태롭게 매달려 있었다. 간혹 감을 먹으러 온 까치들은 부리로감을 몇 번 두드리고, 딱딱한 감을 마당 아래로 떨어뜨려 맛을 보다 떫은맛에 후드득 날갯짓을 하며 날아갔다. 그것을 보던 엄마가 내게 말했다. "시영아 명동 아줌마가 죽었어."

어느 날부턴가 아줌마는 술을 먹으면 몸을 심하게 떨었다고 했다. 그러고선 몇 모금 먹지 못하고 토하길 여러 번. 아줌마네로 전화를 건 엄마에게 그의 남편이 "그 사람 여기 없어요. 그 사람 죽었어요"라고 말했다고 했다. 엄마 말을 들은 나는 곧장 책상으로 갔다. 서랍 깊은 곳에서 볼펜 똥이 여기저기 묻은 아줌마의 편지를 꺼내 손에 쥐었다. 그 종이가 더이상 접히지 않을 때까지 꽉꽉 접었다.

"엄마 나 잠깐 슈퍼 좀 다녀올게."

나는 명동빌라를 향해 뛰었다. 빌라 앞 작은 화단. 화단에 늘 피어 있던 사철나무 아래에서 흙을 팠다. 축축한 흙은 한 번에 파지지 않았다. 주위에 있던 큼지막한 돌을 들고 힘을 주자 그제야 흙을 걷어낼 수 있었다. 어느 정도 구덩이 너비가 나왔을 즈음 그 종이를 묻었다. 아줌마가 이 편지를 찾으러 올 것만 같아서. 살아 있는 아줌마를 꿈에서 보는 것은 괜찮아도 죽은 아줌마를 꿈에서 보는 건 무서웠으니까. 종이를 넣은 구덩이에 흙을 채워넣고 돌멩이와 낙엽 몇 개를 주워 그 위에 얹었다. 그게 끝이었다.

엄마는 아줌마가 죽고 나서도 여전히 술을 먹었다. 엄마에겐 또다른 술친구들이 생겼다. 그후로도 꽤 오랫동안 남아 있던 명동빌라는 내가 고3이 됐을 때 재건축으로 없어졌다. 야자가 끝나고 집에 돌아오면서 자꾸만 눈이 갔던 빌라 3층. 3층이라 별로 높은 층은 아니었어도 1층부터 하나 둘 셋 하고 세야 정확하게 아줌마네 창문을 찾을 수 있었다. 그 창에 불이라도 켜져 빛이 새어나오면 가슴이 두근거렸다.

아줌마가 죽고 가장 먼저 든 생각은, 아줌마가 죽어서 슬픈 게 아니라 '아줌마가 죽어서 엄마 혼자 이 동네 주정뱅이가 된 것이 싫다'는 것이었다. 언젠가 가게에서 마주친 아줌마가 아이스크림을 고르라고 했을 때 "저는 됐어요"라면서 퉁명스럽게 말했던 적이 있다. 사실은 연한 하늘색의 소다셔벗이 겉에 둘러진 캔디바를 먹고 싶었는데, 슈퍼 아저씨 앞에서 아줌마랑 아는 척하는 게 싫어 거절했다. 내게 아이스크림을 사주려고 동전을 꺼내려다 됐다는 나의 대답에 다시금 작은 동전지갑의 입구를 똑딱 닫았던 아줌마. 이제는 꿈에도 나오지 않는 아줌마의 뒷모습을 나는 정확하게 기억한다. 구부정하고 애매했던 모습. 자주 멈춰 서서 헐떡거리는 슬리퍼를 내려다보는 모습을.

이모네

반
찬

시장에 반찬가게가 생겼다고 엄마가 말했다. "사서 해 먹어야지, 집에 있는 여자들이 반찬 사 먹을 일이 뭐가 있다고"라고 말하던 엄마는 어느새부턴가 그곳에서 반찬을 사오기 시작했다. 축축하게 물기를 머금은 초록색 파래무침부터 벌겋게 고춧가루가 묻어 있는 도라지무침과 기름에 볶아 윤이 나는 멸치볶음. 엄마가 반찬을 사온 건 그때가 처음이었다.

"시영아, 엄마랑 시장 좀 가자."

나를 앞세운 엄마는 시장 초입을 넘어 성큼성큼 걸음을 내

디뎠다. 시영아, 인사해. 엄마가 멈춰 선 곳은 반찬가게 앞. 간판은 없지만 반찬들이 들어찬 투명한 진열 냉장고 아래에는 시트지로 '이모네 반찬'이라는 글자가 큼지막하게 붙어 있었다. 냉장고 안에는 엄마가 집에 사오던 반찬들이 들어 있었는데 냉장고를 사뿐히 지나친 엄마는 마치 제 집처럼 미닫이문을 열고 말했다.

"언니, 나 왔어요. 얘가 내 딸이에요. 이제 초등학교 3학년."

"어머나, 얘가 영숙이 딸? 엄마가 네 이야길 어찌나 하던지. 아유, 똘망똘망하네."

번쩍이는 남색 방수장화를 신고 그것과 비슷한 재질의 앞치마를 두른 아줌마는 자잘한 컬이 들어간 머리카락을 높게 묶고 있었다. 얼굴도 체구도 작은 아줌마는 꼭 장화와 앞치마 속에 파묻힌 것만 같았다.

"영숙, 어떡해. 내가 오늘 좀 바쁘네. 오늘 일 도와주기로 한 언니들이 늦게 와서 이제야 열무 다듬어. 가게 안에 좀 들어가 앉아 있어."

나는 가게 안쪽 널찍한 평상에 깔린 전기장판 위에 앉은 엄마의 옆에 자리를 잡았다. 아줌마는 물이 묻은 고무장갑을 힘겹게 벗고 냉장고에서 요구르트를 하나 꺼내 껍질을 깐 후 내게 건넸다. 열무를 소금에 절이는 일을 거들려는 엄마는 번번이 아줌마에게 제지를 당했다.

"아유, 아서 아서. 얼른 딸 옆에 앉아 있어."

엄마는 대신 평상 위에 펼쳐진 담요를 개키거나 테이블 위에 수북이 쌓인 영수증을 차곡차곡 정리했다. 어찌나 열심히 정리하는지 그 모습을 보자 여기저기 뚜껑 열린 로션으로 어질러진 엄마의 화장대가 생각나 웃음이 나왔다.

그후로도 엄마는 나를 데리고 반찬가게에 갔다. 가게가 바쁘지 않을 때면 아줌마와 이런저런 이야기를 나누고, 아줌마가 바쁠 때는 전화를 받아주거나 대신 물건값을 받으며 손님을 응대했다. 나 역시 학교가 끝나면 으레 엄마를 찾으러 책가방을 멘 채로 가게에 가기도 했다. 아줌마는 그런 나와 엄마를 귀찮아한다거나 혹은 손님처럼 서먹서먹하게 대한 적이 없다. 마치 우리가 원래 이곳에 있던 사람들처럼 작은 정성과 편안함으로 우리를 맞이했다.

"아줌마, 이 반찬들 다 누구한테 배웠어요?"

"시어머니가 많이 알려줬어. 그리고 식당에서 일하면서도 배우고."

"아줌마 여기 반찬이 다 맛있긴 한데 멸치가 좀 짜요."

"어머, 그래? 시영이가 간도 보고. 시영이가 이모한텐 호랑이 선생님이다, 호랑이 선생님."

엄마는 아줌마 앞에서 꼭 소녀가 된 것만 같았다. 말투도 더 부드러웠고 톤도 더 낮았다. 무엇보다 확실한 것은 엄마는 아줌마에게 사랑받고 싶어했다. 아줌마 앞의 엄마는 꼭 엄마 앞에 선 나와 같았으니까. 며칠간의 음주에서 깨어난 엄마, 술을 먹고 1-2주 동안 사라졌던 엄마에게 어디 갔었냐고, 사랑한다면서 왜 나를 두고 술을 먹냐고 화내지도 못한 채 엄마의 사랑을 받으려던 모습. 엄마가 원하는 모습으로 그 옆에 붙어서 엄마를 바라보았던 내 모습이 엄마에게서 보였다. 아줌마에게 나를 소개하던 날, 엄마에게는 긴장감이 스쳤다. 나를 보고 활짝 웃으며 '네가 영숙이 딸이냐'고 묻는 아줌마를 보고서야 엄마는 편하게 웃었다. 신기하게도 엄마는 아줌마를 만난 뒤 한동안은 입에 술을 대지 않았다. 술을 먹고 며칠간 정신을 잃는 일도 밖에서 쓰러지는 일도 일어나지 않았다.

"시영아 너 언덕길에 있는 교회 알지? 엄마랑 지나다니며 봤었잖아. 앞으로 거기 나갈 거야."

돌아온 일요일 아침, 우리집 앞에는 아줌마가 서 있었다. 장화와 앞치마가 아니라 까만 마이와 정장 바지를 입은 아줌마. 달라붙은 바지 때문에 앙상한 다리가 더 눈에 띄는 아줌마는 한쪽 손에 핸드백을 들고 있었다.

"언니 왜 여기까지 왔어. 나 어딘지 아는데. 내가 여기 20년을 넘게 살았는데."

"그래도 내 소개로 교회 가는 건데 내가 데리러 와야지."

이 동네에서 20년도 넘게 산 엄마를, 이곳에 새로 터를 잡고 장사한 지 1년도 되지 않은 아줌마가 데리러 온 일요일 아침, 우리는 셋이서 교회로 향했다.

"시영아, 교회 처음 가보지? 여기는 어린이 예배랑 어른 예배가 따로 있어. 이모가 엄마랑 예배드릴 동안 너는 초등부실 가서 예배드리면 돼. 아줌마가 이야기해놨어."

그곳에서 나는 주기도문을 배웠고, 그것을 다 외워 캐러멜을 받았다. 교회 행사가 있는 날이면 지우개나 연필, 필통과 같은 학용품을 선물로 받았다. 엄마 역시 새로 다니는 교회를 맘에 들어하는 것 같았다. 초등부 예배가 끝날 즈음 뒤를 돌아

보면 엄마와 아줌마가 내가 있는 예배당 끝 유리문 뒤에서 날 보며 손을 흔들었다. 아줌마 옆에 선 엄마의 표정은 역시나 아이 같았다.

어느 날 교회 사람들과 공원으로 야유회를 갔던 날. 가을볕이 유난히 좋아, 엄마가 펴놓은 은색 돗자리에 반사된 빛이 따가워 눈을 가렸던 기억이 난다. 나와 엄마, 아줌마까지 셋이 앉으니 돗자리가 꽉 찼다. 아줌마는 엄마를 데리고 다니며 사람들에게 소개해주기도 했다.

"제가 아끼는 동생이에요. 이영숙. 잘 부탁드려요. 이제 막 교회에 나오기 시작해서."

대부분 부부와 아이들 혹은 조부모까지 가족 단위로 온 사람들 사이에서 우리 셋은 유일한 여자 셋의 조합이었다. 엄마와 아줌마는 교회에서 준비한, 팀을 나누어 승패가 갈리는 게임에 주자로 나가서 코끼리 코를 잡고 뱅뱅 돌았고 달리기도 했다. 나 역시 그 속에서 과자 따먹기와 이인삼각 같은 경주를 했는데 내가 속한 팀이 이길 때는 가슴이 뻥 뚫릴 만큼 기뻤다. 해가 기울고 공기가 금세 식은 탓에 반소매 아래로 드러난 살갗에 한기가 들었다.

"자, 끝까지 자리를 지키셨던 분들의 시간, 바로 경품추첨입니다!"

진행자의 옆 테이블 위에는 믹서기와 주방용품, 휴지 등 생활 및 가전용품이 세워져 있었다. 교회 관계자들이 차례대로 나와 상자 안의 번호를 뽑아 호명했다. 뽑힌 번호의 사람이 이미 자리를 떠나 다시 번호를 뽑을 때면, 가버린 이들에 대한 아쉬움보다 그 몫이 자기 것이 될 수 있다는 사람들의 설렘이 느껴졌다.

"이번에는 주부들이 좋아할 나무 도마인데요. 과연 몇 번일까요?"

"46번!" 하고 크게 소리친 사회자의 말에 엄마가 소리를 지르며 일어났다. "어머! 언니, 나야 나! 나 이런 거 처음 되어보네 진짜!"라면서 아줌마를 껴안았고, 아줌마 역시 일어나 마치 복권이라도 당첨된 듯 소리를 지르며 콩콩 뛰었다. 사람들은 둘의 모습을 보고 깔깔 웃으며 함께 즐거워했다. 저 앞까지 쏜살같이 달려나간 엄마가 나무 도마를 받자 아줌마는 박수를 치며 말했다.

"시영아, 엄마가 도마 탔네. 어쩜 이리 운이 좋아. 시영이가 복덩이다, 시영이가 복덩이야."

그리고 두세 달쯤 지났을까 엄마는 다시 술을 먹기 시작했다. 술을 먹는 기간에 일요일이 걸리면 교회에 나가지 못했다. 그런 순간들은 늘 있어왔다. 엄마와 어떤 것을 같이 하다보면 늘 엄마가 술을 먹고 먼저 나가떨어지곤 했으니까. 같이 뜨던 목도리도 그렇게 뜨다말고 남겨졌고, 엄마와 같이 멀리까지 다니던 문화센터의 수업도 엄마가 술을 먹기 시작하면서 그만둬야 했다. 하지만 나는 술에 취한 엄마를 집에 두고서, 엄마가 혼자서 건너지 말라는 찻길을 건너 교회에 나갔다. "시영아." 아줌마는 조용히 나를 불러냈고, 내게 허리를 굽혀 눈을 맞추며 천 원짜리 세 장을 손에 쥐여줬다.

"시영아, 이걸로 헌금해. 엄마가 지금 좀 힘든 상태라 못 챙겨줬지?"

아줌마는 다른 어른들처럼 엄마가 술을 먹었냐고 묻지 않았다. 엄마가 술에 취해 교회를 오지 못하거나 며칠씩 가게에 찾아오지 않더라도 다시 엄마를 보면 아줌마는 항상 반가워할 뿐이었다.

"영숙. 걱정했어, 많이 걱정했다니까. 그렇게 자기 몸을 버리면 안 돼. 마음은 이해하는데 그렇다고 술 먹으면 누구 손해야."

아줌마가 작은 목소리로 말하면 엄마는 그 말을 잠자코 듣고선 "맞아요, 언니, 미안해요"라고 대답했다. 교문에 나를 데리러 온 엄마와 함께 반찬가게로 향했던 날. 아줌마는 날 보자마자 냉장고에서 카프리썬 하나를 꺼내 빨대를 꽂아주었다.

"시영아, 주스 먹어도 되지? 시영이 보면 아줌마 딸 생각나. 걔도 이렇게 작았는데…… 언제 컸는지 모르겠어."

"언니, 언니 딸이 지금 몇 살이라고 했지?"

"스물셋? 스물넷? 어머, 벌써 스물넷이네."

"시영아, 엄마가 언니 사진 봤는데 무지 예뻐. 간호사래. 언니, 딸 사진 좀 시영이한테 보여줘봐."

아줌마는 웃으면서 엄마가 늘 영수증을 정리하던 그 테이블 위에 놓인 장지갑을 열어 증명사진 하나를 꺼냈다. 하늘색 배경에 아줌마처럼 작고 동그란 얼굴, 그 앳된 얼굴에서는 아줌마가 보였다.

"시영아, 아줌마도 엄마처럼 남편이 없어. 사업하다가 건강이 안 좋아져서 돌아가셨대. 너 기억나니? 2년인가 3년 전에 우리 금 모으고 아나바다 운동하고, IMF 터졌다고 난리가 났었잖아. 뭐가 잘못됐는지 그때 돌아가셨다고 하더라. 그래도 딸 하나랑 살아보려고 아줌마가 이 악물고 시작한 게 반찬 장사래. 아줌마가 손맛도 좋고 사람이 좋으니까 금방 자리잡은 거지. 요즘에는 손님이 더 늘어난 것 같아. 그래도 시장에서 남편 없다고 어찌나 텃세를 부리는지. 앞에 그 과일가게 아줌마가 아줌마한테 쌀쌀맞게 군다더라. 하여간 있는 것들이 더 하다니까. 그래도 딸 잘 키워서 아줌마는 힘들게 일해도 딸 생각에 늘 배부르대. 자기 엄마한테도 엄청 잘한다더라. 너도 그 언니처럼만 자라면 좋겠다."

집에 오는 길 내내 엄마는 아줌마의 딸 이야기를 했다. 그리고 얼마 지나지 않아 엄마와 나는 가게에 가서도 아줌마를 만나지 못하고 집으로 돌아와야 했다.

가게를 차린 지 1년이 좀 넘었을까. 아줌마의 남편이 IMF 때 남긴 빚 때문에 채권자들이 반찬가게를 찾아오기 시작했고, 늘 열려 있던 가게는 닫혀 있는 날이 늘어났다. 그렇게 한 달을 버틴 아줌마는 결국 겨우 자리잡았던 가게의 보증금을 받아 가게를 내놨다.

"영숙, 미안해. 내가 자리를 잡고 떠나는 게 아니라 연락처를 주고 갈 수가 없네. 정리되면 연락할게."

순식간이었다. 아줌마는 떠났고 가게는 누가 있었다는 게 거짓말처럼 텅 빈 곳으로 남겨졌다. 몇 달 뒤, 그 자리에는 건어물가게가 들어왔다. 그로부터 또 몇 달이 흐르고 아줌마에게서 전화가 왔다. 엄마는 수화기 너머로 들리는 아줌마 목소리에 놀라 목소리가 커졌다.

"언니! 자리는 잡았어? 언니 전화만 기다렸네, 나는. 시영이? 시영이는 잘 있어. 그래도 아줌마 어디 갔냐고 종종 묻긴 해. 시영이는 언니가 한 잡채가 먹고 싶대. 내가 해줬는데도 그 맛이 안 나는지 남기더라. 언니 딸은 직장도 옮겼겠어. 수원? 그 먼 데까지 간 거야? 언제까지 그렇게 옮겨다녀야 하는 거야? 날이 너무 추워…… 거기 보일러는 잘 들지? 자리잡으면 꼭 좀 연락주고. 어머, 나 좀 봐. 주책맞게 왜 이렇게 눈물이 나. 언니, 자리 얼른 잡고 연락 줘요."

그것이 아줌마와 엄마의 마지막 통화였다.

학교가 끝난 나를 데리고 엄마와 함께 반찬가게로 갔던 날. 엄마와 아줌마는 금세 대화를 시작했고 그 옆에서 나는 가방을 내려놓고 평상 위에 앉았다. 전기장판이 어찌나 따뜻한지, 손을 많이 타서 맨질맨질해진 벌건 이불 속을 파고들다 잠이 들었다. 천장에는 허연 형광등 불빛이 내리쬐고 사람들로 북적이는 시장 속 반찬가게는 유난히 내게 아늑했다. 잠에서 깬 후 몸에 힘이 돌지 않아 힘 빠진 손을 꼼지락거리며 눈을 떴을 때, 반찬을 담은 용기에 랩을 싸는 아줌마와 엄마가 보였다.

"기도해야 돼, 영숙."

"알아요, 언니. 근데 잘 안 돼. 자꾸 술에 손이 가고…… 답답할 때면 나가고 싶고 그래."

"내가 왜 모르겠어. 나도 혼자되고부터는 딸이 컸어도 막막할 때가 많은데. 어린것 기르는 영숙은 얼마나 더 할까……. 그런데 알지. 아무리 친정 엄마랑 오빠가 같이 산다고 해도 시영이한텐 영숙이가 최고지."

"알아요, 언니."

"교회도 열심히 나가고. 영숙 없이 시영이 혼자 교회에 온 걸 보니 얼마나 마음이 짠했는지 몰라. 영숙이랑 시영이 보면 나랑 내 딸 생각이 나서 마음이 그래. 술 먹지 말고 교회 나가서 복 받아야지."

건어물가게로 바뀐 그곳을 지날 때마다 전기장판 위에서 땀을 뻘뻘 흘리며 낮잠을 잤던 그날이 떠올랐다. 환한 형광등 빛 아래에서 고춧가루와 액젓과 물 냄새를 맡으며 잠에 들었던 오후. 물기가 가득했던 그곳에서 아줌마가 말하던 그 복, 교회에 나가 받아야 한다던 그 복이 무엇일지 자주 생각했다. 수북이 쌓인 배추를 다듬고 절이고 무치느라 팔과 어깨에 늘 파스가 붙어 있던 아줌마에게서 났던 매운 냄새. 늘 복을 구해야 하는 상황에 놓일 수밖에 없는, 정성스레 일궈놓은 일터를 결국 빚 때문에 포기하고 또다른 복을 구하러 내몰려야 했던 아줌마가 말하던 그 복.

아줌마에게 나와 엄마는 무엇이었을까. 늘 손잡고 둘이서 다니던 어린 여자아이와 그 아이의 엄마. 때론 개입하고 싶어도 섣불리 나설 수 없음을 알고 마음을 가다듬는 순간 삐져나온 진심이, 헌금으로 내라며 받은 천 원짜리 지폐 세 장에 담겨 있다고 나는 오랫동안 생각했다.

나의
할
아
버
지

할아버지와 할머니 사이에 요를 깔고 누운 밤. 커튼을 치지 않은 안방 창문에는 집 앞 가로등의 주황색 불빛이 그대로 들어왔다. 이따금씩 마당의 감나무 가지가 바람에 흔들릴 때면 창문에 나뭇가지의 까만 그림자들이 같이 움직였다. 엄마 없이 할머니 할아버지와 함께 잠드는 밤은 유난히도 길었는데, 창문에 드리우는 그림자가 몰고 오는 여러 가지 상상에 결국 스스로 겁을 먹고선 쉽게 잠에 들지 못했다. 그때였다. 1층 현관문으로 검은 삿갓을 쓰고 까만 한복을 입은 사내 둘이 유유히 걸어들어왔다. 밀가루를 뒤집어쓴 듯 허옇다못해 시퍼런 얼굴과 검은 그림자가 드리워진 눈가. 그들은 누군가를 찾는 듯 연신 고개를 양옆으로 돌렸고 기계적인 그 움직임에 소름이 돋았다. 신발도 벗지 않고 안방으로 들어오려는 그들을 본 순간, 나는 본능적으로 저 둘을 막아야 한다는 것을 알았다. 나는 에네르기파와 불꽃파를 쏘았다. 만화에서 보던 에너지파들을 모조리 끌어모아 손바닥을 펴고 발사했다. 발사! 나가! 나가란 말야! 그들은 내가 쏘는 에네르기파를 피해 천장으로 기어오르거나 순간이동을 했다. 두 발로 걷다가 네 발로도 걷고 천장을 거미처럼 기어다니는 그들의 모습에 겁을 먹었으나 물러서지 않았다. 하지만 열 살의 나는 그들의 적수가 되지 못했다. 결국 나는 패했고 두 남자는 검고 짙은 두루마기를 흩날리며 할아버지가 있는 안방으로 들어갔다.

꿈을 꾸고 며칠 뒤 할아버지가 돌아가셨다. 대학병원 장례식장의 특실 두 개를 빌려 장례를 치렀다. 할아버지의 부고를 들은 손님들의 발길이 이어졌다. 접객실에 가득찬 사람들. 그 틈을 비집고 다니는 나를 보면 어른들은 "아이고 너같이 작은 애한테도 맞는 상복이 있네. 요 조그만 상복 좀 봐. 귀엽다 귀여워"라고 말했다. 비릿한 술 냄새와 기름 냄새가 배어 있는 장례식장. 할머니의 손을 잡고 화장실에 다녀오면서 멀찍이 떨어진 분향실에 놓인 할아버지 영정사진을 보자 왠지 미안한 마음이 들었다. 그때 꿈속에서 그 남자들을 막았다면, 내가 쏜 에네르기파가 정확히 맞았다면, 할아버지가 죽지 않았을 거라 생각했다.

장례가 끝나고 화장터에 간 엄마가 말했다.

"시영아 이제 할아버지가 저 불길로 들어가실 거야. 그럼 이제 끝이야. 엄마도 아빠가 없어지는 거야."

윗니 아랫니가 딱딱 부딪혀 떨릴 만큼 추웠던 1월이었지만 화장이 이뤄지는 곳은 눈동자까지 뜨거울 만큼 온도가 높았다. 관이 불길로 들어갈 때 어른들이 통곡했다. 아이고 아이고 곡소리를 내는 사람들, 묵념하듯 고개를 숙이고 눈물을 훔치는 외삼촌, 불길을 쳐다보며 가슴을 치는 할머니. 아빠, 아빠 가지 마세요. 나랑 시영이 두고 가면 어떡해요, 라며 주저앉아 우는 엄마. 곱게 갈린 할아버지의 뼛가루가 든 유골함은 엄마가 들었다. 우느라 얼굴이 퉁퉁 부은 엄마는 버스를 탈 때가 돼서야 내가 보였는지 높은 버스 계단을 오르는 내 등뒤를 받쳐주었다.

버스는 마석의 한 절로 향했다. 법당 한가운데에 할아버지의 유골함을 두고 스님들이 시키는 대로 온 가족들이 삥 둘러 원을 그리며 계속 걸었다. 스님들은 알 수 없는 말들을 읊조리며 목탁을 일정한 리듬으로 쳤고, 그 염불 소리에 맞춰 유골함 옆 하얀 천으로 덮인 상자에 사람들이 계속해서 돈을 넣었다. 엄마가 내게도 오천 원과 만 원짜리 새 지폐를 주며 말했다.

"사람들을 따라 돌면서 상자에 돈을 넣으면 돼. 그러면 할아버지가 좋은 곳으로 가실 거야. 극락, 그걸 스님들이 도와주고 계시는 거야."

스님들의 낮은 목소리와 목탁 소리가 한데 섞여서 내는 기이함과 오묘함은 내 몸속 작은 오장육부를 근질근질하게 만들었다. 그 탓에 마침 눈이 마주친 사촌언니와 피식 웃다가 엄마에게 혼이 나기도 했다. 염불 시간이 끝났으나 여전히 탕탕거리는 목탁 소리가 내 안에 남아 머리가 울렸다. 법당 옆의 화장실로 간 나는 먹은 걸 다 토해냈다.

"할머니. 내가 며칠 전에 꿈을 꿨거든. 까만 사람들이 안방에 들어왔어. 〈전설의 고향〉에서 까만 한복 입고 나오는 남자들 있잖아. 옷도 모자도 다 까맸어. 내가 못 들어오게 했는데도 들어왔어. 나도 어쩔 수가 없었어. 그리고 할아버지가 죽었어. 자꾸만 그게 생각나."

장례식이 끝나고 집에 돌아와 내가 털어놓은 말을 들은 할머니가 대답했다.

"아이고 이 어린것. 할아버지가 살아서도 시영이 너를 예뻐하더니 네가 그 꿈을 꿨구나. 그 양반이 하나 있는 딸 혼자된 걸 얼마나 안쓰럽게 생각했는데…… 외손녀인 너를 얼마나 각별히 생각했는지. 시영이 너도 알지, 할비가 너 아낀 거. 외손녀를 이렇게 아낀 할비는 네 할아버지밖에 없다. 그래서 네가 그 꿈을 꿨나보다. 그 양반 갈 때도 네가 곁에 있었지."

할아버지는 게보린을 자주 먹었다. 하얀 바탕에 보라색 글자가 쓰인 약 상자는 안방 서랍 위 늘 같은 자리에 놓여 있었다. "시영아 약 좀 가져와라"라는 할아버지 소리가 들리면 나는 할아버지를 위해 할 일이 생긴 게 기뻐서 보고 있던 티브이를 제쳐두고 곧바로 일어나 물 한 컵과 게보린 알약을 챙겼다. 그러던 어느 날 할아버지가 아프다고 했다. 큰 병원에 다녀온 날, 그동안 할아버지가 앓던 두통이 머릿속 종양 때문이라고 어른들이 말하는 것을 들었다. 엄마가 없는 밤이면 늘 내 오른쪽에 누워서 나보다 먼저 눈을 감고 코를 골던 할아버지는 검사를 마친 후 급하게 입원했다.

할아버지는 엄마와 있을 때면 평소와 다르게 말이 많아졌다. 엄마가 술을 먹지 않고 집에 있으면 엄마와 할아버지는 늘 믹스커피를 타서 마셨다. 거실 식탁에 커피잔을 놓고 그 둘이 이런저런 이야길 나누고 있던 때, 내가 혼자 방 안에서 놀다가 실수로 방문을 잠그고 말았다. 그때 나는 유치원도 가기 전이었는데 문에 달린 빗장걸이를 잠근 거다. 놀란 마음에 잠긴 문을 주먹으로 두드리며 엄마를 부르자 엄마 목소리가 바깥에서 들렸다.

"아빠, 문이 잠겼나봐. 어떡하지. 시영이 저거 열 줄 모를 텐데."

잠시 뒤 무언가가 문에 쿵쿵 부딪혔는데 그 소리가 어찌나 큰지 오히려 그 소리에 놀라 더 울었다. 그래도 문이 열리지 않자 할아버지는 내게 차근차근 설명하기 시작했다.

"우리 시영이 똑똑하지. 아래에 은색 손잡이가 똥그랗게 나와 있는데 그걸 들어올려, 오른쪽으로. 그러니까 그걸 벽 쪽으로 쭉 밀어봐라."

작은 손가락을 이리저리 움직이고 빗장걸이를 요리조리 만지다가 탈칵 하고 문이 열렸다. 그 순간 문틈으로 보였던 엄마와 할아버지의 표정을 나는 아직도 잊지 못한다. 그후로 나무문 꼭대기에는 심하게 움푹 파인 자국이 남았는데 내가 문에 갇히자 당황한 할아버지가 앉아 있던 의자를 들어 문을 내리친 자국이라고 했다. 엄마는 그 문을 보며 자주 내게 말했다. 움푹 파인 거 보이지 저거, 저만큼 할아버지가 우리를 사랑하는 거야. 걱정 안 해도 돼, 시영아. 우린 할아버지가 계시니까.

할아버지가 입원한 뒤, 밤이 되어 할머니가 요를 깔 때면 떼굴떼굴 굴러 할아버지가 누워 있던 자리로 갔다. 차가운 방바닥 위에 엎드려 한쪽 볼을 댄 채 병원에 있을 할아버지를 떠올렸다. 하얀 환자복을 입고 누워 있을 할아버지. 파란색 일회용면도기로 매일 면도를 해서 턱과 인중이 깔끔하고, 머리에는 기름을 발라 단정하게 뒤로 넘겼던 얼굴이 어떻게 변해 있을지 도저히 상상이 되지 않았다. 엎드린 장판 위로 차가운 기운이 볼로 전해졌지만 금세 내 체온으로 덮였다. 그후 머리 수술을 받은 할아버지는 중환자실을 거쳐 집으로 돌아왔다. 얼마 남지 않은 시간을 집에서 보내는 게 좋겠다는 병원의 판단이라고 엄마가 전해주었다.

집으로 돌아온 할아버지는 전처럼 마당으로 나가 호스 입구를 한 손으로 잡고 멀리 있는 치자나무와 감나무, 수국과 붓꽃에 물을 주지 못했다. 내 손을 잡고 집 뒤편 언덕을 내려가 한아름마트에 가서 빠다코코낫을 사주지도 못했다.

"시영아, 붕어 밥은 자주 주면 안 된다. 이것들이 머리가 나빠서 배부르면 그만 먹어야 하는데 계속 먹거든. 우리 시영이처럼 똑똑하면 얼마나 좋냐. 이 녀석들은 안 그래. 먹고서 배가 터져 죽는 경우가 있어. 그러니까 재밌다고 자꾸 주면 안 돼. 딱 두 번만 주는 거야. 알았지? 어항 유리를 톡톡 치면 이놈들이 지들 밥 주는지 알고 달려와. 봐봐라."

하지만 거실에 있는 어항 속 물고기들 밥을 주며 내게 이것저것을 설명하던 할아버지는 더이상 없었다.

할아버지가 퇴원하고 처음 맞는 일요일, 티브이에선 〈전국노래자랑〉의 투박한 반주 소리가 흘러나오고 있었다. 가족들은 2층에 모여 있었고 나는 병원에서 나온 할아버지 곁을 지키며 노래자랑을 보았다. 티브이에서는 어쩌다 내 나이 또래 애들이 나와 송해 아저씨의 주문에 맞춰 춤을 추려고 궁둥이를 신나게 흔들어댔고, 노래자랑에 나와서 노래는 안 하고 텀블링을 하거나 자기가 직접 재배했다는 특산물을 가져와 진행자의 입이 터지도록 음식을 들이미는 모습들이 나왔다. 쿨럭. 옆으로 누운 할아버지가 갑자기 기침을 했다. 쿨럭쿨럭. 한번 시작된 기침이 멈추지 않았다. 나는 곧장 가족들을 불렀다. 어른들이 안방으로 모여들었고 나는 그들에게 자리를 빼앗겨 밀려났다. 사람들에게 둘러싸인 할아버지가 궁금해 까치발을 들었지만 할아버지는 보이지 않았다.

연락을 받고 엄마와 간 장례식장에서 할아버지의 얼굴을 끝내 볼 수 없었다. 아무도 내게 할아버지를 보여주지 않았고, 나 역시 할아버지를 보고 싶다고 말할 생각조차 하지 못했다. 그게 마지막인지도 모를 만큼 죽음이 무엇을 뜻하는지, 열 살의 나는 아는 것보다 모르는 것이 많았다.

장례 마지막날 입관식에도 사촌언니들과 나는 접객실에 남겨졌다. 엄마는 다신 술을 먹지 않겠노라 맹세한다는 장문

의 편지 수십 장을 관 속에 누운 할아버지의 가슴팍에 올려놓
았다고, 한참 후에 할머니가 말해주었다.

"네 엄마가 말이지. '아빠, 우리 시영이 내가 잘 기를게요.
절대 술 입에 안 댈게요. 죄송해요'라고 하는 걸 할미가 봤어.
네 엄마가 술을 이제는 안 먹을 거야. 네 애미도 사람인데. 네
할비가 네 엄마 낳고서 딸이라며 일주일 동안 어깨춤을 추고
다녔어. 네 외삼촌한테 그렇게 엄하던 사람이 네 엄마한테는
그렇게 다정했다. 그런 아빠한테 한 약속이니까 지키겠지, 지
도 사람이니까 지키겠지."

그리고 장례가 끝나자마자 할아버지 가슴팍에 놓은 수십
장의 편지가 무색할 만큼 엄마는 다시 술을 마셨다.

겨울방학을 마치고 봄방학이 시작하기 전 학교에 갔다. 겨
울방학과 봄방학 사이의 학교는 여유로움이 가득했다. 수업
시간에 책을 펴고 공부하는 일은 별로 없었고, 주로 선생님이
주는 자유 시간에 짝꿍과 함께 노트의 빈 페이지를 펴놓고 점
을 찍어 선 잇기를 하거나 물풀을 손끝에 묻힌 후 늘어뜨려 거
미줄을 만들며 시간을 보냈다. 그날 나는 청소 당번이었다. 짧

은 종례 후 금색 선이 그어진 쥐색 복도, 하얗고 검은 돌들이 얼룩덜룩 섞여 있는 그 맨질맨질한 복도 바닥을 빗자루로 휘휘 젓고 있는데 선생님이 와서 물었다.

"시영아, 방학 동안에 무슨 일 있었어? 왜 이렇게 야위었니?"

나는 할아버지가 돌아가셨다고 말했다. 그 이후의 대화는 기억이 나지 않는다. 다만 내가 쓸고 있는 복도가 이전 같지 않다는 사실만 기억이 난다. 흥분한 채 신발주머니를 이리저리 흔드는 시끄러운 아이들과 얌전히 신발장 앞에서 실내화를 갈아 신는 아이들, 내 옆에서 바닥을 쓸다말고 빗자루를 다리 사이에 낀 채 뛰어다니는 정신없는 아이들 가운데 나는 서 있었다. 복도는 싸늘하고 차가웠다. 갑자기 윗니 아랫니가 딱딱 부딪혔고 몸에 한기가 돌았다.

프로페셔널

금
자

첫아이를 기를 때였다. 아이는 어렸고, 살림에 서툰 나는 육아와 살림을 같이 해낼 수가 없어 일주일에 한 번, 하루에 네 시간씩 사람을 부르기로 했다. 빨래와 청소, 정리정돈을 해줄 이모님을 구한다는 글을 지역 카페에 올리니 누군가 쪽지를 남겼다.

'저희 집에 오는 이모님이세요. 요즘 사정 때문에 일이 더 필요하다고 하셔서 대신 연락처 남겨요. 일도 잘하시고 사람이 참 좋으세요.'

엘리베이터 없는 아파트의 4층이었던 우리집을 헉헉거리며 숨가쁘게 올라오는 소리가 들렸다. 그녀는 오자마자 방으로 들어가 챙겨온 옷으로 갈아입고, 손을 씻은 후 집 안을 둘러보았다.

"음. 각 나왔어. 애기 엄마, 나 일 시작해도 될까?"

거실은 이렇게, 주방은 이 정도로 해주세요······라는 멘트를 준비해놨지만 그녀는 가이드가 필요 없는 스페셜리스트였다. 거실에 깔린 아이 매트를 들어올린 상태로 바닥을 쓸고 닦을 때에도 힘이 넘쳤다. 물걸레로 바닥을 닦던 그녀는 무언가 성에 차지 않는지 나를 불렀다.

"애기 엄마, 애 이름이 솔이라고 했죠? 솔이 엄마라고 할게요. 이 걸레는 청소가 잘 안 돼요. 내가 알려줄 테니 빳빳한 걸레를 사놔요. 마대자루도. 그걸로 바닥을 밀어야 바닥이 빤딱빤딱해지거든. 다음 주까지 그거 두 개 준비해놔요."

주어진 일을 그냥 하는 것이 아니라 매우 주도적으로 하는 사람. 그녀는 프로페셔널 그 자체였다. 주방 설거지를 하면서 싱크대 개수대와 배수구 망의 물때를 벗겨냈고, 엉성하게 정리된 상부장을 열어 그릇을 정리했다. 식탁 의자를 번쩍 들고가 그 위에 서서 모든 그릇을 꺼내어 닦고 차곡차곡 종류별로 정돈하는 그녀의 모습은 마치 날쌘 호랑이 같았다. 그녀의 손이 닿는 곳은 금세 깨끗해졌고 그녀가 집어들었다가 내려놓은 물건들에는 모두 좋은 냄새가 났다. 그녀는 세탁통에 들어 있는 빨랫감만 세탁기에 돌리지 않았다. 행거에 걸려 있는 옷들의 옷깃과 손목 부분 냄새를 일일이 맡고는, 코를 거슬리게 하는 냄새가 나면 가차 없이 옷걸이에서 잡아 뺐다. 옷방을 나서는 그녀의 왼쪽 팔에는 빨래해야 할 옷들이 항상 무더기로 포개어진 채 들려 있었는데, 그 덕분에 우리 가족은 늘 포근한 세제 향이 나는 옷을 입을 수 있었다.

"내가 눈에 보이는 건 못 참아. 다 깨끗하게 해야 돼서 그런가봐. 내 성격이 이래요. 어머, 여기 성경 말씀이 붙어 있네? 나도 교회 다녀. 반갑네? 예비하신 인연인가?"

그녀의 말처럼 인연이었는지 우리는 첫 만남 이후 급속도로 가까워졌다. 나는 살림에 소질도, 굳이 내세울 주관도 없었기에 대부분 그녀가 하자는 대로 했다. 그렇게 살림이 자리잡고 나아지면서 마음과 몸에는 여유가 생겼다. 아이를 재우고 빨래와 청소를 하던 시간이 책을 읽거나 낮잠을 잘 수 있는 시간으로 변했다. 그녀는 우리집을 마치 자기 집인 듯 애정을 쏟아 관리했고, 구색을 갖춰가는 모습이 뿌듯했는지 "내가 이러려고 청소하나봐. 아유, 개운해"라는 말을 늘 청소가 끝난 후에 덧붙였다.

"금자 이모."

그녀가 한 달간 우리집을 다녀가면 말일에 맞춰 그녀가 알려준 계좌로 돈을 입금했는데, 그 계좌에는 '문금자'라는 그녀의 이름이 떴다. 늘 이모님이라고 부르던 그녀에게 처음으로 '금자 이모'라고 부른 날, 그녀의 얼굴에는 쑥스러운 듯 미소가 지어졌다.

"누가 내 이름 불러주는 거 너무 오랜만이야. 누구 엄마, 아줌마, 이모님이었는데. 이름 불리는 게 부끄러우면서도 좋은 일인 걸 자기 덕분에 알게 되네."

어느 날 그녀는 우리집 옷방의 가구를 옮기고 싶다고 했다.

"내가 일주일 내내 이 집 옷방을 바꾸려고 구상했어. 지금은 동선이 너무 비효율적이잖아. 자기, 나 믿지?"

"그런데 이모, 무릎이랑 허리 다치면 어떻게 해요?"

"솔이 엄마, 이런 일 안 해봐서 모르지? 이것이 다 요령이거든. 나는 허리를 쓰지 않아. 무거운 걸 옮길 때는 허벅지를 쓰는 거야."

정말로 금자 이모의 허벅지는 딴딴하고 탄탄했다. 공연장의 소프라노 같은 높은 목소리와 넉넉한 웃음, 나와 아기를 향한 살뜰한 관심, 계단을 올라설 때 들리는 큰 발자국 소리들은 모두 허벅지에서 나오는 것 같았다.

나는 돈으로 그녀의 노동력을, 그녀는 노동력을 대가로 돈을 갖게 되었지만 어느새부턴가 우리의 거래는 돈을 넘어서기 시작했다. 음식과 안부, 정서적 지지같이 돈이 담을 수 없는 것들이 서서히 늘어났다.

"솔이 엄마 굶고 있을 줄 알았어. 애 보면 정신없지. 내가 해봤잖아. 생고구마 가져왔지롱. 구워줄 테니 잠깐 기다려."

그녀는 동그랗고 얇게 썬 고구마를 기름 두른 양면 팬에 구워, 겉은 바삭하고 속은 촉촉한 고구마구이를 금방 만들었다. 금자 이모는 내게 간식 하나를 주더라도 가장 예쁜 그릇에, 같이 마실 음료까지 컵에 따라 내 앞에 갖다놓았다. 간식이라도 편하게 먹으라며 아이를 거실로 데려가 대신 돌봐주었지만 아이는 엄마를 찾으며 내게로 기어왔다. 그럴 때마다 그녀는 '아이구 엄마도 밥을 먹어야지요'라든지 '엄마도 간식을 먹어야 힘이 나서 솔이를 봐줘요'라고 말하며 아이를 도로 데려갔다. 때때로 아이가 칭얼대며 울면 그녀가 아이를 달랬다. 금자 이모가 만든 간식을 먹으며 그 둘의 모습을 보면 한 번도 가져본 적 없는 물건을 선물로 받은 듯 마음이 벅찼다. 기댈 수 있는 어른이 있다는 것이 이런 기분이라는 것을 그때 알았다. 그런 어른을 가져본 것이 내게는 처음이었다.

"솔이 엄마네 베개 커버 헐었더라. 빨아도, 빨아도 머리 냄새가 안 지워져. 요 앞에서 세일하길래 사왔어. 솔이 아빠는 부우농, 솔이 엄마 노오랑. 이거 비고 둘이 좋은 꿈 꿔."

"생각해보니까 오늘이 어린이날이지 뭐야. 난 애들이 커서 어린이날을 잊은 지 오랜데 솔이가 어린이잖아. 솔이야, 이모가 뽀로로 식판을 사왔어요. 솔이 여기다 밥 많이 먹어요."

"나는 딸이 둘. 솔이 엄마보다 좀 어려. 첫째는 공무원시험 준비 중이고 둘째는 작곡 전공한 대학생이야. 남편은 있었는데 없느니만 못했지. 헤어졌어, 몇 년 전에. 도박에 자꾸 손을 대길래 딸들이랑 살려고 나와버렸지. 그래서 이 고생을 하고 있잖아."

　관계에는 적당한 선이 있어야 한다고 모두가 말했다. 그래야 나와 상대방을 지킬 수 있다고. 하지만 그 '선'을 생각하기에 나와 금자는 이미 늦은 것만 같았다. 나는 나를 향한 그녀의 말과 행동이 좋았다. 그냥 그녀가 좋았다. 금자 이모는 자신이 가진 에너지의 반 이상을 교회에 썼다. 교회에 새로 등록한 사람들을 돌보고 모든 기도회와 행사에 열심히 참석했다. 어느 날은 목사님 취임 10년째라며 없는 돈을 쪼개어 그의 양복을 맞췄다고 벅차게 말하기도 했다.

　"목사님이 내가 맞춘 양복을 입고 말씀 전하실 생각을 하니 마음이 설레. 주의 종이니, 이 정도는 해드려야지. 내가 아무리 돈이 없어도."

　우리나라는 목사를 너무 신격화하는 경향이 있어요. 그렇게 하지 않으셔도 돼요. 이모님이 힘들게 번 돈인데 이모님한테 쓰세요……라는 말이 목구멍까지 올라왔지만 내뱉지는 않았다. 그녀가 행복을 느끼는 일을 그저 지켜보고 싶었으니까. 우리는 가까웠으나 혈연과 호적상의 가족처럼 확실한 관계는 아니었다. 나와 그녀는 느슨했고, 불확실했고, 널널했다. 하지만 그것이 우리 사이에 얕은 긴장감을 흐르게 했고, 편안함으로 서로를 쉽게 생각하지 않도록 하는 안전망이 되기도 했다. 느슨함과 불확실함은 우리가 3년이나 관계를 이어갈 수 있게 하는 힘이었다.

물걸레, 마대자루, 뽀로로 식판, 첫째가 신다가 지금은 둘째가 신는 양말, 국자, 뒤집개, 머그컵, 빨래집게. 8년이 지났어도 주방엔 아직도 금자 이모를 떠올리게 하는 물건들이 있다. 그사이에 이사를 두 번이나 했지만 아직도 물건들은 자리를 지키고 있다. 계산보다 마음이 먼저였던 금자 이모와의 시간. 엄마가 돌아가셨다는 소식을 듣고선 앞치마가 아닌 까만 정장을 갖춰 입고 장례식에 왔던 금자 이모. 내 두 손을 꼭 잡았다가 내 등을 쓸어내렸던 그녀.

"솔이 엄마가 고생이 많았지, 고생이 많았어. 하나님 품으로 엄마 가셨으니 이제 마음 편히 먹어. 장례 끝나면 내가 솔이 엄마 맛있는 거 많이 해줄게. 먹고 싶은 거 카톡에 남겨봐. 장 봐서 갈게. 한동안은 내가 솔이 엄마의 엄마 해줄게."

2년 전, 첫째 아이가 초등학교에 입학한 날. 책가방을 멘

아이와 내가 함께 찍은 사진을 그녀에게 보냈다. 메시지를 확인한 그녀는 내게 곧바로 전화를 걸었다.

"솔이 엄마, 솔이가 언니가 되었네. 솔이 여덟 살이고 둘째가 네 살이지? 딱 좋다, 딱 좋아. 나는 지금 평택에 있어. 첫째가 공무원 하다가 그만뒀거든. 썩을 놈의 상사가 좀 괴롭혀야지. 때려쳐불고, 내가 해주는 음식 먹으면서 공황장애랑 위궤양 고치고 있어. 딸이랑 사위랑 같이 평택으로 내려왔지. 아참 우리, 상가 건물 사서 세 받고 산다? 내가 이야기 안 했지? 나 남편이랑 합쳤어. 남편이 많이 변했거든. 그래서 내가 일을 더이상 안 해. 말년에 복이 터졌대, 사람들이. 그래도 솔이 엄마랑 솔이 생각이 얼마나 났는지 몰라. 잘 지내고 있지? 사진 보니까 눈물 난다, 눈물 나. 그나저나 우리 첫째 딸은 아가를 가져야 하는데, 허구한 날 배란일이네 뭐네 그날에만 맞춰 밤일을 한다네. 아니 하늘을 봐야 별을 따지. 그런 거 신경 안 쓰고 그냥 눈 마주치면 해야 하는데. 안 그래?"

금자 이모는 항상 청소 후에 우리 부부 침대 옆 협탁에 물티슈와 갑 티슈를 가지런히 올려놨었다. 그녀가 올려둔 협탁 위 티슈가 떠올라 낄낄 웃었다.

섬 섬

옥
수

사람들은 모르는 나만 아는 엄마의 모습이 있다는 게 왠지 다행처럼 느껴질 때가 있다. 나만 아는 엄마, 흡사 내가 아는 모습으로 나만이 엄마를 가지고 있는 기분이다. 그게 좋으면서도 동시에 내가 가지고 있는 그 모습 또한 지극히 일부분일 수 있음에, 기억에 대한 소유라든지 소유로 인한 들뜸이 부질없게 느껴진다. 누군가를 안다고 생각하는 일은 참 부질없을지도 모른다.

엄마가 늘 취해 있는 것은 아니었다. 내가 어릴 때는 그래도 깨어 있는 시간이 더 길었다. 제정신으로 말짱한 시간이 많았을 때에도 사람들은 엄마를 '술 마시는 여자'로 기억했다. 엄마가 가진 유쾌하고 호탕하고 기분좋은 면들이 술을 마신다는 사실 하나로 덮이고 평가되었다. 그날은 엄마가 취해 있던 날 가운데 하나였다. 혼자서 머리를 겨우 묶을 때니까 초등학교 2학년쯤 되었을 것이다. 골목에서 동네 아이들과 땅따먹기를 하고 막 내 차례가 되어 제일 어려운 6번 칸에 돌을 던지려는데 허공에서 '시영'이라는 이름이 나와서 고개를 들었다.

"시영이는 오늘 잔머리가 삐쭉빼쭉이네? 평소에는 기깔나게 화려했었는데 그렇지 못한 걸 보니 엄마가 약주 중이신가봐? 시영이가 대충 묶었니?"

소영이 언니네 엄마였다. 아줌마의 말이 끝나자 함께 골목 끝에 앉아서 초록색 나물을 다듬던 서너 명의 아줌마들이 일제히 깔깔깔 웃음을 터뜨렸다. 그러다 움직임을 멈추고 가만히 서 있는 날 보더니 옆에 있는 아줌마 중 한 명이 곧장 소영이 아줌마의 허벅지를 때렸다.

"아유, 시영 엄마 알게 되면 큰일나. 시영 엄마 성격 알면서 그래 자기는."

　지금이라도 당장 두 손을 뒤통수로 뻗어서 잔머리가 뻗친 머리를 고쳐 묶고 싶었으나 그러지 못했다. 그런 소리를 한 어른이 아니라 머리를 깔끔하게 묶지 못한 내게 잘못이 있다고 생각했다. 나는 듣지 못한 척 소영이 언니와 동생 혜진이, 광선이 언니와 계속해서 게임을 이어나갔다. 하지만 자꾸만 뒷머리가 따가운 기분이 들어서 가장 늦게 하늘에 닿아 꼴찌를 했다. 언젠가 엄마가 그 아줌마에 대해 했던 말. '소영이 엄마는 아주 그냥 박쥐야 박쥐. 내게 간이라도 떼다줄 것처럼 굴다가도 이리 붙었다 저리 붙었다. 금세 내 흉을 본 사람들 곁에 붙는다니까.' 나는 엄마가 술이 깨기까지 4-5일 정도 걸렸음에도 불구하고 아줌마의 말을 잊지 않고 기억했다. 그리고 엄마에게 말했다. 엄마, 소영이 언니네 엄마 있잖아, 그 아줌마가 있잖아.

　엄마는 내 말이 끝나기가 무섭게 내 손목을 붙들고 소영이 언니네로 향했다. 여름이라 활짝 열린 현관문에는 천으로 된 발이 하나 쳐져 있었다. 엄마는 문 위에서부터 내려온 그 발을 한 손으로 확 낚아챈 후, 현관과 바로 이어진 거실에서 티브이를 보고 있던 아줌마에게 말했다.

"소영이 엄마, 나와봐. 네가 뭔데 내 새끼 기를 죽여. 어? 애가 뭘 안다고, 애한테 그런 소릴 해? 나 술 먹는 거? 그래 나 술 먹어. 혼자된 게 억울하고 분해서 먹어. 너네처럼 남편 없는 거 힘들어서 술 마셔. 근데 내 딸한테 뭐, 머리가 어쩌고 어째?"

무방비 상태에서 엄마의 큰소리에 당황한 아줌마의 시선이 내게로 옮겨졌다.

"언니 미안해, 미안해. 내가 생각이 짧았어. 아니 시영이 잔머리가 좀 나와 있길래 좋은 말로 '엄마 어디 가셨니' 하면서 물어본 거였는데 시영이가 그걸 또 그렇게 들었네……. 아이 참, 곤란하다. 여기 들어와서 커피 한 잔 먹고 기분 풀어."

여전히 씩씩대고 있는 엄마의 옆얼굴은 어딘가 모르게 긴장되어 보였고 볼에는 붉은 핏줄들이 선명하게 드러났다. 그렇지만 다정한 목소리로 엄마를 달래는 아줌마가 싫진 않은지, 엄마 손목을 잡고 잡아끄는 아줌마의 힘에 못 이기는 척 현관에 신발을 벗고 들어갔다. 나도 엄마를 따라 들어갔다. 아줌마는 냉장고에서 적갈색 결명자차를 꺼내 투명한 유리잔에 따라 내게 주었고, 작고 예쁜 찻잔에 믹스커피를 타서 엄마 앞에 갖다놓았다. 엄마는 한결 부드러워진 표정으로 커피를 후후 불다 들이켰다. 그렇게 커피를 마시는 엄마를 보니 엄마가 내 억울함을 풀어준다는 든든함이 사라지고 덜컥 불안함이 몰려왔다. 발을 동동 구르며 내 편이 되어주던 엄마가 곧 술을 먹고 사라질 거라는 사실과 함께. 엄마가 술을 먹으면 나는 어떻게 되는 걸까. 이제 소영이 언니네도 놀러가지 못하려나. 투명한 유리잔 바깥으로 작은 물방울들이 흘러내렸고, 그것을 쥐고 들이킨 결명자차는 고소했지만 끝맛은 텁텁하기만 했다.

지금 와서 이런 기억들을 떠올리는 게 다 무슨 소용인가 싶다. 하지만 엄마는 내게 너무나도 많은 이야기들을 남겼다. 엄마는 지금 내 앞에 누워 있다. 오똑하던 코. 어릴 적 엄마 코를 닮지 않은 동그란 내 코 때문에 엄마에게 억울해했던 장면이 스쳤다. 지금 엄마의 코는 그 속에 넣은 솜 때문인지 원래보다 더 크고 높아 보였다. 사람이 죽으면 모든 근육들이 힘을 잃고 이완되어 몸속 액체들이 흘러나온다고 했다. 그것들이 흘러나오지 않도록 몇 번이나 속을 닦아낸 후 넣었을 솜이 허옇게 엄마 코를 막고 있었다. 장례 마지막날 입관식의 엄마.

차가워진 온몸이 구석구석 닦여진 후 보기만 해도 까끌까끌한 질감이 느껴지는 지푸라기색 삼베를 입고 있었다. 엄마의 발에는 뾰족한 구두 모양의 삼베 덮개가, 머리에는 종이배 모양의 모자가 씌어 있었다. 발은 벌어지지 않도록 하얀색의 기다란 천이 발목을 둘러 묶고 있었다. 엄마는 지금 편안할까. 엄마의 손은 보이지 않았다. 마디마디가 딱딱하게 굳어서 경직되어 있을 손. 기다란 소매는 엄마의 손을 꽁꽁 숨겨놓고 있었다. 술을 먹어 배가 나오고 살이 쪘어도 손가락만은 길쭉하던, 섬섬옥수란 말이 어울렸던 엄마의 손.

엄마의 결의에 찬 표정들을 기억한다. 한없이 부풀려져 이대로 터져버릴 것 같다가도 다른 날은 말수가 급격하게 줄어들고 시무룩했던 엄마. 대게 그런 날 엄마는 술을 마셨다. 양극단을 달리는 기분을 가지고 산다는 것, 그 간극을 온몸으로 이겨내야 한다는 것은 또 어떤 기분일까. 술이 그 간극을 좁혀주긴 했을까. 어느 날 엄마가 한껏 상기된 표정으로 내게 말했다.

"일을 구했어. 엄마도 이제 너랑 먹고 살아야지. 지난 일은 잊어. 네가 중학생이 되었으니까 나도 너 공부하는 거 뒷바라

지해야 하지 않겠니. 엄마도 다 계획이 있다 이거야. 김밥천국
야간 타임. 이게 시급이 더 세더라고. 엄마가 또 한번 하면 하
는 사람 아니겠니."

　이번에는 진짜로 엄마가 술을 끊을 거라는 생각이 올라오
기 무섭게 약속을 어기고 다시 술을 입에 댈 엄마, 엄마를 믿
는 만큼 내게 돌아오는 실망감과 배신감이 두려웠다. 엄마를
앞에 둔 나는 언제나 많은 생각과 마음들에 휩싸였다. 신나서
떠드는 엄마를 맞은편에 두고, 나와 할머니는 둘 다 미간에 힘
이 잔뜩 들어간 똑같은 표정을 짓고 있었다.

　김밥천국에서 엄마를 본 그날 저녁, 나는 친구들과 찜질방
에 있었다. 당시에는 마침 우후죽순으로 찜질방이 생기기 시
작했고 친구들과 종종 그곳에 놀러갔다. 뜨끈하게 몸을 지지
러 가는 나이는 아니었고 그저 수다나 떨고 간식을 사 먹고 하
루종일 따뜻하게 있을 공간으로 찜질방이 적합했다. 친구 서
너 명과 함께 간 역곡역 '황토숯가마 찜질방'에서 얼음 방, 옥
가마 방, 맥반석 방 여기저기를 옮겨다니다보니 저녁에 배가
출출해져왔다. 엄마 생각이 났다. 진아, 우리 엄마 여기서 5분
거리에 있어. 역 맞은편 김밥천국 알지, 거기 가서 김밥 먹고

오자. 함께 간 친구들 무리에서 몰래 나온 진이와 나는 오른쪽 가슴팍에 '황토숯가마'라는 글자가 선명하게 쓰인 주황색 찜질방 옷을 입고 프런트에 눈에 띄지 않게 몰래 비상구로 나갔다. 그곳에 가면 우리의 주린 배를 엄마가 채워줄 거란 생각으로.

　입구에서 본 엄마는 앞치마를 두른 채 허둥지둥거리고 있었다. 김밥이 잘 말아지지 않는지 연신 혼잣말을 하며 김밥을 이리저리 만졌고, 그럴수록 김밥은 모양을 잃어 더욱 흐트러졌다. 그 와중에 자꾸만 손님들이 엄마를 불러대는 바람에 엄마는 무엇 하나 제대로 하지 못한 채 횡설수설하고 있었다. 게다가 그 어둑한 밤에 알이 큰 선글라스를 끼고 있었다. 가뜩이나 굼떠 보이는 엄마의 움직임은 어두컴컴한 갈색, 마치 파리 눈처럼 생긴 선글라스 때문에 더 답답해 보였다. 그곳에 그저 엄마가 있다는 생각뿐, 그런 모습으로 있을 줄은 생각지도 못했다. 평소 같았으면 나와 내 친구에게 곧바로 따뜻한 음식을 내왔을 엄마지만 지금은 우리에게 말을 걸 여유도 없어 보였다. 엄마의 그런 모습을 친구에게 보여 부끄럽거나 창피하진 않았다. 오히려 그 아이가 혹시라도 내가 그런 엄마를 부끄러워하는 줄 알고 내게 신경쓸까봐, 그런 엄마의 모습을 나쁜

만 아니라 친구까지 감당하게 만든 것이 미안했던 밤이다. 일주일 후 엄마는 다시 술을 입에 대기 시작했고 한 달을 채우지 못한 채 김밥천국을 그만두었다. 결의에 찬 표정으로 나와의 미래를 말하던 모습은 온데간데없이 안방에 누워 하루종일 취한 채 잠든 엄마의 모습만 남았다.

"역 앞에서 팻말을 드는 사람들처럼 평범한 역할 말고, 연설하고 말하는 중요한 역할이야."

내가 초등학교 5학년 때쯤 엄마는 선거유세 일을 했다. "기호 5번, 시영아. 5번. 숫자 좋지? '○○당 윤△△', 이것만 기억해." 엄마가 말한 그 사람은 원래부터 정치를 했던 사람은 아니고 건설 일을 하다 돈이 모여 정치까지 하게 된 사람이라고 했다. 그래서 주변에 연설문을 쓰거나 방송을 맡아줄 사람들이 없었고 지인 소개를 받아 자기가 낙점되었다고 했다.

"선거 사무실에 그렇게 많은 사람들이 있는데 그중에서 연설문 쓸 줄 아는 건 나 하나야, 나 하나. 엄마가 고등학교 때 오락부장을 안 했으면 엄두도 못 냈을걸. 예전 경험이 다 쓸모가 있는 거란다."

며칠 후 학교가 끝나고 집에 왔다. 노란 거실 장판 위로 늦가을의 볕이 유난히 깊숙하고 기다랗게 드는 곳을 찾아 등을 대고 누웠다. 뜨끈한 온기가 등부터 스며들고 눈이 감길락 말락했다. 그때였다.

　"안녕하십니까. 기호 5번, 윤△△입니다. 새 정치를 위해 이젠 새 인물이 필요합니다."

　낯익은 목소리. 나는 단숨에 일어나 창문으로 갔다. 더 잘 듣기 위해 이마를 창문 쪽으로 들이밀었지만 팽팽한 방충망 때문에 이마가 튕겨나왔다. 엄마다. 엄마 맞아. 서둘러 현관에서 아무 신발이나 신고 대문을 나섰는데, 운전석 위에 하얀 확성기를 두 개나 매단 파란색 트럭은 이미 우리집 앞 골목길을 돌아서 대로로 나가고 있었다. 트럭이 사라진 후에도 한참 동안이나 나는 그 자리에 서 있었다. 급하게 할머니의 큰 슬리퍼를 끌어다 신느라 빨리 나오지 못해 엄마를 보지 못한 것을 후회했다. 조수석에 앉아 마이크를 들고 밤새워 본인이 쓴 연설문을 읽은 엄마. 웅변하는 것처럼 과장된 목소리의 엄마.

　몇 주 뒤 선거가 끝나고 엄마는 술에 잔뜩 취해 들어왔다. 그러고선 트럭에서 만들어 파는 통닭구이가 든 봉지를 내게 주며 말했다. "선거에서는 졌어. 좀 피곤하네. 시영아, 할머니랑 이거 잘 발라서 먹어." 혀가 꼬인 엄마는 그 말을 하고 안방으로 들어가 곧장 잠이 들었다. 몇 분 지났을까. 나는 엄마가 잠든 것을 확인하고 엄마가 입고 있던 짙은 쥐색의 바바리코트를 벗겼다. 코트 오른쪽 주머니에 손을 넣어보니 라이터 하나가, 왼쪽에는 수북한 돈뭉치가 있었다. 만 원짜리 돈뭉치였다. 엄마가 조수석에 앉아 멀미를 참아가며 마이크에 입을 대고 연설문을 읽어서 번 돈. 한 손에 다 들어오지도 않는 그 돈뭉치를 보자 눈물이 흘렀다. 왜 눈물이 흐르는지도 모른 채, 엄마가 사온 닭구이를 그대로 식탁 위에 두고 엄마가 깨지 않도록 조용히 한참을 울었다.

누워 있는 엄마를 보며 사람들은 어떤 기억을 떠올릴까. 알코올중독자, 술 먹는 딸, 술 먹는 시누이……. 술이란 존재는 엄마가 살아 있을 때처럼 죽어서까지 엄마에게 매달려 있는 듯 보였다. 입관실 내부는 비릿한 냄새가 났다. 어딘가 사람의 것과 닮아 있는, 그래서 더 역했던 냄새. 겨우겨우 락스를 부어 가린 것 같았으나 그 틈새를 비집고 끈질기게 새어나온 차

217

가운 냄새. 꼭 수술대처럼 생긴 기다란 은빛 책상 위에 누운 엄마. 나는 길고 긴 삼베 소매로 가려져 보이지도 않는 엄마의 손을 떠올렸다. 잘 말리지 않던 김밥을 여기저기 만져대던 엄마의 손. 트럭 조수석에 앉아 마이크를 꼬옥 쥔 채 땀에 흠뻑 젖었을 그 손바닥. 나만 아는 엄마의 그 손을 떠올렸다.

"이제 고인의 가시는 길에 마지막으로 인사말을 전하도록 하겠습니다." 장례지도사가 말했다.

엄마를 가운데 두고 서 있던 몇몇 친척들과 나는 곧장 떠오르는 말들로 엄마에게 작별인사를 건넸다. 기억에 남을 만큼 특별한 말들은 없었다. 그저 고생했고 잘 가길 바란다는 말이 대부분이었고, 내가 남긴 인사 또한 별반 다르지 않았다. 장례지도사는 곧 엄마의 얼굴을 한지 같은 하얀 종이로 싸맸고 온몸에 묶여진 매듭들을 군데군데 확인했다. 헐렁한 부분들은 다시 힘주어 꽁꽁 묶었다. 그리고 이제 엄마를 관으로 옮긴다고 했다. 딱딱하게 마디마디가 굳은 엄마의 손을 잡고 싶은 생각이 들었으나 손을 뻗지는 못했다. 삼베 소매 속 엄마의 손을 떠올렸다. 꼭 내게 인사를 건네는 것만 같았다.

첫

외
출

엄마가 병원에서 외출을 나오기로 한 날, 나는 아이에게 가장 예쁜 옷을 입혀 엄마에게 데려갔다. 병원을 나와 우리집에서 머무는 3일간의 일정 도중에 엄마가 사라질까 하는 염려도 있었지만 아이와 엄마가 함께하는 시간이 기대되기도 했다. 드디어 아이에게 외할머니를 보여줄 수 있다는 것, 엄마에게 어린 손녀와의 시간이 허락되고 그 가운데 엄마가 소소한 기쁨을 누릴 수 있다는 것에 며칠 전부터 마음이 들떴다. 기모가 들어간 와인색 타이츠에 하얀 칼라를 가진 블랙 원피스, 며칠 전부터 골라놓은 옷을 아이에게 입혔다. 아직 걷지도 못하는 아이에게 손바닥만한 구두를 신기고 말했다. "솔이 오늘 지하철 잘 탈 수 있지?"

지하철로 역을 열 개나 지나고 버스로 갈아타서 10분을 더 가자 엄마가 이번에 새로 입원한 병원이 나왔다. 하지만 병원에 들어서자 문득 묵직한 마음이 스쳤다. 교복을 입을 때부터 정신병원을 수도 없이 들락날락했던 내가, 이번에는 나의 아이를 데리고 이곳에 왔구나. 아이는 정작 이곳에 아무런 생각이 없고, 그저 엄마와 함께라는 사실만으로도 안정감을 느낄 테지만 아이에게까지 나의 역사가 흘러내려갔다는 것이 미안했다. 하지만 사실 이 마음은 엄마 때문에 병원을 드나들어야 했던 어린 날의 내게 갖는 연민이었다.

몸이 받지 않는데도 혼자서 계속 술을 마시던 엄마의 장취, 며칠간 이어지는 음주를 멈추는 방법은 강제입원뿐이었고, 입원한 엄마를 보러 가는 일은 딸인 나의 몫이었다. 병원에 도착하면 보호사의 안내를 받아 면회실로 들어갔다. 폐쇄병동 안 면회실로 가는 길에는 수많은 눈들이 있었다. 나를 궁금해하거나 잔뜩 경계하는 눈들. 사람들은 환자복이 아닌 일

상복을 입은 내게서 눈을 떼지 못했다. 종종 내게 다가와 말을 거는 환자도 있었는데, 그럴 때면 옆에 있는 보호사가 즉시 팔을 뻗어 과하게 제지했고 나는 괜히 미안한 마음이 들었다. 면회실에 도착해 엄마와 대화를 끝낸 후 밖으로 나갈 때면 엄마는 나를 데리고 병실 이곳저곳을 다니기도 했다.

"미숙아 내 딸, 대학교 3학년이야. 경제학과야." "재희 언니 내 딸, 예쁘지?" "간호사님, 제 딸이에요. 그동안 시험 기간이라 바빠서 못 왔대요. 인사해, 시영아."

부산스럽게 나를 여기저기 소개하고 다니는 엄마에게 면회란 단순히 딸을 만나는 시간이 아니었다. 자신이 갖지 못한 일상을 딸의 것으로 증명해내는 중요한 순간처럼 느껴졌고, 병원에 입원한 스스로의 모습을 부정하고 지워나가는 어떤 의식 같기도 했다. 나 역시 그걸 모르는 바가 아니었기에 엄마의 기대에 부응하고자 면회 가는 날이면 아무리 피곤해도 머리를 감고, 얼굴에는 비비크림을 바르고, 신경쓴 티가 나는 옷들을 골라 입었다.

병원에 도착한 뒤, 3일간 외박한다는 확인서를 데스크에서 작성하고 엄마와 함께 병원을 나섰다. 병원에 들어갈 때만 하더라도 사선을 비추던 해가 지금은 머리 위에 떠 있었다. 정수리가 따뜻했다. 엄마와 나와 아이, 우리 셋은 나란히 병원에 온 길을 되짚어 집으로 돌아갔다. 오랜만에 지하철을 탔기 때문인지 엄마는 개찰구 앞에서 머뭇거렸다. 자기 몸을 기준으로 카드를 어디에 갖다대야 하는지 몰라 몸을 좌우로 돌리며 두리번거렸다. 먼저 개찰구를 건넌 내가 엄마에게 카드를 넘겨받아 오른편에 카드를 대자 엄마는 그제야 게이트를 통과했다. 집에 도착하기 전에 들른 마트에서 간식거리를 고르는데 엄마는 마주치는 모든 이들에게 '선생님'이라는 칭호를 붙였다. 누군가와 부딪혀도 "선생님 죄송해요", 계산할 때도 "선생님 이거 두 묶음이 더 싼가요?"라고 말했다. 선생님이란 호칭이야 쓸 수 있는 것이지만, 엄마에게서 삐져나오는 병원생활의 흔적이 불편했다. 의사와 간호사, 보호사까지 병원에는 모두 엄마가 선생님이라고 불러야 하는 사람들뿐이었다. 개찰구에서 머뭇거리던 엄마와 모두에게 선생님이라 부르는 엄마의 모습. 그런 모습을 보면 엄마와 세상을 이어주는 끈이 꼭 나 하나인 것만 같아 막막해져왔다.

내 손으로 밥을 차려먹을 수 있는 나이가 되고부터 내게는 엄마를 보살펴야 한다는 의무감과 지켜내야 한다는 책임감이 있었다. 엄마가 날 버리지 않고 혼자서 기른 것처럼 나도 끝까지 엄마를 책임져야 했다. 하지만 엄마를 향한 나의 돌봄과 사랑은 늘 초라했다. 결혼하고 아이를 낳아 가정을 꾸린 채로 엄마를 예전처럼 챙기기란 쉽지 않았다. 엄마가 만족할 만한 용돈을 주고, 병원비를 내고, 공과금 납부와 같은 일처리들을 대신하고, 술에 취한 엄마를 데려오고 병원에 입원시키는 일. 결혼 후에도 나는 이런 일들을 해냈지만 아이가 생기고 나서는 이야기가 달랐다. 엄마가 누워 있다는 연락을 받아도 아이가 자고 있으면 바로 그곳으로 달려가지 못했고, 육아휴직으로 줄어든 급여 때문에 엄마의 병원비를 내는 것에 부담을 느꼈다. 빨리 엄마에게서 도망치고 싶은 마음과 왜 나는 엄마가 나를 홀로 키운 것처럼 정성을 다하지 않느냐는 마음, 이 두 마음은 늘 동시에 찾아왔다. 그럴 때마다 내가 엄마를 끝까지 책임질 수 있게 엄마의 중독이 심해지지 않도록, 끝이 보이지 않는 이 터널을 내가 지나갈 수 있게 해달라고 기도했다.

　　몇 해 전, 엄마의 뇌 MRI를 두고 주치의가 내게 설명해준 말들이 떠올랐다.

"따님분, 여기 어머니 뇌 사진에서 흰색으로 선명한 부분 보이시죠? 여기가 전두엽이에요. 여기가 많이 손상되셨어요. 전두엽이 고장나면 판단이 잘 안 돼요. 감정조절, 도덕적인 부분이 다 무너집니다. 어머님이 하시는 행동들을 그 자체로 보시면 힘드실 거예요. 음주로 인해 뇌가 망가졌고, 그래서 어쩔 수 없이 나오는 기행이고 실수라는 것을 기억하셔야 해요."

어릴 적부터 해오던 '나를 사랑하지 않기 때문에 엄마가 술을 마신다'는 생각은 늘 '내가 사랑받을 만하지 않다'는 결론으로 귀결되곤 했다. 그 생각이 스무 살 넘어 처음으로 바뀐 순간이었다. 엄마의 음주와 나에 대한 애정 사이에는 아무런 관계가 없을지도 모른다. 하지만 엄마가 중독으로 겪는 고통이 실재였듯, 딸인 내가 겪어야 할 일들도 실재였기에 그 의사의 말은 그다지 큰 위로가 되지 못했다. 다만 다른 이유, '나를 사랑하지 않아서'가 아닌 다른 이유를 찾아내겠다는 마음이 새로 솟아났다. 내가 겪는 이 고통에 정확한 이유가 있어야 했다. 그래야 좀 살 수 있을 것 같았다. 사는 게 힘들어서 혹은 막막해서, 사춘기 딸을 키우는 것이 두려워서 등등. 나는 술을 마시는 엄마의 마음을 수천수만 번 헤아리며 엄마에게서 나까지 이어진 그 고통을 좀더 명확하게 그려내고 싶었다.

외박을 나온 엄마와의 3일 동안 집 앞 교회에서 주최하는 중독 세미나를 듣기로 했다. 집에서 저녁을 먹고 엄마와 아이가 노는 모습을 바라보자 금세 해가 기울었다. 시간에 맞춰 아이를 안고 엄마와 함께 집을 나섰다. 실내와 제법 차이가 나는 기온에 아이는 연신 재채기를 했다. 아기 띠 때문에 몸을 굽힐 수가 없어 운동화에 발을 대충 구겨넣고 까치발을 한 채 종종걸음으로 1층까지 내려왔다.

"시영아 잠깐만 서봐."

엄마가 쭈그리고 앉아 검지와 중지 두 손가락을 내 운동화 뒤축 안에 넣었고 나는 무게를 담아 뒤꿈치를 무겁게 눌렀다. 운동화를 신을 때 같이 구겨 들어간 앞축도 엄마가 손가락을 넣어 발등 위로 펴주었다.

"재혁이는 원래 퇴근이 많이 늦니?"

"아니. 오늘은 일이 있어서 좀 늦는대. 엄마 왔는데 일찍 못 와서 죄송하다고 그랬어."

"뭘 죄송해, 바깥일 하다보면 늦을 수도 있지."

엄마가 나아지기엔 이미 늦었다고 말하는 사람들이 있었다. 하지만 나는 엄마가 언제든지 나을 수 있다는 희망을 가졌고, 동시에 언제든지 술을 먹게 될 수 있다고 생각해왔었다. 하지만 지금만큼은 다 같이 중독에 대해 배우고 들으면서 우리에게, 엄마에게 다른 미래가 허락되지 않을까 하는 기대감이 들었다. 아이까지 함께하는 엄마와의 첫 외출이었다.

세 모 난

공 간

그날 아침, 엄마는 배가 고프지 않다고 했다. 전날 함께 교회에서 중독 세미나를 듣고 집으로 돌아와 편안한 모습으로 잠에 들었던 엄마였다. 하지만 다음 날 아침, 내가 차려준 밥을 엄마는 잘 먹지 못했다. 알코올중독자의 경우, 허기가 찾아올 때 술에 대한 갈망을 가장 크게 느낀다고 했다. 엄마가 입원했던 병원에서 보호자들을 대상으로 열어준 교육에서 들은 내용이었다. 외출이나 외박을 할 때에는 환자가 꼭 식사를 제때 먹을 수 있게 하라는 지침도 함께였다. 잘 먹지 못하는 엄마를 보자 불안했다.

"시영아, 엄마 잠깐 나갔다 올게. 이 앞에 뭐 좀 가지러."

그 말을 끝으로 엄마는 돌아오지 않았다. 엄마가 나간 지 사흘째 되던 날, 그가 말했다.

"장모님 오실 거야. 너무 걱정 마, 시영아."

차분히 건네는 그의 말이 내게 와닿지 못했다. 연애 시절까지 포함하면 그가 우리 엄마를 알게 된 지 6년이나 되었지만 그는 중독자의 자녀가 아니었다. 중독자의 가족이란 것이 무엇을 뜻하는지 나를 보며 알게 되었겠지만, 직접적으로 혹은 온전히 자신의 몫으로 그 삶을 살아본 적은 없었으니까.

엄마가 외출을 나온 첫날 저녁, 남편이 퇴근길에 케이크를 사왔다.

"장모님 죄송해요. 제가 오늘 회사일이 있어서 모시러 못 갔어요. 지하철 타고 오시느라 힘드셨죠."

"내가 미안하지 뭐. 재혁이 일하고 오느라 고생이네. 뭐 좀 먹었어? 뭐 해줄까?"

"오면서 차에서 주전부리 먹었더니 배가 찼어요. 어머님이랑 먹으려고 케이크 사왔어요. 갑자기 먹고 싶더라구요."

"나는 케이크같이 단 거 별로 안 좋아하는데⋯⋯."

그가 동그란 앞접시를 꺼내 조각 하나를 큼지막하게 잘라 엄마 앞에 두며 말했다.

"어머님이 오시니까 집이 활기찬 것 같아요. 어머니, 계속 이렇게 지내요."

"애는 무슨 그런 소리를 또 아무렇지 않게 해. 얼른 케이크나 먹어."

단것이 싫다던 엄마는 큰 케이크 조각 위에 있는 황도와 체리를 순서대로 먹은 다음, 빵과 그릇에 묻은 크림까지 싹싹 긁어 먹었다.

엄마와 나는 서로가 서로에게 많이도 얽혀 있었다. 연결된 만큼 서로에게 기대하는 것도 바라는 것도 많았다. 우리는 서로의 사소한 행동과 말에도 민감하게 반응했다. 엄마의 별 뜻 없는 말에 아물지 않은 내 안의 상처들이 날뛰었고 그건 엄마도 마찬가지였다. 남편은 그런 우리에게 쿠션 역할을 해주었다. 내가 할 수 없는, 하더라도 금세 단념하고 마는 엄마에 대한 기대들. 엄마가 술을 끊을 수 있을 거란 기대, 엄마가 아이를 봐주며 삶의 기쁨을 느끼고 다시금 일상을 되찾을 수 있을 거라는 기대를, 그는 버리지 않았다. 중독에 대해 잘 모르기 때문에 가질 수 있는 헛되고 순진한 기대였다. "어머님 우리 같이 살아요, 이제 진짜 술 안 드실거죠?"라는 그의 말이 그저 몰라서 하는 속 편한 소리로 들리기도 했지만, 딸인 내가 더이상 갖기 힘든 엄마에 대한 밝은 미래를 그가 갖고 있다는 사실과 그것이 엄마에게 전해진다는 것이 나쁘지만은 않았다.

엄마와 케이크를 나눠 먹고 함께 잠자리에 들었던 날 밤, 나는 쉽게 잠에 들지 못했다. 새벽 1시, 2시, 3시. 한 시간 간격으로 방에서 나와 엄마가 거실에서 잘 자고 있는지 확인했다. 행여나 엄마가 술을 마시러 나갔을까봐 걱정되었다. 엄마와 함께 유년기를 보내며 내 몸에 새겨진 습관이었다. 방문을 열고 조심스레 나가 새까만 거실을 뚫어져라 쳐다보면 처음에는 아무것도 보이지 않다가도 곧 희미한 실루엣이 드러났다. 거기에 엄마가 내는 희미한 숨소리까지 들리면 안도감을 느껴 마음이 가라앉았다. 자꾸만 방문을 열고 들락거리는 나를 등 뒤에 있던 그가 잡아끌었다. 왜 이렇게 못 자. 어머님 잘 계실 거야. 너도 자야 내일 또 어머님이랑 하루 보내지.

"오빠 기억나? 솔이 임신해서 만삭일 때, 엄마가 며칠 동안 술 먹는 걸 멈추질 못해서 오빠랑 같이 찾아갔었잖아. 현관문은 활짝 열려 있고 거실에는 여기저기 검은 봉지들 널려 있는데, 엄마는 안방에서 술만 먹고 있었지. 이러다 죽겠다고 얼른 병원 가자고, 오빠가 우리 엄마 설득했잖아. 그런데 엄마가 우리 내치고 안방 문을 잠가버렸지. 그때 오빠가 이렇게 말했었어. '어머니 제발 문 좀 열어주세요. 시영이 배 좀 보세요. 한 달 뒤면 아이가 나와서 잘 먹고 잘 자야 하는데, 어머니 걱정 때문에 먹지도 자지도 못해요. 제가 이렇게 빌 테니까 제발 병원 좀 가요. 시영이 좀 살려주세요.' 그때 오빠 울었잖아. 그렇게 핏대 세우며 말하는 거 처음 봤었어. 얘기하니까 지금도 마음이 너무 아프네. 우리 엄마 진짜 너무한 게, 근데도 끝까지 문 안 열어줘서 오빠가 문틈으로 과도 넣어서 열었지. 오빠 그때 우리 엄마가 참 미웠겠다 싶어."

그때 그가 무슨 대답을 했더라. 기억은 나지 않지만 그는 엄마에게 최선을 다해 다정했다. 나 몰래 병원에 간식비를 넣어주고, 나를 대신해서 엄마를 병원에 데려다주기도 했다. 종종 남편이 혼자 면회를 다녀올 때면 엄마는 더없이 행복해했다. 작은 말에도 민감하게 반응하며 날을 세우는 나와 달리 매번 허허 웃고 차분하게 넘기는 그와의 시간을 좋아했다. 첫아이를 낳은 지 얼마 되지 않았을 때, 퇴원한 엄마가 우리집에 한 달 정도 머물렀던 적이 있다. 엄마는 출근하는 그를 위해 매일 아침 새벽 5시에 일어나 밥과 국을 새로 했다. 낮에는 막 50일 된 아이를 봐주거나 반찬거리들을 사다 나르느라 바빴다. 그가 늦잠을 자서 곧바로 회사에 가야 한다고 말하면 "잠깐만 재혁아, 잠깐만" 하며 아욱된장국에 밥을 말아 출근 준비를 하는 그의 입에 넣어주었다. 그러면 그는 "아 장모님, 괜찮은데" 하면서도 그 수저를 넙죽넙죽 받아먹었다. 평소 말이 많지 않은, 필요한 말이 아니면 굳이 하지 않는 덤덤한 그가 엄마 앞에서는 자신에게 존재하는 모든 다정함을 끌어모았다. 내가 입에 넣어줬다면 거절했을 그가 엄마가 주는 밥을 군말 없이 받아먹는 모습이 우습기도 했었다.

결혼 전에도 비슷한 순간이 있었다. 술에 취한 엄마가 현관 앞 돌계단에서 굴렀을 때, 두피를 열 바늘이나 꿰매고 머릿속에도 출혈이 있었으나 다행히 출혈량이 적어 3일 정도 입원하라는 진단이 나왔다. 내 전화를 받고 대학병원 응급실에

온 그가 병원비를 계산했다. 입원 수속이 끝난 뒤 눈도 잘 뜨지 못하는 엄마에게 환자복을 겨우 갈아입히고 배정받은 병실 침대에 엄마를 눕혔다. 6인실이었지만 출입문과 가까워 그나마 덜 답답하게 느껴졌다.

"오늘 밤은 내가 여기서 잘 테니까 너는 집에 가서 자."

"내가 있는데 왜 오빠가 자. 엄마가 이상한 소리라도 하면 나 너무 창피할 것 같아."

"가서 편하게 자. 어머님이 밤에 술 드시려 하면 너보다 내가 있는 게 낫잖아. 어머님도 내가 있으면 더 조심하시겠지."

엄마가 그에게 실수하지 않을까 걱정이 되었지만, 동시에 예비 사위가 있으니 부끄러워서라도 다친 머리로 술 먹으러 나간다고는 안 하겠지 싶어 안심이 되기도 했다. 다음 날 아침 서둘러 도착한 병실에서는 엄마와 그가 각각 환자 침대와 간병인 간이침대에 나란히 앉아 같은 방향으로 티브이를 보고 있었다. 머리를 꿰매 뒤통수에 하얀 붕대를 감은 엄마는 짧은 파마머리가 여기저기 눌려 솟아 있었고, 좁은 간이침대에서 밤새 뒤척이며 잤을 그의 뒤통수에는 새가 집을 지은 듯 머리카락이 뻗쳐 있었다. 제멋대로 뻗친 머리를 한 둘이서 별말

없이 티브이를 보고 있는 모습에 웃음부터 났었다. 두 사람 사이에 나라는 연결고리가 있는 것이 내심 기뻤던 것도 같다. 그가 엄마를 너그럽게 대할 때면 나는 절대 엄마에게 보여주지 못할 그 여유를 덩달아 갖게 된 기분이었다. 하지만 그 여유가 그의 정서적 자원일 거라는 생각에 의기소침해졌다. 양육자가 만들어준 평안한 환경에서 자라온 그만이 가질 수 있는 자원. 그것이 없는 나는 자주 불안했고 늘 쫓기는 것 같았다. 노력해도 가질 수 없는, 눈에 보이지 않지만 결정적으로 사람을 다르게 보이게 하는 자원. 그에게서 그것이 보일 때면 나는 내가 갖지 못한 것이 무엇인지 자꾸만 셈하게 되었다.

잠깐 나갔다 온다고 말했던 엄마의 모습. 정확하게 기억나는 것은 다녀오겠다며 흔들던 엄마의 손, 가느다란 손가락과 손등 위 올록볼록 튀어나온 핏줄을 가진 그 손뿐이다. 그게 마지막이었다. 엄마가 세상을 떠났다는 소식을 듣고, 가장 먼저 남편에게 전화를 걸자 그는 한동안 아무 말도 하지 못했다. 한참 동안의 침묵 뒤에 그는 "내가 지금 얼른 갈게"라는 말을 남겼다. 며칠 전까지 그가 품었을 기대와 바람. 술을 끊은 장모가 아내의 육아와 살림에 힘이 되어줄 수 있다는 희망, 종종 자기가 사온 케이크를 함께 먹으며 저녁을 보낼 거라는 소소한 상상이 산산조각 나는 소리가 침묵 속에서 들린 듯했다.

몇 년뿐이지만 그는 태어나 처음으로 '중독자의 보호자' 위치에 서서 나와 함께 엄마의 보호자가 되었다. 혼자가 아니라 든든하기도 했으나 '결국 내 엄마니까 내가 책임져야 한다'는 생각에 남몰래 외롭기도 했다. 엄마와 나는 여태껏 '나 아니면 너'라는 팽팽하고 가느다란 선 위에 놓여 있었다. 희망도 비난도 오롯이 서로를 향할 수밖에 없던 직선 구도는 그가 들어오면서 새로운 꼭짓점을 만들더니 세모난 공간으로 바뀌었다. 우리 사이의 팽팽한 줄 위를 걷다가도 곧잘 바닥으로 떨어지는 나와 엄마에게 난생처음으로 세모난 공간이 생겼다. 발을 헛디뎌도 떨어지지 않을 작지만 확실한 공간. 두 개의 까치집을 보며 그와 엄마 사이는 나로 연결되어 있다고 생각했지만, 나와 엄마의 사이를 넓혀준 것은 그였다. 그가 만들어준 안정감 속에서 엄마와 나는 잠시나마 쉴 수 있었다. 하지만 이제는 엄마가 없어져버린 그 공간에 나와 그만이 남아 있다. 내게는 익숙한 상실감을 그에게도 주고 만 것이 미안했다.

예 감

한
상
자

    엄마가 누워 있는 안치실은 공교롭게도 엄마가 지난 10년 간 입원과 퇴원을 반복해온 병원 지하였다. 입원한 엄마를 보러 가면 병원은 늘 사람들로 북적였다. 이곳은 재활전문병원으로, 1층부터 5층까지는 재활환자들의 병동이고 꼭대기인 6층에 정신질환 환자들의 폐쇄병동이 있다. 운동치료나 물리 치료실로 운영되던 병원 1층은 매트와 운동기구, 간이침대들로 빼곡했다. 군청색 반소매와 펑퍼짐한 긴 바지에 삼선슬리퍼를 신은 물리치료사들과, 하얀색 환자복을 입고 그들의 지

시대로 몸을 움직이는 환자들이 가득한 곳. 몸 한두 군데에 검붉은 실밥 자국이 남은 채 치료사의 말에 따라 짐볼 위에서 균형을 잡으려 애쓰는 이에게서는 살아 있는 에너지가 느껴졌다. 그곳을 지나쳐 6층으로 올라오면 안에서 열어주기 전까지 열리지 않는 회색의 큰 철문이 기다리고 있었다. 철문 왼편의 초인종을 누르면 스피커에서 "누구세요?"라는 말이 흘러나왔고, "이영숙씨 보호자요"라고 답하면 잠시 후 문이 열리며 파란 복장의 덩치 좋은 남자 보호사가 나왔다.

"이영숙씨 보호자님?"

"이거 엄마 짐이에요. 좀 전해주세요. 금지물품은 미리 다 뺐어요."

"어제 입원하셔서 면회는 안 되는 거 아시죠? 제가 들어가서 살펴보고 금지물품이 있으면 다시 돌려드릴 테니까 여기서 잠시만 기다리세요."

철문 앞에 서 있으면서 1층에서 만났던 이들을 떠올렸다. 재활운동을 하던 그들의 움직임과 표정에서는 어떻게든 이전 상태를 되찾겠다는 삶에 대한 바람이 자연스레 새어나오고 있었다. 그 바람을 훔쳐와 엄마에게 주고 싶었다. 그들이 가진 의지나 소망 한 줌이면 엄마도 나아질 수 있지 않을까. 병원이 아닌 바깥에서 평범하게 나와 함께 살아갈 수 있지 않을까.

"병원생활을 오래하셔서 그런지 따님이 잘 아시네요. 금지물품이 하나도 없어요. 내일 어머님이 술에서 완전히 깨어나시면 전달하겠습니다. 전화는 내일모레부터, 면회는 일주일 뒤부터 가능합니다."

보호사 뒤로 보이는 6층 병동 안은 환했다. 저 밝은 형광등 불빛 아래, 어제 입원해서 아직 술기운이 남아 있을 엄마를 떠올렸다. 술을 마구 들이붓다가 더이상 몸이 술을 받아들이지 못할 때, 사람은 수없이 구토하고 오한으로 몸을 떨며 식은땀을 흘린다. 아마 엄마는 지금쯤 화장실에 갈 힘도 남아 있지 않아 간호실에서 안 쓰는 휴지통 하나를 받아와서 그 안에 속을 게워낼 것이다. 그 휴지통은 누가 비워줄지, 병동 간호사들이 토하는 엄마를 보고 눈을 흘기진 않을지 걱정되었다. 술에서 깨어날 때 겪는 섬망 증세를 집이 아닌 병원에서 온몸으로 견뎌내고 있을 엄마를 떠올리니 마음이 울적해졌다.

"시영아, 필요한 게 더 있어."

엄마는 술에서 깨어나면 가장 먼저 내게 전화를 걸었다.

3M 귀마개, 허리가 아플 때 쓰는 복대, 위아래 속옷 다섯 세트, 플라스틱 컵과 세면도구 같은 필수용품은 이미 내가 전달해 둔 참이었다. 다시 말해 추가로 다른 것들을 주문하기 위한 전화였다. 면회 날에 엄마를 만나러 가면 엄마는 미리 쓴 편지를 건넸다. '사랑하는 딸'로 시작하는 편지였다.

커피사탕(아무 브랜드나). 大자 봉투 두 장. 새우깡, 감자깡, 포스틱, 꿀꽈배기(모두 大, 큰 걸로). 초코파이(50개입), 에이스, 빠다코코낫, 예감, 롯데샌드(모두 종이상자로 된 큰 걸로), 맥스웰하우스 커피믹스(180개입), 말보로 아이스 블라스트 열 갑(빨간 것은 싸게 살 수 있음).
의사가 수면제 많이 줄여줬어. 자리에서 아예 샤워실, 흡연실, 화장실밖에 안 가. 노트도 안 되고 연필도, 펜도 안 된대. 오로지 사인펜만 돼. 그나마 그것도 한 달에 한 번만 된대. 특별히 복지사한테 부탁해서 노트 한 권, 사인펜 한 개 구해서 이렇게 편지 써. 음료수, 과일, 하여튼 모든 것은 다 없어도 감수할게. 참으려고 무조건 노력해볼 거야. 다 내 잘못이고, 잘못 살아온 탓이니까, 누구의 잘못도 아닌 내 탓. 노력할게. 끝까지 해볼 만큼 하고 'Tel' 할게. 그 대신 가끔 전화 줘. 미안해. 부탁한 거 꼭 들어줬으면 감사할게. 무조건 미안해. 내 생각이 다 틀렸고 그렇게만 살아온 것을 어쩌하겠니. 한번 다시 잘, 열심히 해볼게, 꼭. 미안하다.

대학생 딸에게 맡겨놓은 것처럼 과자를 아홉 종류(그것도 대자, 대용량으로만)나 쓰고 담배 심부름까지 부탁하는 엄마가 괘씸하면서도, 편지 말미에 '감사할게'나 '무조건 미안해'라는 문장을 읽으면 마음이 아팠다. 그 편지를 들고서 그 길로 마트에 과자를 사러 갔다. 빼먹는 물건이 없도록 펜도 챙겨와 과자를 쇼핑 카트에 담을 때마다 종이에 동그라미를 쳤다. 목록에 쓰인 과자가 마트에 없을 때면 비슷한 과자로 대체하기도 했지만, 정신이 없을 때는 꼭 한두 개씩 목록에 쓰인 것들을 빼먹었다. 그럴 때면 과자가 담긴 큰 봉투를 병원에 전해주고 돌아가는 길에 엄마에게서 전화가 왔다.

"너는 하나씩 꼭 빼먹더라. 나한테 얼마나 중요한 것들인지 알잖아."

엄마는 울먹이면서 이야기했다. 울먹이는 엄마 앞에서 나는 더이상 할말이 남아 있지 않았다. 심부름시킨 물건들을 사고 나르면서 종이에 쓰인 과자 이름 하나하나에 동그라미를 쳤을 딸의 시간을 생각하지 못하는 엄마. 이런 엄마를 두었다는 사실을 상기할 때마다 딱히 엄마에게 실망스럽지는 않았다. 그저 잠시 허탈함과 허망함이 스쳤고 타인을 생각할 여유와 시야를 허락하지 않는 중독이라는 질병이 미웠을 뿐이다. 아니 실은 엄마에게 실망을 안겼다는 것, 고작 과자 하나를 빼먹어서 엄마를 울먹이게 한 스스로가 더 미웠다. 나는 여전히 엄마에게 사랑받고 싶고 칭찬과 격려를 듣고 싶은 딸이었으니까. 전화를 끊고 나서 '엄마도 내게 미안할 거야. 마음 약한 엄마니까 금방 후회하겠지'라는 보이지도 들리지도 않는 투명한 마음을 그려보며 스스로를 달랬다.

병원 지하 1층의 사무실로 들어가자 직원으로 보이는 오십대 아저씨가 따뜻한 둥글레차를 종이컵에 내왔다. 물이 제법 뜨거운지 종이컵을 감싼 연분홍색 홀더에도 온기가 전해졌다. 아저씨는 동그란 원형 탁자 위에 하늘색 클리어파일을 나와 남편 앞에 펼쳤다. 한 장 한 장 손가락에 힘을 주어 넘기면서 설명을 시작했다.

"수의는 삼베나 인견으로 된 게 있어요. 인견은 오백 정도 하고, 일반 기계로 짠 삼베는 오십이에요. 가격 보시고 결정하세요."

죽은 사람의 옷을 고르는 건 처음이었다. 평소 옷을 고르듯이 가성비를 따지며 저렴한 걸 고를 수도 있었지만 선뜻 대답이 나오지 않았다. 고인의 옷을 고르면서도 다른 사람의 눈이 신경쓰였다. 내가 고르는 수의 가격이 고인의 살아생전 삶의 가치를 대변할 것만 같았다. 한참을 고민하고 있는 내게 아저씨는 상황 파악이라도 된 듯 가장 아랫줄에 위치한 50만 원짜리 일반 삼베를 권해주었다.

"어머님 사진은 있으신가요?"

"최근에 찍은 사진이 없어요. 손녀랑 찍은 옆모습 사진은 있는데요."

"주민등록증 사진도 되는데, 혹시 있으신가요?"

혹시 몰라 챙겨온 엄마의 지갑 속 주민등록증을 건넸다. 그것을 가져가 스캔하자 영정사진이 금방 완성되었다. 곧 로비에 달린 큰 티브이 화면에는 '故 이영숙님'이라는 글씨와 함께 언제 마지막으로 봤는지 기억도 나지 않는 생기어린 미소의 엄마 얼굴이 떠올랐다.

늦은 오후, 아이를 재우다 엄마의 사망 소식을 들은 나는 남편과 병원, 안치실 그리고 장례식장 등 여기저기를 불려다녔다. 장례는 내일부터 시작될 예정이었다. 상황이 정리된 밤 10시 무렵에는 생후 9개월이 된 아이가 내 품에 잠들어 있었다.

"시영아, 괜찮아?"

"아직 실감이 잘 안 나. 내일부터 조문객들 올 텐데, 솔이 괜찮겠지?"

모유 수유를 하느라 아이를 떼어놓지 못해 온 가족이 다 함께 장례를 치러야 했다. 수유 쿠션과 이유식, 여벌옷, 장난감, 턱받이와 식기…… 아이에게 필요한 물건을 챙기기 위해 집으로 가는 내내 그 목록들만 되뇌었다. 지금 내가 겪고 있는 엄마의 죽음과 그에 대한 감정보다는 해야 할 일, 챙겨야 할 것들이 우선이었다. 그저 한기가 들어 좀 추웠을 뿐 눈물도 나오지 않았다. 언젠가 올 거라 생각했던 죽음이 현실이 되었다는 사실과 중독이란 사슬에서 드디어 헤어나왔다는 사실 두 개가 머릿속에서 한 치의 양보 없는 줄다리기를 하고 있었다.

어느 쪽으로도 휩쓸리지 않게 다시금 목록들에 집중했다. 그리고 곧 도착한 집 앞, 남편과 아이를 먼저 올려보낸 후 길 건너에 있는 동네 마트로 뛰어갔다. 마감 준비에 한창이던 사장 내외는 바깥 매대에 있는 물건들 위로 천막을 덮고 있었다.

"사장님, 저 과자 하나만 살게요. 얼른 가져올게요."

아이를 안고서 자주 갔던 마트, 그 중앙에 있는 좁다란 과자 코너로 갔다. 형형색색의 과자 포장지 사이에서 나는 '튀기지 않은'이라는 수식어가 쓰인 종이상자를 하나 집어들었다. 차 안에서 챙겨야 할 물건을 떠올리는 와중에 불현듯 생각난 것이었다. 엄마가 내게 매번 사오라고 부탁했던, 엄마가 좋아하던 과자. 5년 전에 내가 까먹고 사다주지 못해 엄마를 울먹이게 했던 그 예감 한 상자. '엄마 나 이거 안 까먹었어.' 죽은 엄마에게라도 인정받고 싶었다. 울먹이는 엄마에게 이제는 울지 말라고, 나는 할 만큼 했다고 주장하고 싶었다. 순수하지도 그렇다고 교활하다고도 할 수 없는 마음으로 과자를 골라 계산했다. 엄마를 나쁜 엄마라고 생각하기보다 차라리 내가 나쁜 딸이 되는 쪽이 편했다. 하지만 그 생각을 했다는 사실조차 엄마 앞에서 들키기 싫어 방어기제처럼 엄마에게 원망을 표현하기도 했다. "엄마 같은 엄마는 없을 거야. 낳았으면 잘 키워야지, 왜 이렇게 고생을 시켜? 엄마 같은 엄마 필요 없어." 이런 말을 내뱉은 날이면 스스로에 대한 혐오로 하루종일 우울했고, 이 말이 씨앗이 되어 엄마가 다시 술을 먹게 될까 자책했다. 혐오와 자책의 쳇바퀴. 그렇게 나는 한참 동안이나 나를 미워했다. 하지만 이제는 그 마음들 모두를 놓아주어야 할 때가 왔다. 후련하기도 했지만 이대로 끝내면 안 될 것 같기도 했다. 내일 장례식장에 가져가려고 챙겨둔 가방 안에 방금 사온 예감 한 상자를 깊숙이 넣어두었다. 다른 이들이 볼 수 있게 내어놓지는 못했던 엄마와 나만이 알고 있는 수많은 마음들처럼, 환하게 웃는 엄마의 영정사진 주변에 숨겨두어야겠다고 생각했다.

벽제

추
모
공
원

　　장례 마지막날. 입관실에서 몇 분 전에 봤던 엄마는 이제
관 속에 있다. 장례식장이 있던 병원은 대로변에서 한 블록 안
쪽에 자리하고 있었다. 도로에 세워진 운구 버스와는 꽤 거리
가 있었다. 대학교 남자 선후배 대여섯이 하얀 천장갑을 끼고,
똑같이 하얀 천으로 덮인 관에 둘러싸인 줄을 잡았다. 관이 꽤
무거웠는지 그들은 길을 꺾을 때마다 휘청거렸다. 관이 지나
가는 골목에는 양옆으로 세단과 승합차들이 주차되어 있었으
며 앞 유리에는 중고차 고가 매입 또는 유흥업소 홍보문구가

적힌 전단지가 와이퍼 사이에 끼워져 있었다. 수요일 오전 그 골목을 지나가는 사람들은 멈춰 서서 혹은 길을 걷다가도 다시 뒤돌아 대낮에 등장한 나무 관을 쳐다보았다.

장례식장에서 나온 꽤 많은 사람들이 화장터로 가는 차에 올라탔다. 가족과 친지 말고도 학교, 교회 친구들과 시어머니까지 버스에 타자 40인승의 버스가 꽉 찼다. 든든한 마음이 들었지만 나와 엄마 때문에 버스에 올라탄 이들 앞에서 보여야 할 어떤 모습, 엄마를 잃은 딸로서의 모습과 함께해준 이들에게 감사를 표하는 모습이 지속되어야 한다는 생각에 피로감이 몰려왔다. 내 옆자리에 앉은 남편이 말했다. "장모님 사진 나한테 주고 좀 자." 그는 장례 첫날부터 엄마를 잃은 나보다 훨씬 더 바빴다. 상주 역할도 했으나 장례식 당사자가 되기보다 이 의식이 제대로 진행되기 위해 움직여야 하는 스태프에 가까웠다. 물론 그를 찾아오는 조문객이 있어 그들을 상대하기도 했으나 그 외 대부분의 일들, 음식 체크와 장례식장 대금 지급, 시신 처리, 화장터와 납골당 예약 등을 그의 회사에서 파견해준 장례지도사와 이야기를 나누며 처리하기에 바빴다.

시체검안서에 적힌 엄마의 사망 사유는 '불상不詳'이었다. 분류가 불가능한 죽음의 상태. 사체로 발견되었거나 사망 원인이 모호하거나 병사 또는 외인사外因死의 구분이 불가능한 경우에 내리는 사망 사유다. 장례 이틀 차였던 지난밤, 장례식장에 갑작스럽게 찾아온 형사들이 가슴 앞주머니 속 경찰 신분증을 내밀며 부검을 해야 한다고 말했다.

"내일 발인도 하셔야 하니까, 시간이 없네요. 사위분이 내일 아침 일찍 저희랑 동행하시면 어떨까 합니다. 법적으로 불상의 경우 부검은 필수입니다. 사인을 밝혀야 하니까요."

남편은 장례 마지막날 아침, 새벽 내내 부의금을 정리하고 장례식장 대금을 처리한 뒤 형사들과 엄마를 실은 채 양천구에 있는 서울과학수사연구소로 갔다. 마지막으로 고인과 인사를 나누는 입관식 전에 시체를 깨끗하게 닦는 염습을 해야 했지만 시신이 오지 않아 계속해서 시간이 밀리고 있었다. 세 시간 정도 흘렀을까, 저 멀리 복도에서 남편이 뛰어왔다. 도착한 남편이 나를 따로 불러 조심스럽게 이야기를 시작했다.

"시영아, 나 잘 다녀왔어. 늦어서 걱정했지. 어머님이 예상대로 술을 많이 드셔서, 그니까 간도 많이 부어 있으시고 그러셨대. 여성이 이 정도로 부어 있었다면 힘들었을 거라고 거기서 말씀하셨어. 쇼크가 왔을 거라고 하셨어."

내 눈을 쳐다보지 못하고 조심스럽게 말을 전달하는 그는 장례 치르는 것이 고됐는지 양볼은 홀쭉하게 들어가 있었고 인중에는 거뭇거뭇한 수염 자국이 진해져 있었다.

그의 손을 잡고서 버스 창가 쪽으로 고개를 돌렸다. 눈을 감고는 있었으나 그 어느 때보다도 의식은 또렷했다. 버스 창가 위의 주먹만한 구멍에서는 후덥지근한 바람이 나오고 있어 자꾸만 잔머리가 이마를 간지럽혔다. 버스 안은 대학 졸업 후 몇 년 만에 만난 친구들이 작게 소곤대는 소리로 채워졌다. 나는 스물일곱의 상주였다. 나보다 어리거나 혹은 조금 많거나 하는 내 또래들이 장례식장을 채웠다. 버스는 꽤 시끌시끌했다. 그러다 누군가가 풉 하며 웃음을 터뜨렸고 곧이어 퍼억, 등짝을 때리는 소리가 크게 들렸다. 아마도 운구 버스 안에서 웃었다는 이유로 그 옆에 앉은 애가 웃은 애 등짝을 때린 듯했다. 눈을 감고 있었지만, 등짝을 맞은 애와 등짝을 때린 애가 누군지 너무나도 잘 알 것 같았다. 그들의 얼굴을 떠올리자 입꼬리가 올라갔다.

화장터에 도착했다. 이곳에서 화장한 뒤 벽제 추모공원으로 가서 엄마의 유골을 안치하게 될 것이다. 버스 화물칸에 실려 있던 관을 다시금 들어 화장터 입구까지 옮겼다. 큰 문이 자동으로 위로 올라가자 후끈한 열기로 가득한 안이 보였다. 안에는 직사각형 형태의 좁은 개별 화장장 수십 개가 일렬로 있었다. 문 앞에 서 있는 검은색 정장을 입은 여자와 관을 바퀴 달린 이동기에 실은 남자가 잠시 문 앞에 멈춰 엄마의 관 앞에서 허리를 깊숙이 숙여 인사했다.

"유족분들, 이쪽으로 오셔서 마지막으로 고인분께 인사해주시면 됩니다."

여자의 말이 끝나자 문이 닫혔다. 엄마의 관이 저 문 뒤 너머로 사라졌다.

한 시간 정도 대기 시간이 소요된다는 안내를 받았다. 점심을 먹으러 사람들과 함께 식당으로 향하면서도 엄마를 방금 화장터로 보내놓고 그곳 식당에서 밥을 먹어도 되는 건지 의아했다. 식당은 깔끔하고 넓었는데 조금 전 고인과 마지막 인사를 마치고 와서 배를 채우고 있는, 팔 왼쪽에 줄 몇 개가 그어진 상주 완장을 찬 사람과 까만 상복을 입은 사람들로 가득했다. 남편은 식당에 오는 인원을 체크하고 매점으로 가서 만원짜리 식권을 인원수만큼 구매해 사람들에게 나누어주었다. 그러고는 나와 남편 그리고 엄마의 추도예배를 맡아준 이 셋이서 테이블에 앉아 밥을 먹었다. 나와 엄마의 사연을 얼추 아는 그는 시영이 고생이 많았다고, 재혁이 역시 힘들었을 텐데 대견하다고 거듭 말했다.

그는 내가 대학 시절 4년 내내 활동했던 선교단체의 자문 역할을 맡은 이였다. 우리보다 스무 학번이 높은 선배였던 그는 대학 졸업 후 신학교에 갔다. 그리고 모교 앞 상가 지하에 작은 교회를 열었다. 선교단체에서 행사나 모임이 있을 때면 그 교회가 곧잘 모임 장소로 쓰였다. 그는 나와 남편의 결혼주례를 서주었고, 대학 시절 내내 엄마의 안부를 물었으며, 나와 엄마가 반평생 넘게 살던 외갓집에서 독립할 때 이사비를 부쳐주었던 사람이다. "시영아 꼭 용달이라도 불러라, 네 계좌로 돈 부쳤다"라면서 내게 보내준 돈이 육십이었다. 그는 엄마가 편하게 가셨을 거라고 했다. 늘 보여주었던 인자한 표정을 지으며 말했다. 이영숙 어머님은 이 땅에서의 삶이 녹록지 않으셨을 거라고, 하지만 분명히 더 편한 곳으로 가 계실 거라고. 가정을 꾸린 시영이를 보고 편하게 눈을 감으셨을 거라고. 그가 틀릴 리 없었다. 나와 엄마를 잘 알고 내게 늘 손을 내미는 어른이었던 그가, 내게 늘 권위를 가졌던 그의 말이 이번에도 틀릴 리가 없었다. 엄마의 죽음에 대한 그의 추론을 나는 덥석 받아들였다. "어머님께서는 평안히 안식을 누리고 계실 거다, 시영아. 이 땅에서의 삶이 고되셨잖니." 테이블에 앉아 수저를 든 채로 그의 말에 고개를 여러 번 끄덕였다. "그래요, 그럴 거예요. 엄마가 정말 그랬겠죠." 내 입으로 그렇게 말하니 정말로 그런 것 같았다. 엄마는 더이상 술 때문에 고생을 안 해서 편하고, 나 역시 엄마를 따라다니지 않아도 되니 얼마나 잘된 일인가. 나는 깊은 곳에서 피어나는 안도감을 느끼며 계속해서 고개를 끄덕였다.

하지만 장례가 끝나고 집으로 돌아온 나는 죄스러웠다. 그의 말에 고개를 끄덕이던 식당에서의 내 모습. 그게 유난히도 많이 떠올랐다. 엄마가 죽을 때 얼마나 괴로웠을지 알지도 못하면서, 안식을 누릴 것이며 편하게 갔을 거라는 그 말을 덥석 물었느냐고. 죽는 순간 자신을 구해줄 딸을 떠올리진 않았을

지, 얼마나 숨이 막혔을지 무서움에 떨었을지 알지도 못하면서 평안함과 안식이라는 말로 그 죽음을 뭉칠 수 있냐고. 사실은 엄마가 죽은 게 속시원해서 그런 것이 아니냐고. 딸인 네가 '편안한 죽음'이라는 불확실한 말에 동의하면 안 되는 것 아니냐고. 죄책감이 커질 때마다 눈앞에 자꾸만 엄마가 나타났다. 입관식 때 보았던 핏기 없는 엄마의 얼굴과 죽어 있던 몸이 자주 떠올랐다. 밤이 되면 잠에 들지 못했고, 어두울 때마다 떠오르는 엄마의 얼굴 때문에 한동안 새벽에는 화장실을 가지 못했다. 그럴 때면 나는 죽음이 찾아온 엄마의 상태를 그리며 숨을 참아보기도 했고, 간이 위치한 오른쪽 배 밑을 세게 누르며 얼마나 아픈지 느껴보았다.

10월 말 벽제는 유난히도 추웠다. 대부분의 사람들이 두꺼운 패딩이나 코트를 입고 겉에 숄을 걸치고도 덜덜 떨었다. 식당에서 식사를 마친 사람들과 함께 공동대기실로 갔다. 대기 시간이 유난히 길어지자 나이가 지긋한 여자들의 대화 소리 또한 커졌다. 엄마가 살아 있을 때 엄마를 '영숙이'라고 불렀던 사람들. "아이고 별일이다, 벌써부터 이렇게 추우면 12월은 어떻게 견딜까. 날이 추워지니까 죽는 사람도 늘어나는가봐."

"그럼, 날이 춥고 안 춥고가 얼마나 중요한데. 이맘때면 늘 노인들이 하나둘씩 가잖아. 내 딸네 시댁도 이번에 시할머니, 외할머니 줄초상을 치렀어." 그때 스피커에서 엄마 이름이 불리며 화장이 시작될 거라는 안내방송이 나와 사람들과 함께 관망실로 이동했다. 8번 관망실, 그곳에서 나는 엄마의 관이 화장로에 들어가는 것을 유리창 너머로 보았다. 관이 들어가 문이 닫히는 순간까지 눈을 떼지 않아서 그런지 눈이 시렸다. 한동안 눈을 감고 있어야 했다.

관망실 안에서 나는 시어머니와 함께 자리를 잡고 앉아 있었다. 그녀는 삼일장 내내 장례식장을 오갔고, 화장터까지 따라와주었다.

"어머니 안 피곤하세요?"

"내가 뭘, 네가 피곤하지. 그나저나 솔이는 잘 있니?"

"큰언니가 봐주고 있어요."

"감사하다, 얘. 그 어린애를 여기까지 어떻게 데리고 와. 가면 꼭 감사하다고 해라."

그때 내 앞의 여자가 성난 얼굴로 나를 불렀다. "얘, 시영아." 어릴 때 우리집에 자주 찾아왔던 그를 엄마는 언니라고 불렀었다. 내가 이모라고 불렀던 그는 말투가 살갑진 않았어도 유난히 엄마를 찾았다. 엄마가 버릇없이 말할 때면 "얘가 아주 지질 않네, 언니를 이겨 먹을라고?"라며 받아치면서도 엄마 옆에 자리를 꿰차고 앉아 끊임없이 말을 시키고 엄마의 등을 두들겼다. 명절에 엄마가 술에 취해 보이지 않으면 "영숙이 어딨니, 영숙이" 하며 제일 먼저 찾는 것도 그 이모였다.

"얘, 시영아. 니네 엄마 왜 죽게 된 거라니? 술 먹다 그랬니? 네 애미가 바보야, 바보. 바보라니까……."

안타까움과 속상함을 넘어서 화가 서려 있는 얼굴이었다. 쉰일곱. 다른 이들보다 이른 죽음을 이렇게 갑자기 맞이한 게 엄마의 탓이라 여겼던 그는 이미 떠나고 없는 엄마를 대신해 딸인 나를 혼내고 있었다. '네 애미가 바보지 바보'라는 그의 말은 끝이 났지만 사라지지 않은 채 작은 관망실 안을 두둥실 떠다녔다. 무엇보다 내 옆의 시어머니는 그 말을 듣더니 아무 말도 하지 못한 채 놀란 눈을 하고서 고개를 좌우로 돌리며 눈치를 보았다. 그녀는 엄마에 대해 잘 알지 못했다. "장모님이 평소에 지병이 있었고 그게 최근에 악화되셨어요. 그래서 돌아가셨어요"라고 그녀에게 말해두었다는 남편의 말을 내가 전해들었을 뿐이다.

맞춰지지 않길 바랐던 내 엄마에 대한 퍼즐. 그녀는 그 퍼즐을 맞췄을까. 남편의 가족에게 나는 언제나 서너 조각이 부족해 맞추지 못하는 퍼즐이었다. 일부러 엄마의 사정을 숨긴 것은 아니었다. 그렇다고 모든 걸 솔직하게 나 말한 것도 아니었다. 상견례 때 자기 말만 하던 그 사돈, 어딘가 불안해 보이고 자기연민이 가득해 보였지만 혼자 딸을 키워서 그런 거라 생각했던 그 사돈, 하지만 결혼식날 갑자기 아파서 오지 못한다던 그 사돈, 그러다 갑자기 죽어버린 그 사돈에 대한 의아함을 이제 풀 수 있게 된 걸까. 은연중에 감추고 싶었던 내 치부, 엄마의 알코올중독과 그로 인한 죽음이 이렇게 밝혀질 것은 예견된 수순이었을까. 하지만 시댁의 두 어른은 전처럼 엄마가 죽은 후에도 내게 엄마 이야길 꺼낸 적이 없다.

한 시간 뒤 수골실에서 엄마의 유골이 담긴 함을 받았다. 남자 대여섯이 낑낑대며 들던 그 관 속의 엄마는 이제 유골함 안에 든 한 줌의 가루가 되었다. 엄마의 유골함을 들고 버스로

이동하자 내가 타려는 버스 뒤로 쭈욱 줄을 선 자동차들의 매연이 얼굴로 들이쳤다. 버스에 타는 내 어깨를 매만지고 시영아, 라고 말하는 친구들. 그 손짓은 사실 내게 별 의미 있게 다가오지 못했다. 그 어떤 위로나 안타까움으로도 전달되지 못했다. 나부터가 정작 엄마가 죽었고 그 뼛가루를 들고 있는 이 상황을 어떻게 받아들여야 하는지 몰랐기에, 엄마의 죽음에 대한 그 어떤 반응도 내게는 정확하게 다가오지 못했다.

화장터에서 가까운 납골당에 도착하자 3일 동안 함께했던 사십대 중후반의 장례지도사가 말했다.

"미리 납골당에 좋은 자리를 맡아달라고 장례 첫날 연락을 드려놨습니다. 어머님께서는 따님 눈높이의 4단, 크리스천들이 모여 있는 코스모스홀에 안치되실 겁니다."

그는 처음부터 그랬듯 모든 발화에 어떤 감정을 조금도 싣지 않고 정보 전달에만 충실했다. 납골당에 유골함을 넣었다. 유골함에는 이름을 중심으로 좌측에는 출생일시가, 우측에는 사망일시가 적혀 있었다. 그 유골함 앞에 모두가 모여 인사한 후 그곳에서 나왔다. 바람이 찼다. 모두 버스에 오르기 전 나와 남편이 각각 한 사람씩 찾아가 지금까지 함께해주어 감사하다는 말을 전했다. 납골당 앞에서 자기들끼리 모여 떠들고 있는 대학 동기들에게도, 납골당 구석에 모여 있는 고양이들 주변으로 가서 '귀여워 귀여워'를 연발하던 후배들에게도, 내 옆을 바짝 붙어 따라다니던 시어머니에게도, 사흘 내내 부의금을 받아주던 형부들에게도, 마지막으로 운구 기사님에게 감사하다는 말을 전했다. 그리고 나는 다시 버스에 올랐다. 이제 정말 끝이라고 생각했다. 이제 막 9개월이 된 아이가 있는 집으로 향했다. 아이가 너무 보고 싶었다.

시 작 하 는

마
음

승진을 했다. 나이에 비해 빠른, 전례없던 승진을 도와준
꽤 높은 임원 둘이 우리집에 찾아왔다. 엄마는 밤 12시가 넘도
록 이어지는 그들의 술자리에 안주를 대느라 주방에서 계속 서
있었고, 중간중간 그들이 앉아 있는 테이블로 가서 말했다.

"시영이 승진 도와주셔서 감사해요. 드시고 싶은 것 있음
말씀하세요."

술자리는 새벽이 지나도록 이어졌다.

"이제 가셔야죠, 본부장님. 늦었어요. 몸 상하시겠어요."

"그런 걱정은 시영 매니저가 할 게 아니야. 이렇게 좋은 날 우리 같이 마셔야지."

결국 새벽 6시에 설정된 내 핸드폰 알람이 울리고 나서야 그 자리는 끝이 났다. 꿈이었다.

초등학교 5학년 때 전교 임원 선거에 나간 적이 있다. 엄마와의 거래였다. 학교에서는 3박 4일간 떠나는 수련회를 3개월 앞두고 학생들에게 수요조사를 했다.

"시영아, 수련회 가서 무슨 일이 생길 줄 알고. 혹시 사고라도 나면……."

"무슨 소리야 엄마, 애들 다 가고 선생님도 가는데. 우리 반 애들 다 가는데 나만 빠지라고?"

"시영아, 수련회 빠지면 대신 원하는 거 엄마가 들어줄게."

끝까지 수련회에 간다고 밀어붙일까 생각하던 그 순간 머리에 떠오른 건 바로 '전교 임원 선거'였다.

"엄마 나 전교 부회장 선거 나가게 해줘."

무엇을 사달라거나 어디 보내달라는 것도 아니고 임원 선거에 나가게 해달라는 나의 요구. 학급 임원이야 3-4학년 때

한두 번 정도 해봤지만 전교 임원은 그것과 차원이 달랐다. 삼사십 명 되는 한 반이 아니라 4학년에서 6학년까지를, 거의 천 명에 가까운 학생들을 상대로 선거활동을 해야 했고 당선됐다고 해서 끝이 아니었다. 전교 임원이 된 아이를 둔 부모들은 온갖 학교 행사에 불려다니며 찬조라는 명목으로 돈을 내기도 했다. 당시 열두 살이던 내가 이런 일들을 모르는 것은 아니었으며 종종 술을 먹는 엄마가 이 일들을 잘 해내리라는 확신은 더더욱 없었다. 하지만 운동회 같은 교내행사 때 강단에 서던 임원단의 모습, 다른 아이들이 모두 하교한 후 '임원단 회의'라고 써붙인 교실 문 안에서 열띤 토론을 하던 그 모습을 나도 한 번은 가져보고 싶었다.

"부회장 되면 엄마도 할일이 무척 많다는데 엄마가 해줄 수 있겠어? 학부모 모임도 있을 거고. 그런데 엄마는 술만 먹으면 인사불성이 되잖아."

"너는 꼭 그렇게 말하더라. 엄마 믿어봐. 약속한 건 어떻게든 지킬 테니까. 한번 해볼게."

그렇게 후보 등록 기간을 하루 남기고 급하게 지원서를 써냈다. 내가 지원한 여자 부회장 선거에는 나와 옆 반 여자아이까지 총 두 명이 후보 등록을 했다. 지원서를 낸 후보자들은 그날 교무실로 가 선거에 대한 설명을 들었다.

"전교 임원은 총 다섯 명이야. 알고 있지? 5학년 남녀 부회장, 6학년 남녀 부회장, 6학년 회장. 장차 학교를 이끌 전교 임원 선거, 너희도 긴장되니? 다음 주는 너희에게 힘든 시간이 될 수도 있어. 조금 빠듯하겠지만 월요일까지 '출마의 변'을 전지에다 써와야 해. 종이 우측에는 너희 얼굴이 잘 나온 사진, 큰 사이즈의 증명사진이면 좋겠네. 그 사진 아래에는 자기소개랑 너희가 '임원단이 되어 만들고 싶은 학교'에 대해 쓰면 돼. 전지는 학교 정문 앞 소식지란에 붙일 예정이야. 화, 수, 목 3일간 선거활동이 진행될 거야. 금요일은 선거 디데이. 그때까지 파이팅이다."

학생이 즐거운 학교를 만들겠습니다. 안전하고 즐거운 우리 학교. 재밌고 행복한 학교를 우리 손으로.

진부하고 뻔한 말들이었으나, 그때는 이 문장 하나를 쓰려고 얼마나 고민했는지 모른다. 내가 쓰고 엄마가 검수한 연습장 속 출마의 변을 전지에 옮겨 쓰는데, 넓은 전지 위에서 글씨가 자꾸만 기울어졌다. 서너 장을 버리고 유성매직 냄새에 머리가 아프기 시작할 때 즈음 엄마가 50센티미터 자를 들고 왔다. "시영아 잠시만." 엄마는 바닥 장판에 놓인 종이 위에 무릎을 꿇고 엎드린 다음, 자를 대고 연필로 선을 긋기 시작했다. 횡으로 희미하게 그은 줄은 일정한 간격을 유지했다.

"아유, 이런 것도 오랜만에 하려니 팔 아프다, 얘. 딸 때문에 이런 것도 해보네."

나는 엄마가 그린 연필 선을 위아래로 두고 그 안에 글씨를 채워넣었다. 마지막으로 엄마는 종이가 찢기지 않도록 조심스럽게 연필 선을 지우개로 지웠다.

월요일 아침, 완성한 전지를 교무실에 제출했는데 하교할 때 보니 학교 소식지 게시판에 나와 최새론이라는 아이의 종이가 '전교 부회장 후보' 칸에 나란히 붙어 있었다. 늘 주름진 스커트에 흰 스타킹과 까만 에나멜구두를 신고 다니는 아이. 그 아이의 전지에는 하얀 블라우스를 입고서 찍은 큰 사이즈의 세련된 증명사진이 붙어 있었고, 그 옆에는 우리집 마당의 활짝 핀 분홍색 철쭉꽃 옆에서 초록색 티셔츠를 입고 개구진 자세를 취한 내가 환하게 웃고 있었다.

선거활동은 등하교 시간과 쉬는 시간 틈틈이 이뤄졌다.

'기호 2번 한시영' '즐거운 학교를 만들자'라는 글자가 적힌 팻말을 친구들과 들고 다니며 친구들에게 인사했다. 같은 반 아이들과 다른 반에 흩어져 있던 내 친구들 대여섯이 모여 선거활동을 도와주었다. 쉬는 시간마다 친구들은 마치 자기 가족이 국회의원 선거라도 나가는 양 팻말을 들고 내 이름을 부르며 복도를 쏘다녔고, 종종 '기호 1번 최새론'이라는 팻말을 든 아이들과 자그마한 신경전을 벌이기도 했다. 친구들은 이 기간 동안 학교가 끝나면 우리집으로 왔다.

"야, 최새론 팻말 봤어? 색종이로 이름을 잘라 붙이니까 눈에 엄청 띄더라?"

아이들은 우리집 바닥에 배를 대고 엎드려 선거활동에 필요한 포스터나 팻말을 손보았다. 엄마도 이 기간만큼은 술을 먹지 않았다. 꿈에서 승진을 도와준 임원들에게 계속 안주를 내왔듯, 모인 아이들을 위해 주방에 서서 뭘 자꾸만 만들었다. 닭다리살을 튀김가루에 묻혀 닭튀김을 만들고, 냉동실에 있던 떡국 떡을 찬물에 담근 다음 케첩과 고추장을 반반씩 넣은 떡볶이를 만들어주었다. "아줌마가 한 게 저희 엄마 것보다 맛있어요!"라고 말하는 아이들을 보며 엄마는 자주 웃었다.

개표 결과, 나는 작은 차이로 전교 부회장에 당선되었다. 전교 임원이라는 타이틀은 어린 나에게 자부심과 특권의식을 주었다. 마치 반에서 선생님의 편애를 받는 학생이 된 느낌. 학교 이름으로 진행하는 기부와 봉사활동에 참여했고, 행사에서는 다른 아이들보다 먼저 진행표를 받아볼 수 있었다. 수업 중에도 종종 앞문이 열리며 "전교 부회장 한시영, 잠깐 교무실로" 하고 6학년 회장 언니가 나를 부르기도 했다.

격주로 있는 전교 임원 회의에서는 임원단 언니, 오빠들과 함께 안건에 대해 토의했고, 그럴 때면 꼭 내가 중요한 사람 같았다. 내가 하고 있는 일이, 나와 관계 맺은 이 대단해 보이는 사람들이 마치 나인 것처럼 느껴졌으니까. 하지만 거기까지였다. 임원단의 부모 역할은 생각보다 물질적, 시간적 에너지가 많이 드는 일이었다. 임원단 회의에서 우리가 먹는 간식들은 부모들이 돌아가며 준비했다. 학교에 무슨 일이 있을 때면 가장 먼저 임원단 부모들이 나서서 돈을 모금하고 해결방안을 찾았다.

"시영아, 엄마 많이 바쁘시니? 통 연락이 되지 않으셔서. 엄마에게 이날 좀 오시라고 전해줄래?"

학교에 찾아온 임원단 부모 몇몇은 내게 엄마를 찾았고 나는 그저 "엄마 좀 바쁘셔서요"라는 대답을 할 뿐이었다.

다른 엄마들이 회의 때 먹으라고 사온 간식들. 햄버거와 땅콩크림빵과 소보로빵, 팩에 든 오렌지주스가 어느 순간부터 목구멍에 잘 넘어가지 않았다. 전교 부회장을 해놓고 엄마가 학교도 오지 않는데, 이것들을 넙죽 먹는 건 어린 내 눈에도 염치가 없어 보였으니까. 임원단 회의 때도, 교내행사에 전교 임원들이 모이는 시간에도 나는 점점 말수를 잃었다. 엄마가 미웠다. 엄마를 믿으라는 말만 믿고 선거에 나가, 덜컥 당선되어 매번 '엄마 어디 계시니, 바쁘시니'라는 말을 듣는 내 자신도 덩달아 미웠다.

오늘 아침, 알람 소리를 듣고 깨어난 후 가장 먼저 들었던 생각은 '그래서 그 많은 설거지, 새벽 내내 안주를 만들고 내오느라 생겼을 그 설거지는 누가 했을까'였다. 시작은 했어도 끝을 내지 못하는 엄마. 꿈에서 깨어나 회사를 가기 위해 샤워하는 와중에도 설거지를 해야 할 그릇들이 싱크대에 쌓여 있는 기분이 들어 욕실에서 나와 슬쩍 개수대를 들여다보았다.

엄마가 데려온 햄스터가 결국 오랫동안 갈아주지 않은 톱밥 사이에서 죽었을 때, 매주 기다리던 학습지 선생님과의 방문수업이 예고 없이 끊기고, 엄마를 찾는 아줌마들의 물음 앞에서 나는 매번 상실감과 난감함을 맞닥뜨려야 했다. 하지만 내 감정들에 가려져 있던 엄마의 마음은 무엇이었을까. 믿고 싶지만 믿을 수 없는 양육자를 가진 내가 평생 마음속에 키워 온 원망과 미움 때문에 보지 못했던 엄마의 '시작하는 마음'을, 나는 이제야 겨우 본다. 방금 튀긴 뜨거운 닭튀김과 전지 위에 연필로 흐릿하게 그어져 있지만 분명히 존재했던 일정한 간격의 선들. 난감함과 곤란함에 가려져 보이지 않던 것들. 유지하고 마무리할 능력 없이, 그럼에도 불구하고 엄마가 내게 주고 싶었던 것은 무엇이었을까. 이제야 나는 그 마음에 대해 생각해본다.

복강경

수술

5일 만에 집에 오니 그새 집 냄새가 낯설다. 수술 후 많이 걸어야 장 유착 가능성이 줄어들고 회복도 빠르다는데 조금만 걸어도 숨이 찼다. 퇴원 후 집에 온 다음 날, 아침이 되자 남편이 아이들을 챙겨 나갔다. 한참이 지나서야 침대에서 일어나 좀 걸었다. 아이들 방에는 아직 두 아이의 온기가 그대로다. 정리되지 않은 이불을 보니 자면서도 뒤척였을 아이들의 통통한 팔다리를 보는 것만 같다. 침대 가드 틈으로 빠져나온 이불에 가까이 코를 대자 불과 1-2초 만에 코가 막히고 눈물이 흐른다. 드디어 집에 왔다는 안도감 때문인지, 매 순간 생기 있는 아이들과 지금 내 처지가 대비되어서인지. 아프니까 살기 싫다고 생각해버렸던 나 자신에 대한 말 못할 감정으로 눈물이 자꾸만 흐른다.

며칠 전, 아이들을 재우고 침대에 눕자 갑자기 배가 아파왔다. 곧 잦아들 거라 생각했지만 시간이 흐를수록 복통이 심해졌다. 한두 시간 정도 지났을까. 몸에 한기가 들고 구역질이 나왔다. 한참을 변기 앞에 쭈그리고 앉아 헛구역질을 하다가 병원으로 향했다. 오른쪽 배가 아프니 맹장일 거라 생각하며 남편과 향한 대학병원 응급실에서 CT 촬영을 했다.

"우측 난소 낭종이 파열된 상태네요. 교통사고 같은 외부 압력이 없었다면 내부에 어떤 원인이 있었을 텐데, 우선 응급 수술이 필요합니다."

난소에서 흘러나온 피가 배 속에 꽤 많이 고여 있는 상태라고 덧붙인 의사는, 응급수술이 필요하다면서도 코로나 음성 결과가 나와야 수술이 가능하다고 했다. 나는 진통제 세 팩을 맞아가며 하루를 꼬박 기다린 끝에 다음 날 아침 겨우 수술을 받을 수 있었다.

"수술은 잘 됐습니다. 난소를 잘 봉합했어요. 복강경수술 환부도 큰 변수가 없다면 잘 아물 겁니다. 걱정 마세요."

수술이 잘 되었다는 의사의 말에 내가 할 수 있는 대답은 그저 감사하다는 말뿐이었다.

수술 직후 가장 불편했던 것은 복부 팽창감과 환부의 통증이었다. 내 것과 다른 이의 것이 구별되지 않는 고통 가득한 병실 속 신음 소리의 틈바구니에서, 수술을 끝낸 의사와 다르게 환자로서의 나의 시간은 이제 막 시작이었다. 풍선처럼 부풀어 있는 배는 복강경수술을 위해 가스를 주입했기 때문이라고 했다. 회복 후 많이 걸어야 가스가 체외로 나갈 수 있다는 말을 들었으나 배가 터질 것만 같아 쉽게 일어설 수가 없었다. 절개한 수술 부위인 배꼽 말고도 내 오른쪽 옆구리에는 또 다른 구멍을 통해 얇은 호스가 연결되어 있었고 그 끝에는 배액관이 달려 있었다. 수술 후 복강 안에 차오르는 분비물과 혈액을 음압으로 빼내기 위한 용도라고 간호사가 설명해주었다. 투명하고 동그란 통에는 내 새빨간 혈액이 그대로 보였고, 의도적으로 시선을 돌렸으나 어쩌다 그 새빨간 피가 가득찬 통을 마주할 때면 늘 괴로웠다.

늘상 내가 자연스럽게 해냈던 일들. 아이들을 먹이기 위해 장을 보고 요리하는 일. 몸이 뻐근할 때면 매트를 펴고 요가를 하며 몸의 긴장을 풀었던 일. 회사 동료들과 점심 메뉴를 고르고 식사 후에는 커피를 마셨던 일. 일과 육아, 정신없는 가운데 시간을 쪼개어 책을 읽고 글을 썼던 시간들. 며칠 전의 나와 지금의 나 사이의 간극이 아득하게만 느껴진다. 불과 얼마 되지 않은 그 시간들이 내 것이 아닌 듯 낯설었다. 그 일상을 되돌리는 데 많은 시간과 노력이 필요할 거라는 생각이 드니 마음이 조급해졌다. 더군다나 퇴원 후에는 회복이 덜 된 몸이래도 평소처럼 아이들을 챙겨야 한다는 압박감에 병원에서도 편하지가 않았다.

수술 다음 날, 갑자기 온몸이 처지고 눈동자가 자꾸만 뒤로 넘어갔다. 놀란 남편이 급하게 의료진을 불렀고, 그들은 큰소리로 내 이름을 부르며 뺨을 때렸다. 그들의 소리가 들렸지만 반응을 할 수 없었다. 하지만 신기하게도 그 순간의 기억은 또렷하다. 그때 나는 말할 수 있음에도 일부러 대답하지 않는다고 여겼다. 어떻게든 의지를 발휘하면 대답도 하고, 눈도 제대로 뜨고, 정신을 차릴 수 있는 상태였다고 기억하지만 실상은 그러지 못했다. "대답 좀 해보세요!"라는 의료진의 말에 응하고자 애를 썼어도 목소리는 나오지 않았다. 혀와 눈동자처럼 내 몸의 작은 기관조차 내 맘대로 움직이지 않았던 순간. 나를 압도하는 신체 반응 앞에서 무력했다. 몇 분에 걸친 의료진의 처치로 호흡과 맥박, 혈압을 정상 수치로 되찾았다. 의사는 오랜 기간 이어진 복강 내 출혈로 빈혈 수치가 나빠졌고, 그것 때문에 쇼크가 온 듯하다고 말했다. 아직 완전히 회복된 것이 아니었기에 비슷한 증상이 언제든 다시 찾아올지도 몰랐다. 나는 그 탓에 잠을 자는 순간에도 보초를 서는 듯 의식을 놓지 않으려 노력했다.

늘 나의 것이었던 몸. 몸은 언제나 내가 원하는 대로, 내 계획과 의지에 따라 움직여야 하는 대상이었다. '나는 내 몸을 완벽하게 통제할 수 있다'라는 생각은 내가 만들기도, 혹은 외부로부터 들어와 내 안에 차곡차곡 쌓인 메시지이기도 하다.

'노력을 안 해서 그래. 저 사람의 불행은 어쩌면 본인에게 이유가 있을 수도 있어. 의지가 있다면 그렇게 했겠지.'

한국에서 초중고를 나와 대학에 입학한 내게 경쟁은 체득된 질서이며 법칙이었다. 대학 졸업 후 다시 한번 경쟁의 관문을 뚫고 회사에 입사했고, 그 안에서도 늘 다른 이와 경쟁하는 구도 속에 놓여 있었다. 그럴 때마다 나의 몸은 운좋게도 내게 주어진 과업을 곤잘 수행해왔다. 큰 문제나 소란 없이. 나는 내 노력뿐 아니라 좋은 타이밍과 보이지 않는 도움들로 인해 그간 좌절보다 성취를 좀더 경험했다. 그 성취의 증거로 획득한 사회적 성과물들, 즉 출신 학교나 직장 등은 내가 '이 사회에서 어떤 자리를 차지해냈다'는 어떤 상징이었다. 경쟁의 논리가 스며든 몸을 가진 나는 실패나 패배를 의지와 쉽게 연결짓기도 했다. 의지와 노력이 있다면 어려움을 극복할 수 있다고 생각했던 내게, 의지와 노력만으로 되지 않는 영역이 있다는 사실이 이제야 내 몸을 통과한다. '할 수 있지, 하면 되지.' 내 안의 패턴처럼 새겨져 있던 생각들이 신음으로 가득찬 6인실 병동에서 힘을 잃어갔다.

'느리고 불편한 몸을 가진 나'를 견뎌내는 시간이 내게는 참으로 어렵다. 포털 사이트에 검색한 수술 후기를 보며 그들보다 회복이 느린 내 컨디션을 원망하지 않고, 내 몸의 속도에 마음과 생각을 맞춰야 했다. 타인이나 내 의지가 아니라 내 몸의 속도에 모든 것을 맞추는 일……. 그것에도 수많은 시행착오와 연습이 필요하다는 것을 이제야 알게 된다. 들려오는 말이나 책에서 읽은 문장으로는 채울 수 없는 것, 실제로 몸을 통과해야 배울 수 있는 시간을 나는 지금 겪어내고 있다.

여기서 갑자기 마음이 철렁해지는 것은 혹시라도 '내가 사랑했던 사람의 고통이 이런 것은 아니었을까' 하는 지점이다. 실은 잘하고 싶었는데, 누구보다 잘해내고 싶었는데, 마음만큼 따라주지 않은 몸을 가지고 있었던 것은 아닐까. 그녀를 지나치게 미워했던 마음과 그녀를 탓하며 썼던 글들이 떠올랐다. 의지가 없어서, 노력하지 않아서 술을 끊지 못한다고, 나를 사랑하지 않기에 술을 마신다고 생각했던 엄마에 대해. 엄마의 몸이 혼자 힘으로는 이겨내기 어려운, '중독'이라는 질병의 상태라는 것을 더 일찍 알았다면 어땠을까. 여성이 정신질환으로 병원을 찾는 것조차 어려웠던 그 당시 그녀가 느꼈을 막막함. 그 막막함을 안고서, 어떤 형태의 돌봄이 되었든 나를 키워낸 엄마. 그때의 젊은 엄마를 다시 만날 수 있다면 지금의 나는 무슨 말을 하게 될까.

수술이 끝나고 다 회복이 되었어도 1년간은 치료를 받아야 한다고 했다. 난소 낭종은 재발률이 높아 향후 치료가 중요하다며 낭종이 발생하지 않도록 난소를 자극하지 않는 일, 즉 배란을 막는 호르몬 치료를 하게 될 것이라고 의사는 말했다. 병원에서는 퇴원 후 이틀째부터 샤워가 가능하다고 했다. 바로 오늘이다. 조심조심 뜨거운 물로 머리를 감고, 주사 바늘을 고정시켰던 반창고의 끈적끈적한 흔적을 몸에서 닦아내고, 젖은 머리를 드라이기로 말리면 기분이 조금 더 나아질 것이다. 몇 시간 뒤 집에 오는 아이들에게 "왔어? 엄마가 너희 정말 보고 싶었어"라며 안아주고 싶다.

그 글은

저
에
대
한

배
반
이
거
든
요

　"여기가 원래 백제 땅이었는데 고구려가 내려오면서 고구
려 땅이 됐다가, 다시 신라 땅이 됐어. '바보 온달' 이야기 읽어
봤지. 그 고구려 온달이 바로 여기서 화살을 맞아 죽었대."

　"엄마, 여기 엄청 큰 사마귀 있다."

　온달이 화살을 맞아 죽었든, 그게 고구려 땅이든 신라 땅
이든, 그건 모르겠고 그저 사마귀가 신기한 아이다. 아이들과
여름휴가로 소백산에 올랐다. 산이 좋았다. 남편과 연애할 때
청계산을, 신혼 때 지리산을 오르며 만약 우리가 아이를 낳았

는데 딸이면 솔, 아들이면 산으로 하자고 정한 뒤 태어난 아이
가 첫째 솔이다. 아이는 요즘 왜 자기는 친구들과 다르게 이름
이 한 글자냐며, 이름을 왜 이렇게밖에 못 지었냐며 핀잔을 준
다. 야야, 네 이름이 얼마나 예쁜지 아냐. 엄마랑 아빠가 산에
서, 어? 걷다가 소나무를 보고 너무 예뻐서, 어? 굴러가던 솔방
울을 보다가 말이야…… 이렇게 긴 변명을 시작할 때면 아이
는 자기가 생기기도 전, 그 먼 서사의 처음에 대해 눈을 반짝
거리며 듣는다.

　　코끝이 시린 겨울, 날이 밝아오면 엄마는 하얀색 대야에
따뜻한 물을 받아왔다. 잠이 덜 깨 멍하게 앉아 있는 나를 침
대에서 끌어내린 후 내 목 뒤로 수건을 둘러 목덜미에 끼워넣
고 세수를 시켰다. 마지막엔 '흥' 하면서 내 코에 손을 갖다댔
는데 나는 그 말에 맞춰 코를 풀었다. 목에 두른 수건으로 얼
굴을 닦으면 세수가 끝났다. 잠에서 덜 깬 상태에서는 그것이
아무리 따뜻한 물이어도 얼굴에 닿는 것이 유쾌하지 않았으
나, 김이 모락모락 나는 대야의 귀퉁이를 두 손으로 잡은 채
조심스레 안방으로 걸어들어오는 엄마의 구부정한 모습은 흐

릿하지만 아이러니하게 선명했다. 엄마는 나를 씻길 때면 몸을 어떻게 구석구석 닦아야 하는지, 좌욕은 어떻게 하는 것인지, 생리대를 버릴 땐 어떻게 해야 하는지 등 사실은 먼 미래에나 필요할 삶의 전반적인 노하우에 대해 이야기했다.

"세수할 때는 귀 뒷바퀴를 빡빡 씻어야 해. 여기서 냄새가 나는 거야."

"대야에 뜨끈한 물을 받아놓고 아랫도리를 담가야 해. 오랫동안."

"생리대를 버릴 땐 돌돌 말아서 새로 가져온 생리대 포장 비닐로 꽁꽁 싸매야 된다?"

이런 것들을 말하는 엄마는 마치 엄청난 영업 비밀을 풀어놓듯 비장해졌는데, 초등학교에 입학한 첫째에게 스스로 샤워하는 법을 알려줄 때 쓸데없이 비장해졌던 나를 떠올리면 자연스레 엄마의 모습이 내게 겹쳐 보였다.

그렇게 몸과 마음을 채워주던 엄마는 늘 갑자기 사라졌다. 시장을 간다고 혹은 친구를 만나러 나간다고 말하고는 술에 취해 들어오거나 아무 연락 없이 며칠 동안 돌아오지 않았다. 엄마도, 사촌언니들도 없이 할머니 할아버지와 보내야 하는 시간은 참 많았지만 그 공백이 익숙해진 적은 결코 없었다. 할머니와 함께 〈6시 내 고향〉을 보고, 일일드라마를 보고, 저녁을 먹어도 엄마가 오지 않으면 할아버지에게 천 원짜리 지폐를 두 개 받아다가 조립식 장난감을 사러 슈퍼에 갔다. 장난감 안에는 쿠키나 젤리가 들어 있었으나 내 관심사는 아니었다. 손가락을 움직여 한동안 집중할 어떤 것이 필요했으니까. 하지만 그것도 잠시뿐이었다. 슈퍼에서 파는 것들은 왜 이렇게 하나같이 조악한지, 30분 이상을 가지고 놀면 금방 지루해졌다. 장난감을 조립하며 집중했던 시간이 길수록 완성한 후 느끼는 막막함도 커졌다. 이걸 다 맞췄는데도 엄마가 오지 않을 때면 오랫동안 참았던 눈물이 터져나왔고 그런 나를 할머니가 무릎에 앉혀 안아주었다. 할머니에게서 나는 냄새는 엄마의 것과 달라 엄마가 없다는 사실이 더욱 분명해지는 바람에 울음은 더욱 거세졌었다. 한동안 자리를 비웠던 엄마는 술에서 깨면 언제 그랬냐는 듯 어떤 사과의 말도 없이 '엄마'라는 자리를 찾아나갔다. 그럴 때면 서러움보다도 그간 허기졌던 마음을 채우기 위해 엄마의 속도에 맞춰 빨리 걸었고 그렇게 서두른 마음의 속도는 체기로 남아 꽤 긴 시간 동안 나를 괴롭혔다.

여름에 샤워를 하고 나서는 종종 엄마와 밤 산책을 나갔다. 머리에 물기를 머금은 채 맞는 밤바람에서는 방금 감은 샴푸 향이 느껴졌다. 집에서 나와 길을 건너, 짙은 주황빛 가로등이 하나만 켜진 어두운 골목을 지나면 새하얀 불빛이 환한 시장이 나왔다. 시장에 가지 않는 날이면 집에서 가까운 초등학교 운동장에 갔는데 우리 말고도 운동하는 사람들은 모두 약속이라도 한 듯 같은 방향으로 빙글빙글 운동장을 돌고 있었다. 밤 산책에는 종종 친구들을 우연히 만나는 즐거움도 빼놓을 수 없었다. 엄마가 있어서 그들과 더 오래 이야기하지 못하고 헤어져야 하는 상황은 아쉬웠는데 그게 주는 안타까움이 좋았다.

오후 느지막이 집으로 전화가 올 때면 대개 두 가지였다. 술에 취한 엄마가 여기 있으니 데려가라는 전화, 혹은 시장에서 짐을 많이 든 엄마가 도움을 요청하는 전화. 엄마가 드는 짐들은 주로 열무나 얼갈이, 배추같이 시장에서 파는 채소들이었다. 요 앞 사거리에서 만나기로 하고 전화를 끊은 후 급하게 신발을 꺾어 신고 나가면 오히려 너무 일찍 나온 탓에 한참이나 엄마를 기다린 적도 있었다. 나는 저 멀리 희미한 실루엣으로도 엄마를 알아볼 수 있었는데, 엄마에게서 무언가 가득 담긴 까만 비닐을 넘겨받을 때 본 엄마의 손목에는 가느다란 비닐 끈 자국이 나 있었다.

"뭘 또 이렇게 많이 샀어?"

"너도, 할머니도, 언니들도 먹이면 좋잖아."

"뭐 만들려구? 이거 다듬는 것도 오래 걸리겠다."

"열무김치. 하루 정도 익히면 맛있을걸. 너 소화 잘 못 시키잖아. 이런 거 여름에 먹으면 좋아."

엄마는 그렇게 들고 온 채소들로 열무김치, 얼갈이김치, 나박김치, 겉절이 등을 만들었고, 그 김치들은 큰 김치통에 담겨 당시 3학년이던 나의 담임 선생님에게 전해지기도 했다. 그 일은 대부분 사람이 없는 오후 3시쯤 이뤄졌는데, 엄마는 선생님의 차 트렁크에 김치통을 실어주었고 나는 망을 보았다. 그런 일이 있고 며칠 뒤에 선생님은 주로 위아래 세트인 세련된 아동복들을 내게 선물해주었다. 다음 날 그 옷을 입고 학교에 가면 선생님은 쉬는 시간에 내게로 걸어와 "시영이 옷 잘 어울리네"라는 말을 속삭이고 갔다. 선생님과 나만 아는 비밀이 생겼다고 생각하면 뒤통수가 찌릿한 느낌과 함께 얼떨떨하기도 했으며, 살얼음을 걷는 듯 불안한 느낌도 지울 수가 없었다. 나에게 유난히 다정한 선생님을 대할 때면 빨간 다라이 위에서 분홍 고무장갑을 낀 채로 김치를 뒤적이던 엄마 생각이 났다. 그리고 엄마는 여전히 갑작스레 사라졌고, 엄마가 없어진 자리와 시간을 견디는 나만 남아 있었다.

이만큼이나 글을 써놓고 이제 와 의문을 가지는 것이 한편으로는 우습지만, 요즘 나는 부쩍 '나는 왜 불행을 쓰는가'라는 생각에 자주 멈춰 선다. 그런 시절을 딛고 일어서서 이 정도로 살게 됐으면 된 것 아닌지. 굳이 그런 기억들을 왜 꺼내어 쓰는 걸까. 미술관에 그림을 걸어놓듯 나의 고통을 걸어놓고 전시하는 까닭이 무엇인지 내 자신에게 자주 물었다. 2년 전, 글쓰기 수업에서 엄마에 대한 글을 써서 낭독한 적이 있다. 합평시간에 한 학인이 내게 물었다.

"엄마를 끝까지 포기하지 못한 이유가 뭔지 궁금해요. 저라면 진즉에 포기했을 것 같거든요. 그런데 그러지 않고 끝까지 엄마에게 불려다녔잖아요. 분명 엄마와 좋았던 순간도 있었기에 그리하셨을 것 같은데, 글에 엄마와 좋았던 시간들을 쓰면 어땠을까요?"

그 질문에 나는 이렇게 답했다.

"그건 저에 대한 배반 같아서요."

내 어린 시절은 어른들의 불행이 곧 나의 것이 되던 날들로 가득했다. 이유도 모른 채 부모와 가족의 운명을 받아들여야만 하는 어린아이. 내 뜻과 상관없이 어른들에게 선택을 내맡긴 채 그들이 운전하는 서툰 차에 올라 불행의 늪으로 빠져들었다. '재수없는' '딱한' '불쌍한' '팔자가 사나운' 같은 수식어들이 붙었던 나의 어린 시간들. 그렇지만 불행 덕분에 알게 된 것들도 있다. 불행 덕분에 보이는 것들. 불행했지만 불행하지만은 않았던 시간들이 있다.

아침에 자고 일어난 내게 그녀가 했던 말. '자고 나면 예쁘고, 자고 나면 예쁘고…….' 10년 전 첫아이를 낳고 조리원에서 집에 돌아온 날, 내 품에 안겨 있다 눈을 뜬 아이를 보고 내가 처음으로 내뱉은 말 역시 '자고 나면 예쁘고, 자고 나면 예쁘고'였다. 오래전, 20년도 더 전에 비몽사몽 흘려들었던 그 말이 내게서 나온다. 음절 그 자체로 내게 새겨져 있던 그 말이 다시금 내 아이에게로 흘러간다. 나를 통해 내 아이에게 재현되는 그녀의 모습. 결코 부정할 수 없는 다정함과 세심함, 따뜻한 노력의 흔적들이다.

병원에는 가지 않겠다며 술에 취해 나와 할머니에게 과도를 들이대던 모습과 집에 노트북을 두고 출근한 내게 노트북을 전달하기 위해 슬리퍼만 신은 채로 서울역까지 온 그 모습을 나는 동시에 기억한다. 술을 먹고 "네 애비랑 너도 결국엔 똑같구나"라고 말하는 모습과 첫아이에게 모유 수유를 할 때 유선염으로 고생하던 날 위해 채소 반찬을 신경쓰며 밥을 차리던 모습을 나는 같이 기억한다. 그녀가 내게 남긴 비현실적인 삶의 감각. 엄마를 사랑하지 않을 수 없어서, 엄마를 믿지 않을 수 없어서 괴로웠다. 그녀의 보살핌에는 불규칙한 공백들이 있었다. 하지만 듬성듬성이라도 내게 주어진, 양육자로서 그녀가 내게 남긴 편안했던 순간들 또한 분명 존재했다.

그 불행과 다정이 뒤섞인 시간들을 글로 쓴다는 것은, 그때는 묻어두기 바빠 알지 못했던 내 감정들을 꺼내어 그것에 이름을 붙여주고 색을 입히고 냄새를 씌우면서 그때의 내가 되는 일이었다. 나의 불행을 기억하고 쓰는 일. 쓴다고 치유되는 것이 아닐지라도, 불행을 껴안을 때 비로소 내 안에 숨죽이고 있던 시간들이 숨쉴 수 있음을 느낀다. 불행이 내뱉는 숨에 의지하여 써내려갈 수 있는 시간과 글이 있다면 여전히 아프고 괴로울지라도 좋을 것이다. 불행이 숨이 되고 글이 되어 내쉬어지는 날들이 더 많이 오길. 이제는 그 학인의 질문에 이렇게 답하고 싶다.

"이제는 쓸 수 있을 것 같아요. 그가 남긴 다른 종류의 흔적들이요."

여행에서 돌아오는 길, 아직 집에 가려면 한참이나 남았는데 카시트에 앉은 아이는 허벅지가 불편하다며 칭얼대기 시작했다. 조수석에 앉아 있던 나는 안전벨트를 풀어 아이 허벅지로 손을 가져다댔다. 아이 바지 양옆에 위치한 주머니가 불룩하고 단단했다. 숲에서 주운 도토리였다.

"눈앞에 보이니까 막 줍고 싶었어. 가져가면 쓸 곳이 있을 것 같았어. 근데 너무 욕심 부렸나봐."

아이는 엉덩이를 왼쪽, 오른쪽으로 씰룩거리며 몇 번을 뒤척이다가 주머니 속에 든 도토리들을 꺼냈다. 많은 도토리들을 한 손에 올리기에 아이 손은 아직 작았다. 아이가 쥐고 있던 도토리들이 하나둘 차 바닥으로 떨어졌다. 엄마 이거 하나도 빼먹으면 안 돼, 집에 가면 꼭 다 주워서 나 줘야 돼, 알았지. 카시트에 묶여 몸이 자유롭지 못한 아이가 다급하게 말했다. 잠시 뒤 아이는 잠이 들었고 달리는 차 안에서 도토리 몇 개가 내 발 밑으로 굴러들어왔다.

엄마의

사
과
편
지

그날 알았어. 살아서 벗어나지 못한 그곳에 결국 내가 누
워 있다는 걸. 죽어서도 그곳을 벗어나지 못한 거야. 10년간
드나든 정신병원 안치실에서 나는 죽은 몸이 되어 누워 있었
지. 열흘이 넘는 장취에서 깨어나지 못할 때면 늘 이곳으로 보
내졌잖아. 입원병동이 있는 6층에서 바라본 이 병원 소유의

* 이브 엔슬러의
『아버지의 사과 편지』를
모티브로 가져왔습니다.

맞은편 장례식 건물은 늘 남의 이야기 같았는데. 그날이 끝이 될지 정말 몰랐어. 그저 살아온 대로, 마셔온 대로 술을 마신 것뿐이니까. 너희를 등지고 네 집을 나서는 순간 부끄럽게도 나는 온통 술 생각뿐이었어. 병원에서 외박을 나온 2박 3일 동안 너와 내 손녀딸 솔이와 함께하고 싶은 것도 진심이었고(이거 진짜다. 거짓말이라고 하지 말아줄래) 소주 딱 한 잔만 먹고 싶은 것도 사실이었다. 소주 한 잔으로 입을 축이면 곧바로 무거운 몸이 가벼워질 것 같았고 기분이 좋아질 것만 같았어. 변명이라고 생각하겠지, 너는. 그래도 다시 한번 말하지만 이렇게 되리라 예상하지는 못했었다.

"엄마, 교회에서 중독 세미나를 한대. 엄마가 지금 병원에 있지만 나는 엄마가 언젠가는 나을 수 있다고 생각해. 솔이랑 엄마 데리러 갈 테니 외박 나와서 3일 동안만 같이 들어보자."

병원으로 걸려온 전화로 너는 이렇게 말했어. 착한 나의 딸. 늘 나를 병원에 집어넣었다고 "나쁜 것, 못된 것. 너같이 못된 것은 없을 거야"라는 말들을 너에게 했지만 나는 안다. 너는 마음이 약한 아이라는 걸. 그래서 술 먹는 나를 놓지 못했던 거겠지. 내가 나을 수 있다고 생각한다는 너의 말이 고마

웠지만, 동시에 나가서 술을 먹을 수 있다는 갈망이 나를 치고 올라왔다. 이런 내가 싫었다. 그래, 나는 중독자니까. 살아 있을 때 내 힘으로 내 입으로 내뱉어본 적 없는 말을 죽어서 해본다. 그래, 나는 중독자니까. 술 때문에 죽고 나니 이제야 알 것 같다. 내가 중독자였다는 걸.

너는 9개월이 된 나의 손녀를 보라색 아기 띠에 메고 내가 갈아입고 나갈 옷을 들고서, 네가 살던 역곡에서 주안까지 지하철과 택시를 타고 병원에 왔어. 병원에 도착한 작은 너의 딸과 그 아이를 데리고 오느라 진이 빠진 너를 보자마자 눈물이 왈칵 쏟아졌다. 동시에 네가 미웠어. 술을 먹는다는 이유로 나를 사랑하는 것들에게서 떼어내어 병원에 넣은 것이 너니까.

오랜만에 본 너는 살이 많이 빠져 있었다. 무엇보다 정수리가 휑했어. 내가 너를 낳고 네가 돌이 될 때까지 머리가 한 움큼씩 빠졌는데 그런 것까지 닮았나 싶었다. 머리가 왜 이렇게 빠졌냐는 내 말에 네가 답했지. 애 낳고 젖 먹이느라 잠을 못 자니까 그런 것 같아. 밥도 잘 못 먹어서. 너의 푸념일 뿐인데 그 이야길 듣고 기분이 상했어. 내가 술을 먹어서 딸인 너의 육아를 도와주지 못하고 밥을 챙기지 못해 네가 살이 빠지고 힘이 없는 것 같다고 들렸거든. 그래서 괜히 툴툴거렸지. 남들도 다 그렇게 키운다고, 금방 지나간다고. 아직 돌도 되지 않아 바닥을 기어다니며 이것저것을 만지고 입으로 가져가는 아이를 기르는 너와 그런 너를 위해 밥을 차리고 손녀를 안아 볼을 비비고 다리를 누르며 쭉쭉이를 해주는 일상을 수백 번도 더 그려봤지만 그 일상이 나에게는 닿질 않았어. 그래, 엄마는 알코올중독자니까.

너희 집에 도착하고 느꼈던 그 온기를 지금껏 나는 잊을 수가 없다. 어렴풋이 내 인중을 겉돌던 너의 냄새. 내가 낳고 먹이고 기른 너의 냄새가 밴 집. 하지만 왠지 이곳에는 내가 누울 자리가 없어 보였어. 내 딸이 잘사는 모습이 보기 좋으면서도, 네가 가정을 꾸리고 평범하게 사는 게 참 다행이면서도, 그 모습을 보니 내가 다급해지더구나. 나는 혼자였으니까. 네가 이렇게 가정을 꾸릴 동안 엄마는 아무것도 한 게 없는 것 같아서 화가 났다. 나에게.

너희 집에서 잠을 잔 첫째 날. 함께 교회에 가서 중독 전문가의 알코올중독 강의를 듣고 집으로 온 날. 10년 넘게 병원 이곳저곳을 옮겨다니며 싱글침대 하나에 몸을 누인 나잖니. 그런데 매트가 깔린 솔이 놀이방에 넓게 요를 깔고 눕는데 그게 얼마나 좋았는지 몰라. 네게 말은 하지 않았지만, 무거운 몸을 데굴데굴 굴러도 보고 이리저리 뒤틀어도 보았다. 매트가 접히는 부분 사이사이에는 솔이가 가지고 놀았던 종이조각들이 끼어 있었는데 그 조각들만 보아도 얼마나 사랑스러웠는지 몰라. 그날처럼 푹 잤던 것은 오랜만이었어. 수면제도 없이. 든든했던 것 같다. 딸과 사위 그리고 내 귀여운 손녀가 있다는 사실이 새삼 와닿았어. 내일이 기대되는 밤. 그런 밤은 실로 오랜만이었다.

그날 기억나니. 어린 네가 가루약을 먹다 삼키질 못하고 뱉길 여러 번. 그게 세번째가 되었을 때, 결국 또 구역질을 해서 안방 바닥에 네가 뱉어낸 토사물이 후두둑 떨어졌을 때. 나는 곧장 일어나 현관문을 열고 밖으로 나갔지. 깜깜한 밤이었고 너는 현관문을 나서는 내 뒷모습에 대고 소리치며 울었어.

"엄마 미안해, 엄마 내가 잘못했어. 안 그럴게, 들어와줘. 들어와줘, 가지 말아줘."

나는 문 바로 밖에서 네가 우는 소리를 듣고 있었어. 약을 삼키지 못해 뱉은 어린 네가 용서를 빌게 만든 내 자신이 미워졌다. 엄마로서 한심하고도 남지. 바로 가서 널 안아주고 싶었지만 그러지 못했어. 그 짧은 순간 많은 이들이 떠오르고 원망스러웠다. 낳기만 하고 양육비 한푼 주지 않은 채 어디 가서 무얼 하고 사는지 모를 네 아빠. 어린 시절 나를 구속해서 키운 네 외할머니. 널 키운다고 큰소리 뻥뻥 쳐놓고 제대로 굴지 못하고 술에 빠지는 내 자신. 맥주 한잔 마시면 나아질 것 같았지. 하지만 밤이 늦었고 너는 소리치고 있었어.

"엄마 들어와줘, 다시는 안 그럴게. 알약 주면 잘 먹을게. 엄마 부탁이야."

늦었지만 나는 너에게로 돌아왔고, 행주를 가져와서 바닥을 닦았다. 그 짧은 순간 얼마나 운 것인지 바닥에는 네가 토해놓은 약 말고도 너의 눈물과 콧물이 가득했어. 네가 솔이에게 다정한 모습을 보여줄 때면 네 안에 깃든 나의 다정함이 보이고, 그럴 때면 기분이 좋아져. 하지만 너에게 그리 대하지 못했던 시간이 동시에 떠올라서 숨고 싶어졌어. 변명하자면 여자 혼자 널 키우는 일이 쉽지 않았어. 게다가 엄마는 술을 마시는 여자였잖니. 사람들의 그 눈빛이 싫었어. 그래서 사람들 사이에 있을 때 아무렇지 않은 척하며 과장되게 말하고 일부러 크게 웃느라 목소리가 더 커진 것도 같다. 너는 언제나 나를 보며 "엄마 조금만 작게, 천천히, 조용히"라고 이야기했었지.

외출 나온 둘째 날 중독 강의는 저녁 7시였는데 저녁까지 이 갈망을 어떻게 이겨낼지 막막했다. 너도 알다시피 나는 갈망을 이겨낸 적이 거의 없잖니. 아침부터 밥이 넘어가질 않았다. 허기는 졌지만 이 허기를 네가 차려주는 밥과 반찬으로는 채우고 싶지 않았어. 소주 한 병. 그것이 필요했다.

"엄마, 왜 이렇게 밥을 안 먹어. 배고프면 갈망 올라오니까 뭐라도 먹어야지."

그런 네 말에도 나는 다른 음식들을 삼킬 수가 없었어. 머릿속은 온통 술 생각뿐이었지. 한심하니. 그래, 그랬을 거다.

네가 늘 하던 말이 귓가에 맴돈다.

"엄마는 아무것도 몰라. 술 먹고 쓰러지면 끝이잖아. 뒤처리는 내가 다 하고. 세상 물정 모르는 엄마 뒤치다꺼리하며 사는 기분이 어떤지 알아?"

늘 네 말 앞에서 나는 작아졌어. 할말이 없지. 하지만 내가 중독자로 살아온 그 30년의 시간이 아무 의미 없지는 않았다. 살아 있을 때는 네게 이 말을 할 수 없었어. 내 말엔 힘이 없잖니. 하지만 지금은 말하고 싶어. 네가 회사와 교회와 학교에서 만날 수 없는, 아니 마주칠 기회도 없는 사람들과 지낸 나의 시간에 대해 늘 말하고 싶었어. 이제는 의미 없겠지만 말이다. 보이지 않아도 저마다의 방식으로 존재하는 어떤 이들을 나는 병원과 길거리에서 만났어.

남편이 교도소에 가고 애들 셋이랑 살아보려고 횟집에서 주방 이모를 하다 손님이 주는 술을 받아먹고 중독자가 된 애가 있었어. 나를 언니라고 부르며 잘 따랐지. 하루는 새벽까지 술을 먹고 생선 손질을 하다가 날카로운 회칼에 왼손 검지가 잘렸다고 했어. 그때 술을 끊어야겠다고 생각했지만 이미 갈망이 의지를 넘어선 때였지. 그 애는 아직도 병원에 있어. 언니, 언니 하고 나를 따르며 자기 이야길 내뱉던 개 생각이 날 때면 마음이 아파져.

나는 술 마시는 사람 중에서 내가 가장 불쌍한 줄 알았는데 그건 아니었어. 남편이 밖에 있으면 자꾸만 다른 여자랑 모텔에 있다는 망상 때문에 하루에도 남편에게 전화를 150통씩 하던 여자가 정신병원에 들어온 적이 있어. 나보다 열 살이 어린 여자였는데 병원에서도 전화기를 붙들고 남편에게 늘 고래고래 소리를 질렀어. 남편이 있어도 저렇게 사는구나 싶었지. 정신병동 안의 사람들. 시끄럽고, 때론 너무 조용하고 예측이 불가한 사람들. 하지만 한 사람 한 사람 이야기하다보면 그들 하나하나에게 재주도 능력도 있었어. 하지만 가진 재능과 노력이 돈이나 성공으로 이어지지 못했지. 그중 몇몇은 술 때문이었어. 우리는 아홉을 잘해도 한 개를 못해서 욕먹는, 술을 마셔서 망하는 존재들이잖니.

한번은 열일곱 살짜리 여자아이가 내 옆방을 썼어. 그 아이의 손등, 손목, 팔뚝은 온통 상처투성이였어. 얼마나 긁고 찔러댄 건지 한쪽 손만 수십 개의 켈로이드 상처가 아무는 중이었어. 약을 먹지 않으면 그 아이는 복도를 누비며 혼잣말을 했고 창문에 머리를 박았어. 약을 먹고 나서는 축 처져 초점 없는 눈을 하고 나를 이모, 라고 불렀어. 그럴 때마다 네가 보고 싶었다. 너와 나이가 같은 여자아이가 나를 부를 때면 네가 보고 싶어졌어. 정신병원에 내 팬티와 브래지어를 들고, 내가 시킨 변비약과 과자를 사들고 오던 네가 생각났다. 약만 먹으면 축 처져 있는 그 아이를 보면, 교복을 입고 엄마가 입원한 정신병원으로 심부름하는 네가 떠올랐어.

두번째 중독 세미나를 앞둔 날 아침, '짐을 가지러 나간다'는 나의 말에 너는 망연자실해했다. 너는 나를 말리지 않았어. 말리는 것이 소용없다는 걸 우리 둘 다 너무나 잘 알고 있었으니까.

"잠시 아저씨네 들러서 놔둔 옷 꾸러미 좀 가져올게. 너무 걱정 마라."

그렇게 말하면서도 내 스스로가 가소롭더구나. 머릿속에는 술 생각뿐이면서 그런 말을 너에게 뱉을 수밖에 없는, 그 말이 거짓인 걸 아는 너에게 또 거짓으로 응수하는 내가 지겨웠다. 네가 울먹이며 말했어.

"엄마, 세미나 시작하기 전에 와야 해. 4시, 4시까지는 와야 해."

나는 너의 말을 뒤로하고 나왔지. 다시 한번 말하지만 그게 너와의 마지막일 줄은 몰랐어. 마지막까지 거짓으로 점철

된 모습을 보이다니. 하지만 그렇다고 해서 그 순간이 다시 온다면 나는 너에게 어떤 말을 했을까……. 모르겠다. 정말로 모르겠어. 내게 술이 아닌 다른 선택지가 있었을지는.

나는 고시원으로 향했어. 병원에서 만난 한 남자가 알려준 곳. 한 달 단위로 방을 끊을 수 있고, 모텔보다 비싸지 않고, 술을 먹는 사람이 적지 않은 곳. 그래서 술을 먹는다고 해도 그리 이상해 보이지 않는 곳이 있다고 했지. 그런데 내가 향한 곳에서 나는 나보다 먼저 퇴원한 여자를 보았어.

"언니, 나 새 삶 살 거야. 걱정 마. 내가 먼저 나가서 앞길을 쫙 닦아놓을게. 언니도 퇴원하면 우리 쫙 차려입고 근사한 데 가서 저녁 먹자."

그렇게 말하던 그 아이가 그곳에서 술을 먹고 있었어. 얼마 동안 술을 먹은 것인지 초점 없는 눈과 목이 늘어난 티셔츠, 헝클어진 머리, 움푹 팬 볼. 그 모습을 보는 게 얼마나 괴로웠는지 모른다. 그 모습이 곧 나였으니까. 괴로워서 서둘러 술을 들이켜고 싶었다.

2층으로 가니 총무란 사람이 102호 열쇠를 주었어. 한 달치 방세와 보증금을 합쳐 현금으로 40만 원을 냈어. 그리고 곧장 밖으로 나가 광성마트란 곳에서 소주 네 병을 샀어. 먼저 방으로 와서 소주 한 병을 벌컥벌컥 들이켰어. 그제야 나는 평안을 되찾았지. 내게 평안이 있는 곳은 이런 곳이야. 네 엄마가 이런 사람이란다. 그 첫 모금이 얼마나 달고 청량했는지, 그 느낌은 이렇게 죽어서도 잊을 수 없는 것이었어. 병원에서 퇴원하고 병증이 재발한 그 아일 보고 덜컥거리는 마음이 잠재워졌고, 딸을 배신했다는 사실과 죄책감이 흐려졌다. 그저 모든 게 괜찮아진 것 같았지. 나는 그곳에서 일주일 내내 술을 마셨어. 그런 자유가 좋았다. 마음껏 마실 수 있는 순간과 나를 나무라지 않는 주변 사람들과 장소 말이다.

　하지만 술에 취해 아무 말이나 뱉고 난 뒤, 잠에 들고 나서는 술기운이 떨어질 때가 있어. 눈이 가늘게 떠지면서 몸에서는 식은땀이 나고 손발이 떨리지. 이제는 먹고 싶어서가 아니라 먹을 수밖에 없어서 먹게 되는 단계. 온몸이 바들바들 떨리는데 그 몸으로 제대로 걷지 못해 절뚝거리며 마트로 갔어. 맘 같아선 고시원에 사는 남자들처럼 커다란 페트에 담긴 소주를 사고 싶지만 몸이 따라주질 않아 가벼운 유리병으로 소주 세 병을 샀어. 위태롭게 휘청거리며 걷는 동안 젊은 남녀가 내게 오더니 물었어. "아줌마 괜찮으세요?" 고개를 아래로 내려 내 모습을 보니 추운 바람이 부는 한겨울에 얇은 블라우스 딸랑 하나에, 슬리퍼는 벗겨진 것인지 나올 때부터 이랬는지 한쪽만 신고 있었어. 젊은 남녀의 눈빛을 피해 서둘러 돌아왔어. 힘을 주어 소주병을 따는데 저기 멀리서 어린 네가 나한테 달려와서 막 울었어. 네 뒤에는 커다란 버스가 널 향해 달려왔지. 그런 환각들이 나를 감쌀 때면 차라리 죽는 게 낫다는 생각을 했다. 서둘러 뚜껑을 열고 술을 들이켰지. 너와 솔이를 남겨두고 여기 와서 하는 것이라곤 손발을 덜덜 떨며 술을 겨우 사오는 것, 환청을 듣고 환각을 보며 두려움 속에 술을 마시는 것. 고작 이걸 하려고 너희를 남겨두고 온 것이었지 나는.

9년 전 나의 장례식날 내 영정사진 옆에서 너는 발가락 끝을 손으로 자주 쥐었지. 너는 손발이 원래 찼잖니. 히터를 켰으나 문틈으로 새어나오는 바람에 발이 시려웠나봐. 그러면서 말했지.

"어쩜 이렇게 못됐어, 엄마는. 끝까지. 마지막인지 알았다면 손이라도 잡아주는 거잖아. 왜 그 기회를 주지 않았냐고.

딸 마음을, 자식 마음을 이렇게 후비는 부모가 어디 있냐고."

나도 그렇게 갈지 몰랐어. 갑자기 오른쪽 갈비뼈 아래가 아팠고 숨쉬기가 쉽지 않았어. 그리고 너를 만날 수 없는 곳으로 오게 되었어.

그러니까 시영아, 시영아 이제 그만해도 된다. 내가 죽는 순간을 떠올리며 얼마나 아프고 괴로웠을지 네가 자주 상상하는 것을 다 알아. 그만해도 돼 이제. 이제 하지 마라. 마음이 괴로워서 그러겠지만, 임종을 지키지 못한 것이 네 잘못이 아니잖니. 어쩌면 내 잘못에 가깝지. 엄마 가는 길이 얼마나 외로웠고 괴로웠을지, 자꾸만 코도 막아보고 배도 눌러보고 그렇게 너를 괴롭게 만드는 것, 이제 그만해야 하지 않겠니. 급성 알코올중독으로 인한 쇼크는 순식간이다. 네가 걱정할 만큼 오래 걸리지도, 괴롭지도 않았어. 더이상 내 죽음을 가늠하려고 하지 마라. 자꾸 너를 아프게 하는 것 그만해라. 너는 이제 두 아이의 엄마이지 않니. 그러니까 그만하면 좋겠다.

네 생각만큼 내 죽음이 쓸쓸하고 괴롭지 않았다. 오히려 나는 자유로워졌어. 모든 속박에서 벗어났으니까. 더 좋은 사람, 인자한 엄마와 멋진 장모, 든든한 할머니가 되고 싶은 마음이 없던 것은 아니었지만, 생에 대한 욕심과 집념이 없는 것은 아니었지만, 그러한 미련 때문에 잘 해내지 못하는 게 더 괴로웠기에 오히려 나는 편해졌다. 정말이다. 지금 와서 돌아보니, 나는 모순덩어리의 삶을 나의 방식대로 거침없이 살아왔어. 그 가운데 너를 괴롭게 한 것이 미안하다. 잘못했다. 다시 너의 엄마가 될 수 있는 기회가 주어진다면 절대 그러지 않을 텐데. 지금 와서 이것이 다 무슨 소용이겠니.

어느 날, 네가 아기를 업고 병원으로 면회를 온 날, 내 손에 쥐여주고 간 종이. 그 종이에 적힌 시를 나는 외웠어. 죽고 나서도 이 시에 기대며 지낸다. 죽어서도 이것이 필요한 사람들이 있더라. 내가 이 시를 읊을 때면 사람들이 내 옆으로 모여들어. 시를 다 읊고 나면 그들이 묻고 난 대답하지. '이 시 제목이 뭔가요?' '도종환의 「폐허 이후」입니다. 내 딸, 하나뿐인 내 딸이 종이에 적어주고 간 시입니다.'

네가 보기엔 내가 어떻게 보였을까. 모든 것에 실패하고 모든 것을 포기한 사람처럼 보였니. 하지만 나는 모든 것을 포기한 것은 아니었다. 이 시에서처럼 끝까지 나를 포기하지 않았다는 것을 믿어주었으면 한다. 지금 와서 이게 무슨 소용인가 싶지만 말이다. 고맙다. 그래도 나에겐 네가 있었잖니. 그 조그맣던 네가 어른이 되어가는 것을 보는 건 말로 표현 못할 감격과 기쁨이었다. 비록 나란 사람은 나를 돌보기에도 벅찼기 때문에 그것을 오롯이 느낄 여유가 없었지만.

언제나 괴로울 때면, 여기에서도, 그래도 나에겐 네가 있었다는 사실을 떠올린다. 엄마인 나를 보살피고 돌보았던 어린 너의 손, 여리지만 야무진 그 손을 기억한다. 시영아. 너의 야무진 성품과 단단한 마음을 생각하면 이곳에서도 평안해진단다. 그 땅에서 단 한 번도 주어지지 않았던 깊은 평안이 이곳에서 나와 함께한다. 시영아.

'만약 다시 태어나 엄마를 선택할 수 있다면'이라는

질문 앞에서

나는 이상하게도, 정말 이상하게도

다시 엄마를 선택한다고 대답할 거야.

또 한번 엄마를 사랑할 것이고

죽이고 싶을 만큼 미워할 테지만

그럼에도 엄마를 선택할 거야.

그게 내가 할 수 있는 최선이며 완벽이라고 확신해.

내게 한계였던 동시에 나의 잠재력이었던 나의 엄마.

나의 토대, 나의 기반.

나는 내 부엌에 노란 프리지어를 꽂아놓고 엄마를 떠올려.

그러니까 향 맡으러 와줘요. 온 김에 내 아이들도 보고요.

얼마나 많이 컸는지 몰라.

그러니까 봄바람으로 와서 아이들 이마 스치고 가줘요.

죽이고 싶은 엄마에게

한시영 에세이

초판 인쇄   2025년 3월 27일
초판 발행   2025년 4월 7일

글   한시영

책임편집   변규미
편집   오예림
디자인   최정윤
마케팅   김도윤 최민경
브랜딩   함유지 박민재 이송이 김희숙 박다솔 조다현 김하연 이준희
제작   강신은 김동욱 이순호

퍼낸이   이병률
퍼낸곳   달 출판사
출판등록   2009년 5월 26일 제406-2009-000034호
주소   10881 경기도 파주시 회동길 455-3
이메일   dal@munhak.com
SNS   dalpublishers
전화번호   031-8071-8683(편집) 031-8071-8681(마케팅)
팩스   031-8071-8672
ISBN   979-11-5816-191-0 (03810)